Jacques PRADEL
Jean-Marie PERTHUIS

PERDU DE VUE

Lattès

AVANT-PROPOS

« A l'enfant métis... »

En deux ans, l'équipe de *Perdu de Vue* a reçu – et lu près de 25 000 lettres.

La grande majorité d'entre elles ont été écrites par les victimes de ce que j'appellerais un « tremblement de réalité ».

Comme les tremblements de terre rayent de la carte en quelques minutes toute trace d'activité humaine, il est des séismes qui rayent les gens de leur propre vie, de leur histoire et font d'eux des survivants, des rescapés, avec au cœur la marque d'une blessure profonde, invisible et pourtant inguérissable. Que s'est-il passé? Un jour lointain, ils ont été projetés dans une réalité inconnue où leurs repères habituels, quotidiens ont subitement disparu.

Comme les victimes d'un accident majeur ou d'une guerre injuste, déclarée par des inconnus pour d'obscures raisons, ils se sont réveillés au milieu des décombres de leur vie. La plupart n'ont gardé que le simple et unique souvenir d'un visage aimé dont les contours se sont peu à peu estompés avec le temps; les plus chanceux ont préservé l'image réelle quoique floue d'une mère ou d'un père, au sourire à jamais figé sur une photo jaunie et déchirée, comme usée par les regards si fréquemment jetés sur cette seule preuve matérielle de leur vie d'antan...

Plus tard ils ont pu glaner, au hasard de leurs propres recherches, des fragments, des bribes de leur passé, sans pouvoir faire la part du vrai et du faux, du fantasme ou de la réalité. Une vieille tante ou un lointain cousin a peut-être évoqué à demi-mot le départ ou la disparition de celui ou celle qui manque tant, toujours pour raison « grave » et qui expliquerait pourquoi leurs enfants se sont un jour égarés, comme des Petit Poucet sans cailloux, dans le labyrinthe d'une existence qu'ils traversent désormais en solitaires.

D'autres encore vivent, dans le secret de leurs rêves infinis, des nuits innombrables au cours desquelles ils se sont inventé un passé pour n'avoir pas à affronter cette injustice qu'aucun enfant ne peut admettre ni même imaginer.

De familles d'accueil en orphelinats, les mois puis les années ont coulé, les pistes se sont brouillées, les témoins ont à leur tour disparu, mais la blessure est toujours là ; les questions demeurent, inchangées. Pour quelles raisons mon existence a-t-elle un jour basculé ? Et comment ? Mes parents m'aimaient-ils ? Ont-ils cherché à me reprendre avec eux ? Ceux-là ont un impérieux besoin de connaître la vérité sur leur origine. Pour eux, l'insupportable n'est pas d'avoir été abandonnés, séparés de leurs parents, ils veulent avant tout savoir *pourquoi*.

Ils ont besoin de cette vérité afin de bâtir définitivement leur personnalité, de vivre enfin une existence adulte, afin de cesser d'imaginer qu'ils sont coupables, qu'à cause de leur venue au monde ils ont été les instruments et les victimes d'une situation fatale pour leurs parents. Vérité, justice, hasard, fatalité, coupables, victimes : autant de mots jamais exprimés mais toujours présents au tréfonds d'eux-mêmes et qui les empêche d'être aujourd'hui, *ici et maintenant.*

A ceux qui pourraient sourire en lisant ces lignes, à ceux qui pensent que l'évocation de tels destins appartient à la littérature réaliste du siècle dernier, je voudrais faire une confidence. Il s'agit d'une confidence personnelle, qui me coûte. Il me semble cependant nécessaire, *vital* de la livrer ici, publiquement.

Il est des pensées refoulées depuis toujours au plus profond de soi, des mots que l'on n'oserait prononcer en aucune circonstance, et qui pourtant finissent par être exprimés à l'occasion d'un échange avec d'autres, alors qu'on les adresse en fait à soi-même. Le plus souvent, c'est ainsi que les invités de notre émission livrent en public leurs secrets de famille, partagent avec les spectateurs l'intimité de leurs sentiments.

En nous racontant leur histoire, ils accomplissent un désir essentiel, inavoué parfois depuis des dizaines d'années : donner à nouveau une existence concrète à ces disparus qui occupent tant de place dans leur vie, exprimer à voix haute leurs souffrances, leurs doutes, leurs angoisses.

Involontairement, ils renouent avec une intuition primordiale, ancienne comme le monde, inscrite dans la Bible : « Et le Verbe s'est fait chair. » Car nommer, c'est créer. Prononcer le nom de quelqu'un, c'est lui donner épaisseur, réalité, le sortir de l'oubli, lui montrer qu'il est toujours présent, intérieurement à un cœur. Et lorsqu'on existe dans le cœur de quelqu'un, on est immortel. Les gens les plus simples savent cela. Peut-être parce qu'ils n'ignorent pas cet ordre de la vérité supérieur à la seule raison.

Parler en public de sa propre histoire, c'est aussi envoyer un message, une lettre ouverte, un appel qui s'impose de manière irrésistible, en dépit de la gêne possible des amis ou des proches qui, bien souvent, apprendront des détails jusqu'alors inconnus.

Cette impudeur tranquille a heurté certains intellectuels qui n'ont su voir qu'exhibitionnisme et vulgarité, là où est demandé simplement le partage d'un regard amical, l'attention d'une écoute fraternelle, qui redonne sens à une vie, et permet d'échapper à une solitude devenue insupportable.

Je ne sais si la confidence qui suit incitera les censeurs à réviser leurs jugements injustes qui, je l'avoue, m'ont blessé. Peut-être y verront-ils, de ma part, une ultime manifestation de populisme et une preuve supplémentaire de machiavélisme.

Qu'importe !

Au contraire de rechercher à tout prix le succès, l'audience en flattant chez le public une tendance présumée au voyeurisme, *Perdu de Vue* m'a permis de réaliser pour d'autres ce que je me suis interdit de faire pour moi-même et à jamais : la quête de la personne qui manque et dont l'absence pourrait se comparer à une série de pages blanches au début d'un livre, preuve tangible d'un chapitre égaré ou détruit de l'histoire d'une vie.

Je n'ai pas connu mon père.

Avant-propos

Je veux dire mon père de naissance.

Après toutes ces années, je ne cherche pas à le retrouver car ce père est figé à jamais dans une époque ancienne où, pour moi, il n'est pas question de vouloir retourner. Je laisse les machines à remonter le temps aux romans de science-fiction. Quant au septuagénaire qu'il est devenu, s'il est encore en vie, cet homme-là ne m'intéresse pas. Qu'aurions-nous à nous dire? Je n'ai aucune envie d'instruire un procès *a posteriori*. Après quarante-cinq ans, je pense qu'il y a prescription!

Il reste que ce père absent a placé ma vie sous le signe d'un traumatisme affectif d'autant plus réel que je l'ai puissamment refoulé tout au long de ces années. Ma sensibilité en a certainement été marquée mais j'ai aussi puisé dans cette situation une force intérieure sans laquelle certains prédateurs qui peuplent mon métier auraient eu depuis longtemps raison de moi. Si je révèle aujourd'hui ce fait, c'est parce qu'il paraîtra étrange, paradoxal, d'avoir été choisi pour présenter *Perdu de Vue* par une personne qui ignorait tout de ma vie personnelle.

Vous avez dit Hasard?

Sans chercher à retrouver concrètement mon père naturel, je suis en mesure de comprendre ce qui anime ceux qui font appel à nous et je respecte leur quête dont je sais ce qu'elle représente pour eux d'efforts et de souffrances. J'ai donc voulu également ouvrir mon cœur et répondre par le récit de ma propre histoire aux dizaines de milliers de confidences, de gestes de confiance, reçus en un peu moins de deux ans.

J'ai été adopté à l'âge de neuf ans.

Cela, je l'ai toujours tu publiquement de crainte que cette confidence sonne comme une trahison pour l'homme qui, au-delà de l'acte purement légal de l'adoption plénière, m'a donné le même amour que celui accordé à ses propres enfants. Un amour, qu'il ne m'a pas déclaré, mais littéralement hurlé à la face, à l'un des moments les plus pénibles de mon adolescence.

J'avais treize ans. Je voulais partir, quitter une famille où je me croyais de trop. En un instant, mon beau-père a su trouver les mots pour dire ce que des années de vie commune n'avaient fait que rendre un peu plus difficile à formuler chaque jour. J'ai alors compris sa pudeur, ses scrupules vis-à-vis de moi, sa difficulté à intervenir dans *ma vie* qui ne lui appartenait pas et qu'il respectait.

Puis, il a soudainement éclaté en sanglots, me demandant ce qu'il pouvait donc faire pour que je comprenne qu'il m'aimait, *moi*, et non seulement parce que j'étais le fils de la femme qu'il avait épousée. Comme dit la chanson, le premier et le seul homme qui m'a dit « Je t'aime », du jour de ma naissance à l'âge de treize ans, ce fut lui! Aujourd'hui, je peux lui dire que ces mots hurlés, sanglotés nous ont liés pour toujours aussi fort qu'un père et un fils du même sang. De ce moment, j'ai été non pas « remis », mais tout simplement « mis » à la place qui était la mienne dans notre famille.

Avec le recul du temps, j'ai fini par comprendre pourquoi la situation ne pouvait qu'être explosive. Le conflit qui m'opposait depuis plusieurs années à ma mère était l'expression d'une rancœur inconsciente, le reproche d'un enfant qui avait été élevé comme un fils unique par des grands-parents à l'amour exclusif et qu'il avait quittés pour se retrouver, déjà grand, comme « parachuté » dans la vie d'un jeune couple dont aucun des deux n'avait l'expérience de la vie de famille.

Ils allaient faire avec leur premier bébé, l'aîné de mes deux demi-frères, l'apprentissage de leur rôle de parents. Moi, ils m'ont eu, tout fait, à presque dix ans ! Je n'ai pas su être l'enfant « prêt à l'emploi » que ma mère attendait peut-être.

De leur côté, ils ne pouvaient prendre la pleine mesure de l'impact qu'avait sur moi ce changement complet d'état. Au monde rassurant des grands-parents et aux habitudes de la pension, succédait la vie quotidiennne d'un jeune ménage dominée par la présence d'un bébé qui focalisait naturellement l'attention de tous.

Si on ajoute à cela l'absence ou presque de tendresse exprimée, de gestes doux, câlins ou autres, entre ma mère et moi, et la naturelle discrétion d'un beau-père que j'ai pendant quelque temps appelé « monsieur », on comprendra que ce début d'adolescence a été marqué de conflits qui nous ont empoisonné la vie pendant de longues années et dont subsistent encore aujourd'hui des traces profondes. L'autre raison à cette enfance difficile, pour ne pas dire caractérielle, tient certainement à ce père de naissance dont mes grands-parents n'évoquaient jamais le souvenir et dont ma mère ne m'a parlé que par allusions plus ou moins voilées alors que j'attendais d'elle qu'elle prenne l'initiative de me raconter en détail une histoire à laquelle j'estimais avoir droit, comme tous ceux qui écrivent à *Perdu de Vue*.

On dit souvent que l'absence ou le départ d'un père

provoque chez l'enfant des chagrins inconsolables, que le fait de ne pas se sentir « un enfant comme les autres » peut conduire à l'échec scolaire ou à de graves difficultés psychologiques. A l'époque, je ne pensais jamais à mon père de naissance. Je dois à la vérité de dire que toutes ces questions sont venues plus tard, à l'âge adulte ainsi qu'on va le voir.

J'avais été élevé d'abord par mes grands-parents maternels, et ma scolarité jusqu'en classe de sixième s'était déroulée en tant que pensionnaire dans diverses institutions religieuses. A l'époque, j'avais tendance à trouver naturelle cette absence de père « naturel »! Jamais il n'a visité un seul de mes rêves, jamais je ne lui ai donné de visage ni inventé un destin extraordinaire comme il arrive souvent en pareil cas. Je n'avais pas de père : point à la ligne. Cela se passait d'explications et m'incitait même à me sentir plus fort, plus mûr et plus adulte que mes petits copains de pension. Je pourrais presque dire que j'en étais fier.

La seule chose dont je me souvienne, c'est d'une intime promesse, je dirais même d'un serment intérieur, solennel, pourtant : « Jamais je ne ferai vivre cela à mes propres enfants. »

Or, cette situation n'était autre que celle d'un enfant soumis, pendant six longues années, au monde clos du pensionnat sans jamais pouvoir raconter à un adulte de confiance ses angoisses ou ses terreurs.

Je ne puis oublier ce sentiment terrible de solitude vécue dans un univers où régnait la loi du plus fort.

Nous avions des chefs de division, des surveillants qui, de jour comme de nuit, avaient sur nous tous les droits qu'ils ne se privaient pas d'exercer.

Nous avions mille occasions par jour d'offrir nos souffrances au Seigneur ! Dans cette institution catholique, j'ai, en quelques années, appris l'art du mensonge, de la ruse, de l'hypocrisie qui permet de dissimuler sa propre opinion pour épouser l'avis général. Au pensionnat, j'ai appris à plier l'échine devant la force imbécile de tyrans en culottes courtes, ou encore à rabioter quelques minutes supplémentaires de sommeil : il suffisait de vouloir servir la Messe, les enfants de chœur étant dispensés du lever à six heures, ce qui leur laissait le temps de faire tranquillement une vraie toilette et de prendre le meilleur petit déjeuner de la semaine dans un réfectoire vide et pour un instant silencieux. Ce n'était pas des indulgences pour le paradis que nous récoltions ainsi mais quelques minutes véritablement bénies de paix et d'intimité.

Nous n'aurions laissé à personne nos places de petites bêtes à Bon Dieu dont l'apparente piété faisait le bonheur des bons pères alors que nous étions simplement prêts à toutes les compromissions pour profiter d'un peu de confort.

Nous échappions par la même occasion aux caprices des fortes têtes qui nous obligeaient à leur céder nos places aux douches, ne nous laissant, après leur toilette, qu'un mince filet d'eau froide dont il fallait vite profiter. Un jeune abbé en soutane choisissait alors de nous houspiller, sérieux comme un pape : « Allons, messieurs, vous n'êtes pas en vacances ici, pas de place pour les traînards ! » et coupait l'eau nous laissant plein de savon, poisseux jusqu'au soir sous les quolibets des chefs de bandes qui nous toisaient d'un air triomphant !

Malheur à qui se serait plaint !

J'ai gardé de cette époque une sainte horreur de la discipline et de l'autorité, quelles qu'elles soient, d'où qu'elles viennent. Mon odyssée de pensionnaire catholique s'est terminée par une scène tragi-comique dont le souvenir est imprimé au fer rouge dans ma mémoire.

J'avais en classe de sixième un professeur principal de latin qui me donnait également des leçons particulières. Ce curé, je le dis maintenant avec le recul du temps et ma perception d'adulte, était un malade mental, sadique et vraisemblablement pédophile qui avait placé son existence, et donc la nôtre, sous le double signe du châtiment et de la rédemption.

A cette fin, il avait institué dans la classe, avec l'accord du Père supérieur, les punitions corporelles. D'autre part, les élèves ne pouvaient assister à son cours qu'en culottes courtes. Enfin, lorsqu'on obtenait une mauvaise note à la suite d'une composition ou simplement d'un devoir, il sortait du tiroir de son bureau une solide règle en acier, faisait monter le coupable près de lui sur la chaire, retroussait lentement le pantalon vers le haut de la cuisse et donnait à l'élève autant de coups de règle qu'il avait obtenu de points en dessous de la moyenne!

La marque du coup, boursouflure rouge, devait se voir sur la peau sinon le « bon maître » nous gratifiait d'un coup supplémentaire. La fin de la punition était marquée par un « baiser de Paix » qu'il nous infligeait devant les élèves ricanant, avant de nous inviter à offrir cette souffrance passagère au « Seigneur » en prenant la résolution de mieux faire la prochaine fois!

Le visage rond et lisse de ce déséquilibré est encore inscrit dans ma mémoire comme si la scène s'était déroulée il y a quelques jours; l'odeur de son haleine également, une odeur de petits pois.

Ma mère avait demandé une entrevue avec lui, en ma présence, pour faire le point sur mes résultats scolaires. Nous étions donc réunis au parloir. Il m'a alors « paternellement » posé le bras sur les épaules. Sa main est venue comme par hasard se poser sur ma joue et, de ses doigts boudinés, il a saisi entre pouce et index les petits cheveux de ma « patte » qu'il a commencé à tordre lentement. Il dit d'abord, avec un grand et bon sourire de prêtre à qui on aurait donné le Bon Dieu sans confession, que j'avais de grandes dispositions mais qu'une paresse quasiment congénitale m'empêchait de donner toute ma mesure. Il avait cependant bon espoir qu'avec quelques efforts, et un peu de poigne, on arriverait à faire de moi un bon élément... Plus il parlait doucement et onctueusement, plus il tordait les fins cheveux de mes tempes et, lorsque les larmes jaillirent de mes yeux, il me renvoya en étude et conclut devant ma mère : « Cet enfant est vraiment très émotif ! »

Quelques jours plus tard, la composition trimestrielle de version latine eut lieu. Je fus classé avant-dernier avec une note telle qu'elle me valut sur-le-champ un maximum de coups de règle et l'indispensable baiser de Paix. Le soir même, j'avais cours particulier à 18 heures. Un de mes copains de classe, aussi peu doué que moi, devait me précéder d'une heure. Il s'appelait Olivier. Nous avions douze ans. A l'heure dite, Olivier sortit de la chambre du curé en pleurant, tête baissée, entièrement rasé, la boule à zéro ! En me croisant, il eut le temps de me prévenir entre ses dents : « Fais gaffe, ce con a inventé un nouveau truc, il a acheté une tondeuse, c'est la punition du jour. »

J'entrai dans la chambre. Dos au mur, car je me méfiais. Je le vis sortir lentement de la poche de sa soutane une rutilante tondeuse chromée flambant neuve. Il commença alors un discours moralisateur m'expliquant que cette punition était nécessaire, qu'elle montrerait à tous le péché qui était à l'intérieur de moi, que mes cheveux en repoussant allaient me permettre de mesurer le temps enfin venu de l'effort, de l'amélioration de mon niveau déplorable et qu'offrant aux autres l'image de mon repentir... Etc. Etc. Discours incohérent, discours de fou qui pensait endormir ma vigilance et me prendre ainsi par surprise.

Mais ce soir-là, j'avais décidé que cet homme ne me toucherait pas et que j'allais une fois pour toutes cesser d'obéir, de me soumettre à ses désirs pervers.

Lorsqu'il se jeta sur moi, je saisis entre mes dents la partie charnue de sa main située à la base du pouce et de l'index et je mordis de toutes mes forces. Je crois bien avoir touché l'os! Le hurlement de douleur du prêtre se répercuta dans toute la division. Je m'échappai et fus consigné au dortoir jusqu'au milieu de la matinée du lendemain.

Réunis dans le bureau du supérieur, ma mère et mes grands-parents appelés en renfort apprirent que j'étais renvoyé pour violence envers un professeur.

Personne ne me donna la parole, et personne ne sembla étonné qu'un curé puisse décider de tondre un élève comme un mouton parce qu'il avait eu de mauvais résultats scolaires. Nous étions en 1959. Cet épisode cannibale m'ouvrit les portes de la liberté et aussi celles de ma nouvelle famille puisque ma mère venait de se marier et d'avoir un bébé.

J'y gagnais une place en cinquième au lycée Condorcet et un nom nouveau, celui de mon père d'adoption. Outre la découverte, inédite pour moi jusqu'à cet âge, de ce qu'il est convenu d'appeler la « vie de famille » avec les problèmes que j'ai déjà évoqués. Ensuite une scolarité normale me conduisit au bac Philo puis à Sciences Po et en fac de Droit à Nanterre en plein mai 68.

Un an plus tard, je décidais de mettre un terme à ces études mollement suivies – le curé-coiffeur avait raison – et je saisis l'occasion de quitter la France pour les Pays-Bas. Là, j'allais vivre pendant trois ans une aventure professionnelle qui déciderait de toute mon existence publique : la présentation d'une émission quotidienne destinée à l'Afrique francophone sur les ondes du réseau mondial Radio-Nederland.

Parti à l'essai, j'allais y demeurer le temps d'apprendre mon métier sur le tas et d'y rencontrer celle qui est encore aujourd'hui ma compagne et la mère de mes enfants. Trois filles à qui, respectant mon serment, « je n'ai jamais fait ça ! ».

Puis, ce fut l'aventure de Radio France – France Culture et France Inter –, la présentation de « Gaumont Actualités », sous la rédaction en chef de Pierre Serria, « journal parlé » diffusé dans les cinémas chaque semaine, sorte de 7/7 avant la lettre, dont j'ai été le dernier « speaker ». Suivirent des dizaines d'émissions de radio à toutes les heures du jour et de la nuit, diverses émissions de télévision; au total dix-neuf années d'intenses activités au cours desquelles j'ai eu bien peu souvent l'occasion de réfléchir à ma propre destinée, occupé que j'étais à raconter les histoires qui arrivent aux autres!

Mon passé m'a, en quelque sorte, rattrapé vers l'âge de trente-sept ans.

J'ai alors brutalement ressenti cette absence ou ce silence sur le début de ma vie, comme une très vive blessure qui se manifestait à retardement.

Ce fut un peu comme ces douleurs qui éclatent après un grand traumatisme physique, lorsque l'état de choc qui anesthésie l'organisme finit par s'estomper et que les nerfs endormis se réveillent; comme à la suite d'une opération chirurgicale, quand l'effet des calmants se dissipe et qu'on reprend conscience de son corps et de sa souffrance.

Pour moi, l'état de choc avait duré jusqu'à la maturité.

Ne dit-on pas que l'on continue à souffrir d'un membre amputé pourtant depuis longtemps? Et cette histoire, qu'on le veuille ou non, est bien l'histoire d'une amputation.

Voilà ce qui m'est donc arrivé un jour, sans que je puisse comprendre ni la violence et la soudaineté de cette douleur, ni la raison de cette tardive prise de conscience.

Après toutes ces années, père de trois enfants, voici que me manquait brutalement le poids d'une main paternelle sur l'épaule, le souvenir d'une amitié virile ou d'une tendresse complice, l'odeur d'une peau, le grain d'une barbe, l'ombre d'un regard, la caresse d'un baiser.

Ce matin-là, je me suis senti orphelin. Cela commença par une de ces remarques fugaces, une de ces pensées qui traversent l'esprit, mais que l'on garde en général par-devers soi et qu'on s'empresse d'oublier aussitôt.

Je me suis aperçu en me rasant que ma barbe poussait grise et même blanche à certains endroits.

Avant-propos

La comparaison qui me vint immédiatement à l'esprit, avant que je puisse la chasser, fut : « Tiens, on dirait de la couenne de porc ! »

Ce qui me fit penser à la mort. D'abord, à un porc mort puis, à la mort en général, enfin, à la mienne propre.

J'ai pensé en regardant mon image dans la glace que mon corps se mettait désormais à sécréter la mort, par petites touches régulières.

J'ai pensé cela sans émotion particulière; c'était comme un simple constat, une évidence avec laquelle il faudrait désormais apprendre à vivre. Jusqu'à ce que mort s'ensuive.

Fut-ce l'évocation de la fin qui me renvoya à mes débuts dans l'existence? Il faudrait, pour le savoir, engager un véritable travail intérieur devant lequel je recule encore. Disons que ce grand trouble lié au mystère qui entoure ma naissance m'a souvent amené à me comparer à un « métis blanc » qui ne porterait pas sur sa peau jusqu'à la trace de ses origines. Et qui en souffrirait.

A l'enfant métis qui habite dans mon cœur et sous ma peau, je dédie ce livre.

Jacques PRADEL

I

LA PREMIÈRE ÉMISSION

Le lancement d'une nouvelle émission de télévision ressemble à s'y méprendre à un tir de fusée spatiale. En moins scientifique! Mais le compte à rebours provoque dans tous les cas un stress comparable. Pendant des semaines, voire des mois, on a mis des idées sur le papier, accumulé les réunions, confronté les avis des uns et des autres, arrêté des choix sur lesquels il n'est plus question de revenir à quelques heures du premier direct.

Le récit qui va suivre constitue le souvenir d'un instant de grâce, en même temps qu'un rappel : une formule échappe parfois à ses producteurs pour suivre sa propre logique et peut les conduire à corriger la trajectoire de 180° dès le direct suivant.

Ce fut le cas de la séquence « Retrouvailles » de Perdu de Vue. *Dès la première émission, nous inventions involontairement* La Nuit des Héros*!*

Le mois suivant, nous abandonnions définitivement ce concept et décidions d'aider à se retrouver exclusivement des personnes liées intimement par leur vie affective. En effet, pour que la magie des retrouvailles opère, il faut être deux!

Perdu de Vue

L'histoire qui suit montre que sauveteurs et victimes n'ont pas la même vision d'événements qu'ils ont pourtant vécus ensemble. Le drame intime de la victime ne trouve aucun écho, aucune « complaisance » dans le vécu du sauveteur qui banalise son acte d'héroïsme au nom du « devoir » et sublime la condition humaine au risque de se transformer en personnage de roman...

Au cours de ce récit et des autres, tous écrits ensemble, nous nous sommes réintroduits dans nos rôles respectifs. Il va de soi, par ailleurs, qu'à chaque fois qu'il était nécessaire, les noms de personnes et de lieux ont été modifiés.

Bruxelles : stade du Heysel

29 mai 1985

« La vie ne vaut rien, rien ne vaut une vie »

André Malraux

Paris, le dimanche 16 septembre 1990.

Septième étage d'un immeuble proche de la Tour Montparnasse. Il est 19 heures. A la veille de la « première », l'équipe de *Perdu de Vue* a été réunie au grand complet pour un dernier *briefing*. Nous commençons par visionner le premier sujet-choc : les retrouvailles, organisées par surprise, entre une victime rescapée du drame du Heysel et son sauveteur, un membre de la Croix-Rouge belge, arrivé l'un des premiers sur les lieux. Un document d'archives, prêté par l'Institut National de l'Audiovisuel, servira d'introduction afin de remettre en mémoire ces images obsédantes qui, un soir de mai, envahirent les écrans de télévision : le drame d'un match de football transformé subitement en une folle tragédie, vécue en direct par des millions de téléspectateurs pétrifiés et incrédules. Ce devait être une fête du ballon, un événement sportif d'importance : la finale de la coupe d'Europe des clubs champions.

38 morts, 262 blessés. Le 29 mai 1985, le Heysel entre dans l'histoire entre les rubriques « faits divers » et « grandes catastrophes ».

Les deux équipes qui vont s'affronter sont les meilleures du moment : La Juventus de Turin, commandée par Michel Platini, et le Football-Club de Liverpool.

Les passionnés de foot sont venus de l'Europe entière. Le stade du Heysel, près de Bruxelles, est plein à craquer avec ses 40 000 spectateurs. Bien avant que le match ne commence, les supporters des deux équipes sont là, agitant drapeaux et fanions aux couleurs de leur camp. Chants et slogans souvent guerriers se succèdent. La foule est houleuse, l'ambiance électrique mais les organisateurs n'en sont pas surpris : ils connaissent l'exubérance tapageuse des *tifosi* italiens et n'ignorent pas la brutalité de certains britanniques, les fameux « hooligans » !

Ils font cependant confiance à l'impressionnant service d'ordre composé de 700 policiers réputés pour leur calme et leur professionnalisme; une raison décisive dans le choix de Bruxelles comme théâtre de cette finale.

Tout semble avoir été prévu afin d'éviter un grave incident. Pourtant de sérieuses négligences ont été commises, en particulier la juxtaposition des supporters les plus déterminés des deux camps, de part et d'autre d'un simple mur de brique et d'un grillage haut de trois mètres. Anglais et Italiens commencent par échanger des injures, puis ils se bombardent les uns les autres avec les boîtes métalliques, vidées des boissons non alcoolisées, seules autorisées à la vente dans le stade. Une vaine mesure car chacun a pris la précaution de se soûler, l'après-midi, en ville. De minute en minute, le ton monte. Une simple étincelle suffirait à mettre le feu aux poudres.

Quel ultime accroc a provoqué l'explosion? Personne ne sait. Mais à 19 heures 50 tout bascule. En un instant, la fête devient tragédie, l'affrontement sportif se transforme en guerre véritable! Les « hooligans » escaladent le grillage et donnent l'assaut au camp des supporters italiens. Ceux-ci tentent de fuir pour échapper à leurs agresseurs. Pris dans le flot de cette foule peu à peu gagnée par l'épouvante, il y a un Français. Un homme d'une trentaine d'années qui s'est retrouvé par hasard placé dans les gradins réservés aux *tifosi*. Il vivra avec ces derniers une véritable descente aux enfers qui le marquera jusqu'à la fin de sa vie...

Cet homme sera demain le premier invité des « Retrouvailles » sur le plateau de *Perdu de Vue*. Nous l'avons rencontré peu de temps auparavant, alors que nous étions en pleine incertitude quant au contenu de cette séquence destinée à occuper une place de choix dans l'émission. Il nous fallait trouver par nous-mêmes les premiers invités; nous nous étions donc demandé : « En dehors d'un membre de sa famille, qui peut-on avoir envie de retrouver? »

Réponse : « Quelqu'un qui vous a sauvé la vie! » A quelques semaines de nos débuts sur l'antenne, nous avions tout d'abord recherché des accidentés de la route, mais les personnes contactées n'offraient que des « missions impossibles » d'autant que les sauveteurs providentiels semblaient s'être tous évaporés dans la nature après leur bonne action. Un nouvel inventaire s'était alors imposé, celui des victimes rescapées de grandes catastrophes. C'est alors que nous a été communiquée l'existence d'une association des victimes du Heysel dont le président est un Français d'une trentaine d'années, ayant survécu lui-même par miracle au drame. Un certain Raphaël S.

Dès le premier coup de fil, Raphaël dépasse notre attente. Il nous confie : « Depuis 1985, je cherche à retrouver le secouriste belge qui m'a sorti de là. » En dépit de plusieurs années de recherches infructueuses, malgré de nombreux appels lors d'émissions de radio et de télé, malheureusement restés sans réponse, il n'a pas perdu espoir. Sa demande représente un moyen idéal de tester notre capacité de résoudre ce type d'affaires, de permettre à un homme, qui veut s'acquitter d'une dette morale, de remercier son sauveteur devant plusieurs millions de téléspectateurs.

Raphaël S. nous raconte, comme il le fera lors de la « Première » la suite incroyable de coïncidences qui l'a amené à se retrouver, en ce début de soirée du mois de mai 1985, dans les gradins du Heysel. Le destin a choisi pour instrument un client belge de la petite compagnie de transports aériens, où Raphaël travaille à l'accueil. Cet homme d'affaires sait que Raphaël est un fanatique du ballon qui ne raterait pour rien au monde un événement comme la rencontre Liverpool-Juventus. Or, cette fois, Raphaël n'ayant pu trouver de place par ses filières habituelles s'est déjà fait une raison : le 29, il sera devant sa télévision, comme tout le monde !

Quelques jours avant le match, l'homme d'affaires belge se présente au bureau, heureux de la bonne surprise qu'il réserve à Raphaël : il s'est procuré un billet pour le bloc « Z », celui réservé aux supporters de la Juve.

Au soir du 29 mai, Raphaël est donc là, à l'extérieur du stade où il fait la queue, souffrant comme tout le monde de la chaleur excessive, presque estivale, accrue par le piétinement de la foule. Chacun prend son mal en patience. Alentour on plaisante en italien. Raphaël s'essaie à échanger quelques mots, avec un petit garçon de neuf ans, Andrea, admirateur inconditionnel de Platini, venu avec son père dans l'espoir de voir triompher l'équipe de Turin. A peine sont-ils installés dans les gradins que les premiers incidents entre supporters éclatent. Mais Raphaël et ses voisins n'y prennent pas garde. Lorsqu'ils commencent à s'inquiéter des gestes de violence et des cris de haine qui fusent de part et d'autre du fragile grillage, il est déjà trop tard. L'explosion a eu lieu.

Sans avoir le temps de réagir, Raphaël est pris dans le flux, véritable torrent de corps qui dévale les gradins avec une violence incroyable pour venir s'écraser contre le mur de béton qui sépare les spectateurs du terrain, et qui est là pour protéger les joueurs de supporters trop démonstratifs. Andrea qui se tient tout près de Raphaël hurle de terreur. Raphaël tâche de saisir l'enfant, de le retenir mais la pression est trop forte, la petite main lui échappe et le petit garçon disparaît, littéralement enseveli par la vague humaine qui le submerge... On ne le reverra pas vivant. Il sera l'un des trente-trois Italiens innocents, victimes de cette tragédie.

Bien calé dans son fauteuil sur le plateau de *Perdu de Vue*, Raphaël parle d'une voix calme, sans émotion particulière, semble-t-il. Pourtant l'expression de son visage, la mobilité de son regard, ses mains qui se nouent et se dénouent sans cesse, tout prouve qu'il accomplit un énorme effort sur lui-même pour dominer son trouble. Il a décidé de tout dire et veut aller, quoi qu'il lui en coûte, jusqu'au bout de son récit...

Raphaël ne pense même plus à lutter contre le courant qui l'emporte. Il constate que l'homme qui se trouve juste devant lui s'effondre peu à peu, sans doute pris d'un malaise cardiaque. Mais la foule est si compacte qu'il continue à tenir debout et à se déplacer sur plusieurs mètres, alors qu'il est déjà inconscient.

« C'est terrible à dire, confie Raphaël, mais sa mort m'a permis de récupérer un peu, car il a fini par tomber à terre et m'a ainsi libéré de l'insupportable étau qui comprimait mon thorax. Au bord de l'asphyxie, je venais de gagner quelques précieuses secondes de survie. »

En effet Raphaël se voit contraint de marcher sur l'homme qui est tombé à terre, moment terrible où ce corps foulé aux pieds lui permet pendant quelques brèves secondes de s'élever au-dessus de la mêlée et de respirer goulûment quelques centimètres cubes d'air, de respirer comme un noyé qui dans un ultime sursaut réussit encore à sortir la tête de l'eau pour retarder le dernier moment. Toujours emporté par le flot qui déferle sur les gradins, Raphaël se retrouve écrasé contre la barrière qui interdit l'accès au terrain mais qui ne tarde pas à céder brutalement sous la terrible charge. Projeté à terre, le Français est désormais immobilisé par les grilles qui lui bloquent les deux jambes et lui interdisent tout mouvement. A son tour il est piétiné. Autour de lui, retentissent des appels au secours, des hurlements de terreur; une forêt de bras et de mains s'agitent désespérément vers le ciel.

Les premiers sauveteurs apparaissent, dépassés par l'ampleur du désastre qu'ils découvrent. Eux aussi sont affolés. Raphaël, seul étranger parmi les supporters italiens, crie en français : « Au secours, ne me laissez pas, j'ai mal, je suis coincé, aidez-moi, je vous en supplie! »

Sa plainte se perd dans l'immense clameur qui monte des corps prisonniers, entassés les uns sur les autres.

« A ce moment, je me suis vu mourir », précise Raphaël, et il poursuit : « Je n'ai pas revu, comme on le dit, le film de ma vie, j'ai senti le noir m'envahir, j'ai eu l'impression que toute ma tête s'emplissait de noir et que c'était fini... »

Presque inconscient, Raphaël, dans une tentative ultime et désespérée, agite la main en direction des sauveteurs qu'il devine à quelques mètres de lui. Et soudain le miracle s'accomplit! Un homme semble l'avoir aperçu et se dirige, croit-il, droit sur lui. Ignorant les appels qui se manifestent de toutes parts, l'homme se penche sur lui et s'empare de son bras. Il tire de toutes ses forces pour tenter de le dégager. Raphaël hurle de douleur. Il ne peut pas bouger d'un centimètre car ses pieds sont coincés sous la barrière métallique.

Le sauveteur comprend la situation en quelques secondes. Il lâche prise, se saisit de la barrière et réussit, ahanant sous l'effort, à la soulever de quelques millimètres, suffisamment pour que Raphaël, qui, de son côté, tâche de se dégager avec toute l'énergie du désespoir, puisse libérer d'abord un pied, puis l'autre, extirpé de la chaussure au moment même où le sauveteur, épuisé, laisse retomber le piège de métal. Raphaël est traîné, allongé sur le dos, un peu plus loin à côté d'autres victimes inconscientes... Quelqu'un lui place un masque à oxygène sur la bouche, il respire avidement, il est sauvé!

La scène s'est passée très vite. Pourtant, Raphaël a gardé fixée à jamais dans sa mémoire l'image de celui à qui il doit d'être en vie. Tous les détails de ce visage penché sur lui, donc aperçu à l'envers, sont gravés dans son esprit. « C'était un homme d'une trentaine d'années, assez corpulent, barbu, un visage un peu carré. Je revois même encore les veines de ses avant-bras, gonflés à bloc par l'effort incroyable qu'il a dû faire pour soulever cette barrière... » Et Raphaël raconte comment cette sorte de fantôme, qu'est devenu pour lui son sauveteur, le hante depuis des années, jours et nuits sans lui laisser le moindre repos : « J'y pense tout le temps, je ne retrouverai la paix et la sérénité que lorsque je pourrai dire enfin à cette homme ma gratitude, et surtout pour lui poser la question qui me tourne dans la tête sans répit depuis ce soir du 29 mai 1985 : Pourquoi moi? Pourquoi a-t-il choisi de me prendre la main alors que tant d'autres victimes se trouvaient autour de moi les mains tendues elles aussi? D'autres sont morts quelques secondes plus tard qui auraient pu être sauvés s'il les avait choisis à ma place... Je voudrais tant savoir pourquoi je suis en vie et pourquoi les autres y ont laissé leur peau... » En prononçant ces derniers mots, Raphaël semble en proie à un bouleversement proche de celui éprouvé lors des événements qu'il vient de revivre pour les besoins de l'émission. De grosses larmes coulent sur ses joues sans qu'il songe à les essuyer. Il affirme fonder sur nous ses derniers espoirs de retrouver son sauveteur, l'homme providentiel qui pourrait l'absoudre, en quelque sorte, de la culpabilité profonde qu'il ressent d'être vivant, alors que tant d'autres victimes comme le petit Andrea sont mortes au cours de cette nuit tragique. A cet instant, Raphaël, que nous avons tenu dans l'ignorance totale de nos recherches, ne se doute pas de l'énorme travail qu'a nécessité l'enquête qui va aboutir quelques minutes plus tard devant des millions de téléspectateurs aussi médusés que lui.

Trois semaines avant la date fatidique de la première émission, nos démarches préliminaires nous avaient logiquement conduits au siège de la Croix-Rouge belge. Notre souci de retrouver un sauveteur et surtout à la demande d'une des victimes de la tragédie les toucha profondément, car, aussi curieux que cela paraisse, ce genre de démarche est rare. Les responsables de la Croix-Rouge y virent l'occasion de mettre à l'honneur tous les membres bénévoles anonymes et dévoués qui font la force de cette organisation. Sur les indications de Raphaël, nous avions réalisé un « Portrait Robot » de son sauveteur, à comparer avec les photos d'identité des 250 secouristes présents sur les lieux, le soir du 29 mai 1985. Au bout de quelques jours, la Croix-Rouge nous fit parvenir celle d'un homme brun aux cheveux courts. Grand, assez costaud, il pouvait correspondre à la description de Raphaël. Son nom : Jacques van C.

Le lundi 17 septembre 1990, à 22 heures 50, lorsque Jacques Pradel, en direct, présente la photo de l'homme à Raphaël, il ne dit d'abord rien. Il la regarde longuement, semblant la détailler millimètre par millimètre, puis il la dispose à l'envers et l'éloigne de ses yeux, la tenant à bout de bras et légèrement au-dessus de sa tête. Il réfléchit encore quelques secondes, puis il murmure : « Oui, c'est bien lui. J'en suis certain ! »...

Ce même lundi, Jacques van C. ignore tout de l'intérêt soudain que lui porte la télévision française.

Depuis quelques semaines, un véritable complot amical avait été mis sur pied par nos soins, avec la complicité d'un grand nombre de ses collègues secouristes. A l'époque, le principe de la séquence « Retrouvailles » était de surgir par surprise chez la personne recherchée, de la placer devant les caméras de TF1, pour profiter au maximum de la spontanéité et de la sincérité de la rencontre entre les protagonistes. Nous ne voulions pas qu'on nous soupçonne de trucage et la découverte immédiate nous avait paru être la meilleure solution. Or la direction de la Croix-Rouge belge nous avait signalé que Jacques van C. devait partir en vacances pour une semaine, très exactement autour du 17 septembre ! Il avait donc fallu imaginer un stratagème destiné à le faire revenir à Bruxelles, au moins pour quelques heures, le soir de notre émission.

Peu avant son départ en vacances, Jacques van C. avait donc reçu une convocation pour une réunion urgente et d'extrême importance. Bien qu'étonné, il avait accepté avec bonhomie et discipline de s'y rendre. Heureusement, il passait ses quelques jours de vacances sur la côte belge donc tout près de la capitale.

Toutes les conditions semblaient réunies pour que notre première séquence de direct se déroule sans accroc! Jacques van C. se trouvait dans un bureau, au siège de la Croix-Rouge, attendant l'heure de son étrange réunion nocturne. Jean-Marie Perthuis avait réussi à dissimuler l'indispensable car émetteur pour le duplex, à proximité du parking souterrain du même immeuble. Lors des essais quelques minutes avant le début de l'émission, le cameraman, le technicien du son, l'éclairagiste et le cable-man s'étaient montrés le plus discret possible. Jean-Marie, au moment de la prise d'antenne, n'avait plus qu'à parcourir quelques mètres, pénétrer dans le bureau où avait été installé un poste de télévision, et annoncer à Jacques van C. que l'homme qu'il avait sauvé de la mort cinq ans plus tôt au stade du Heysel voulait, ce soir-là, l'en remercier publiquement!

Sur le plateau, à Paris, l'émotion est à son comble lorsque Jacques Pradel, qui vient de présenter à Raphaël la photo de son sauveteur, ajoute : « Raphaël, regardez bien maintenant cet écran de télévision, nous nous rendons à Bruxelles retrouver Jean-Marie Perthuis qui a pu, grâce à l'enquête de *Perdu de Vue*, retrouver l'homme que vous recherchez depuis tant d'années... »

L'antenne est à Jean-Marie qui s'engouffre dans le parking en sous-sol du siège de la Croix-Rouge, en fait, près de 150 mètres de trajet au milieu des ambulances garées, avant de trouver le bureau. Là, Jacques van C. le regarde arriver avec des yeux ronds comme s'il s'agissait d'un extraterrestre. Que lui veut cet inconnu affublé d'un casque, suivi d'un cameraman, accompagné d'un éclairagiste qui lui braque en plein visage un flash éblouissant?

A Paris, Raphaël murmure : « C'est lui, je le reconnais... »

A Bruxelles, Jean-Marie a allumé le récepteur de télévision branché sur TF1 et demande à Jacques van C. : « Regardez cet homme à côté de Jacques Pradel, à Paris, le reconnaissez-vous? » Jacques van C. secoue la tête négativement. Visiblement il est tellement surpris par l'irruption de l'équipe de reportage dans ce bureau où il attendait tranquillement ses collègues, qu'il en semble pétrifié. « Non, répète-t-il, je ne comprends pas... que voulez-vous, qui est cet homme, et vous qui êtes-vous? »

Commence alors un dialogue surréaliste entre Raphaël à Paris, dont la voix est brisée par l'émotion, et Jacques van C. à Bruxelles qui ne se souvient rigoureusement d'aucun détail concernant ce sauvetage particulier. Il ne se rappelle pas avoir choisi de se diriger vers lui, ou d'un quelconque effort pour soulever la grille qui retenait Raphaël prisonnier. Il est gêné par l'hommage de la victime et ne cesse de répéter : « Vous savez, c'est notre boulot de sauver les gens... je n'ai fait que mon devoir... comme les autres qui sont venus ce soir-là... Nous avons essayé de sauver un maximum de gens et, dès que quelqu'un nous semblait tiré d'affaire, nous passions très vite à un autre. Le reste ne nous concernait plus, c'était aux médecins de donner les premiers soins, nous nous avons simplement essayé de dégager le plus possible de gens encore vivants de cet amas de corps qui gisaient devant nous... C'était terrible... mais depuis nous nous sommes occupés de tellement d'autres catastrophes, alors le Heysel, vous savez, maintenant, c'est un peu loin quand même ! »

Après ce curieux dialogue empreint d'une émotion bien différente que celle que nous imaginions, il était évident que le sauveteur ne voulait pas – et ne pouvait pas – envisager une relation personnelle particulière avec celui à qui il avait sauvé la vie ! Ce fut une formidable leçon d'humilité que Jacques van C. nous donna à tous ce soir-là avec une simplicité touchante.

Il accepta cependant l'invitation que lui lança Raphaël de se rendre à Paris début janvier 1991 pour assister au stade de Nanterre à un match amical entre Auxerre et Vienne, organisé par l'« Association de Défense des Victimes françaises du Stade du Heysel ». Raphaël y invita également les survivants de Sheffield pour faire de ce match le symbole d'une journée du pardon et de l'avenir.

Jacque van C. en fut le Président d'honneur, puis il s'en retourna à Bruxelles où il continue chaque semaine à mettre au service des autres ses compétences de secouriste bénévole.

Pour Raphaël, l'émission avait parfaitement rempli son rôle paradoxal, comme elle le fera pour tant d'autres personnes par la suite. Les cauchemars qui le hantaient disparurent avec l'aboutissement de sa quête. Il avait besoin d'être confronté à l'homme qu'il avait idéalisé pendant de nombreuses années. La réponse à sa question n'était certainement pas à la hauteur de son rêve car Jacques van C. ne lui avait pas fait part d'une pulsion surnaturelle qui l'aurait dirigé spécialement vers lui. Aucune intervention divine ne pouvait expliquer les raisons de ce sauvetage miraculeux. Simplement, une fois de plus, la réalité avait benoîtement dépassé la fiction!

Quant à nous, peu de temps après cette émission, nous décidions de changer radicalement le concept de la séquence des « Retrouvailles ». Principalement fondée jusqu'alors sur l'effet de surprise « en vraie grandeur », nous allions, dans la deuxième époque de *Perdu de Vue*, nous éloigner de l'émotion à l'état brut, pour privilégier le récit et l'analyse des situations. C'est pourquoi, désormais, les personnes retrouvées sont mises au courant des recherches qui les concernent dans la semaine qui précède l'émission. Mais la découverte des visages et des voix a toujours lieu au dernier moment, en direct. Les retrouvailles, aussi réelles mais mieux fondées, n'en sont que plus puissantes.

II

HISTOIRES DE *PERDU DE VUE*

Au fil de ces histoires, qui restituent quelques-uns des moments privilégiés vécus par l'équipe de Perdu de Vue *pendant près de deux ans, nous avons voulu mettre en valeur, tour à tour, le travail de recherche de l'équipe d'enquête, la place, parfois importante, laissée au hasard et à l'improvisation, les mécanismes secrets et les coulisses de l'émission, et enfin, ce qui s'est passé par la suite pour certains des protagonistes.*

Ces récits vous rappelleront fugitivement, pour quelques-uns, des souvenirs personnels de spectateur, tous vous apporteront un éclairage nouveau sur des aspects inédits qu'il est impossible de dire ou de montrer pendant notre temps d'antenne mensuel.

S'il est des choses qui se disent et d'autres qui se montrent, nous croyons que tout peut s'écrire.

1.

Retrouvailles

Alger : les jumeaux

février 1949

« Même dans les plus belles histoires, il y a toujours un diable qui surgit... »

« Monsieur Jacques Pradel,

Avec mon épouse, nous suivons régulièrement votre émission sur TF1.

Peut-être pourrez-vous m'aider à aboutir dans les recherches que j'ai entreprises il y a maintenant près de dix-sept ans.

Voici mon histoire... »

Des lettres qui commencent comme celle que nous lisions en ce matin de juin 1991, nous en avions reçu des milliers chaque mois depuis le début de *Perdu de Vue.*

La suite était plus originale et même unique !

« Je suis né à Alger en 1949. Peu après ma naissance, j'ai été abandonné par ma mère et placé dans un orphelinat où la famille G. est venue me chercher alors que j'avais six mois. J'ai été régulièrement adopté par cette famille qui m'a caché la vérité sur mes origines jusqu'à l'âge de vingt-sept ans.

« J'ai appris en 1975 ou 76, par la bouche de celle que je croyais être ma mère naturelle, que j'étais un enfant adopté et que j'avais même à l'époque un frère jumeau dont on a, depuis lors, perdu toute trace...

« [...] Ce frère inconnu, cette autre partie de moi-même, hante mes jours et mes nuits depuis toutes ces années.

« Si je pouvais le retrouver grâce à vous, ce serait le plus beau jour de ma vie ! »

Réunir deux frères jumeaux séparés à la naissance en 1949, qui plus est à Alger, avec tous les soubresauts de l'Histoire qui ont secoué ce pays depuis une quarantaine d'année, représentait un vrai défi pour les enquêteurs de *Perdu de Vue.*

La décision de creuser le dossier afin d'évaluer nos chances de succès fut prise sur-le-champ.

Quelques jours plus tard, Patrick G. venait nous rejoindre dans les bureaux de TF1 avec tous les éléments qu'il avait patiemment récoltés en un peu moins de deux décennies de recherches personnelles.

Brun, la quarantaine « avantageuse », très méditerranéen, petite moustache noire bien taillée, Patrick sut tout de suite conquérir toute l'équipe grâce à son humour « juif pied-noir ».

Il avait des formules à la Boujenah : « Ma mère, je sais pas avec qui elle m'a fait, mais, à voir ma gueule, c'était pas avec un Suédois !! » – ou encore à la Raymond Devos : « Faut que j' vous dise ! Je m'appelle Patrick mais avant c'était Charles mon prénom. Attention, je suis pas dingo ! Mais chez nous, on ne donne jamais le prénom du père au fils. Et quand ils sont venus me chercher à l'orphelinat, mes parents adoptifs, Yvonne et Charles, on leur a dit que je m'appelais Charles! Alors Charles a décidé qu'on m'appellerait Patrick!

« Ça a l'air compliqué comme ça, mais en fait c'est très simple, vous avez pigé? »

Il savait aussi être émouvant, l'instant d'après, lorsqu'il évoquait son enfance comblée dans un quartier populaire d'Alger :

« Ma mère, Yvonne, j'étais tout pour elle. Oui, on peut dire que j'étais le roi!

« Vous connaissez les mères juives? Rien n'était trop beau pour moi!

« D'ailleurs, en 1954 ou 56, lorsque les gamins du quartier ont commencé à me traiter de " bâtard ", car tout le monde, sauf moi, était au courant de mon histoire d'enfant abandonné, mes parents ont décidé de quitter l'Algérie pour venir s'installer à Paris.

« Pas à cause des " événements " hein! A cause de moi!

« Vous auriez fait ça, vous? »

Cet homme de quarante-deux ans avait une présence extraordinaire et nous sentions tous que cette recherche était devenue l'affaire de sa vie.

Le moment le plus poignant de cette première rencontre fut quand Patrick nous raconta comment sa mère adoptive, Yvonne, décida en 1975 de lui dire la vérité sur ses origines.

« J'avais vingt-six ou vingt-sept ans, et il faut dire que rien n'allait plus entre ma femme et moi depuis plusieurs années car nous nous étions mariés très jeunes, trop jeunes...

« Nous avions deux enfants que je négligeais, rentrant de plus en plus tard le soir pour repousser le moment des scènes incessantes que me faisait mon épouse.

« Elle me reprochait de l'enfermer à la maison, de ne jamais l'emmener avec moi à l'extérieur, de passer trop de temps avec mes copains, et moi, je lui disais qu'elle était trop attachée à ses enfants... et pas assez à son mari...

« Bref, insensiblement, nous étions passés de l'amour à quelque chose qui ressemblait à de la haine.

« J'étais nerveux, irritable. A la maison ce n'était plus que cris et hurlements. Au début, nous avions réussi à ne pas rendre les enfants témoins de ces scènes pénibles mais ce ne fut bientôt plus possible.

« Mes parents voyaient bien que nous nous rendions malheureux avec cette situation et Yvonne essayait régulièrement de favoriser des réconciliations en venant déjeuner à la maison, mais cela ne faisait que différer les crises de quelques heures, car sitôt qu'elle avait le dos tourné, nous recommencions à nous chamailler !

« Un jour, exaspéré par une remarque de ma femme, je me tournai vers mon fils, tout jeune à l'époque, qui avait pris le parti de sa mère, et je le giflai violemment en les menaçant tous deux de les mettre à la porte puisqu'ils semblaient tellement s'entendre.

« La gifle était partie d'un seul coup, presque malgré moi. Je regrettai aussitôt mon geste et voulus demander pardon à mon fils, mais celui-ci, choqué, me regarda droit dans les yeux et me dit d'une voix entrecoupée de sanglots : “ De toute façon, j'en ai marre de toi, tu n'es plus mon père ! ” et il quitta la pièce.

« Yvonne était blême. Elle avait assisté à la scène sans dire un mot, mais son visage reflétait une grande souffrance de me voir agir ainsi avec son petit-fils qu'elle adorait. J'attendais ses remontrances avec une certaine résignation, car au fond de moi-même, j'étais plein de remords et pas du tout fier du spectacle que je venais de lui donner.

« J'attendais des cris, des pleurs. Elle ne disait rien. Elle restait figée sur sa chaise devant son assiette vide, étrangement calme. Un long silence s'installa entre nous. Enfin elle se leva, fit mine de quitter la pièce, mais comme prise d'une subite résolution, elle revint sur ses pas, marcha droit jusqu'à moi et, s'arrêtant presque à me toucher, elle me fixa quelques secondes encore en silence puis murmura d'une voix atone, comme mécanique : " Patrick, il ne faut pas agir comme cela, ni avec ta femme ni avec tes enfants... Ce n'est pas bien. Je ne t'ai pas élevé comme ça.

« " Jamais ton père ou moi n'avons imaginé une seule seconde de lever la main sur toi!

« " Et pourtant, il faut que tu le saches aujourd'hui, Patrick, tu n'es pas notre fils! Ta vraie mère et ton vrai père, nous ne les connaissons pas...

« " Peut-être t'ont-ils frappé eux aussi quand tu étais bébé!

« " En tout cas, ils t'ont abandonné et ça vaut peut-être mieux pour un enfant d'être abandonné à six mois, comme tu l'as été, que de grandir dans une famille qui n'en est pas vraiment une, où les parents s'entre-déchirent, s'insultent, devant de petits innocents. "

« Disant cela, Yvonne me regardait, les larmes coulaient sur son visage sans qu'elle songe à les essuyer.

« Moi, j'entendais ses paroles, mais je ne comprenais pas, j'étais comme assommé par ce qu'elle venait de me dire.

« Elle ajouta : " Maintenant mon fils, car tu es mon fils, plus que ne le serait un enfant né de ma propre chair – Dieu sait combien nous t'avons désiré et attendu avec ton père – mon fils, il faut que j'ajoute autre chose, et c'est à cause de cela que ton père et moi avions décidé de ne jamais te dire d'où tu venais, mon fils, tu as un frère, un jumeau, abandonné comme toi, hébergé à l'orphelinat, comme toi! Mais nous avons appris son existence trop tard, pour pouvoir l'adopter lui aussi.

« " Cela, Charles et moi avons du mal à nous le pardonner; nous aurions tellement voulu vous avoir tous les deux, vous rendre un peu de cette tendresse dont le pauvre manque peut-être encore.

« " Il s'appelait Gérard. C'est la seule chose que nous sachions de lui et maintenant, je vais te dire comment nous avons appris tout cela et comment nous t'avons vu pour la première fois. " »

Yvonne commença alors un récit que Patrick écouta stupéfait, incapable de la moindre réaction.

Il avait fermé les yeux, il écoutait sa mère lui raconter dans les moindres détails ce qui s'était passé dans les premières années de sa vie depuis ce jour de janvier 1950 où Charles et Yvonne G. s'étaient rendus à l'orphelinat du quartier de Kouba à Alger...

Ce jour-là fut pour eux un grand jour, car ils avaient depuis plusieurs mois décidé d'adopter un enfant et rempli, à cet effet, un nombre incalculable de formulaires administratifs, répondu soigneusement à plusieurs questionnaires les interrogeant sur leurs motivations, leurs moyens d'existence et bien d'autres sujets dont ils n'avaient pas toujours compris le pourquoi, mais, leur résolution prise, ils avaient accompli tout ce qu'on leur demandait de faire.

Puis ils avaient patienté de longs mois.

Enfin la lettre tant attendue arriva un beau matin. Elle était à l'en-tête de l' « orphelinat de Kouba ». Le style, sec et impersonnel, était celui d'une convocation pour le 8 janvier 1950 à 15 heures.

Yvonne et Charles ont très peu dormi la nuit précédente. Ils ont passé le temps à contempler l'horloge du salon attendant que la petite aiguille chasse la grande, puis, incapables de rester chez eux sans rien faire ni dire, ils sont arrivés à l'orphelinat avec une bonne heure d'avance.

On leur a demandé de patienter dans un petit bureau crépi à la chaux, dont le plafond s'écaille par endroits.

Au mur, un crucifix très réaliste marque la vocation religieuse du lieu pourtant géré par l'administration d'État.

Cela sent le pensionnat ou la maternité, odeurs de lait et de chocolat mélangées.

On entend des cris d'enfants qui jouent, des pleurs de bébés.

L'endroit est sonore, le personnel parle fort, entre et sort de ce bureau sans leur prêter attention, claque les portes. L'ambiance est sympathique, toute méditerranéenne.

« Monsieur et madame G.? Suivez-moi, je vais vous montrer le petit... »

Celle qui parle a l'air d'une infirmière ou d'une bonne sœur « en civil ». C'est une femme d'une quarantaine d'années, volontaire, au regard clair. Elle poursuit : « Nous allons au dortoir... car c'est encore l'heure de la sieste... Vous allez voir ce petit s'il est beau ! Quel malheur quand même qu'il y ait des parents pour abandonner des enfants comme cela. Enfin ! Heureusement qu'il y a des gens comme vous... »

Les couloirs succèdent aux couloirs, ils montent un étage, puis deux, et entrent dans une grande salle au sol encore humide où flotte une légère odeur d'eau de Javel...

« Ça sent le propre », pense Yvonne, en s'approchant des lits méticuleusement alignés le long d'un grand mur au fond de la salle.

Les lits tout petits, à peine plus grands que des berceaux, sont fraîchement repeints en blanc; certains laissent voir la trace d'une ancienne peinture, rose ou bleue... A d'autres, il manque un ou deux barreaux... On comprend que l'orphelinat ne roule pas sur l'or et que la plus grande partie du matériel a été récupérée ici et là, au fil des années, au hasard des dons...

Tout au fond de la pièce, Yvonne et Charles ont vu bouger une petite tête brune qui se tourne vers eux, attirée par le bruit de la conversation et des pas qui résonnent sur le carrelage...

« Tu avais à peine six mois, Patrick, mais Charles et moi, on a eu l'impression que tu nous attendais! Quand nous nous sommes penchés vers toi, tu as plissé ton nez et puis tu nous as bien regardés dans les yeux et tu as reposé ta tête sur l'oreiller avec un joli sourire.

« Pour nous c'était un signe que nous devions t'adopter toi et pas un autre, tu comprends?

« Alors l'infirmière ou la bonne sœur t'a soulevé et t'a mis dans mes bras en disant : " Allez-y, vous pouvez le prendre, il n'est pas en sucre " et puis elle t'a dit : " Mon chéri, je te présente ta maman et ton papa " et elle a ajouté : " Tenez, le voilà! Il s'appelle Charles. " »

Yvonne et Charles se regardent, regardent le « petit »... ils sont au bord des larmes.

Charles murmure : « Si tu veux, on l'appellera Patrick-David »...

Yvonne ne répond pas.

Elle fait « Oui » avec les yeux, trop émue pour parler. Et d'un geste de mère, elle berce tendrement l'enfant dans ses bras en se dirigeant vers la sortie...

La femme qui les a raccompagnés leur donne un petit baluchon, deux ou trois pyjamas de l'Assistance, quelques couches en tissu jaunies et râpées par les lavages répétés.

Elle dit : « Voilà ses affaires, surtout n'oubliez pas le biberon, toutes les six heures ! Pour les doses de lait et pour les bouillies, voyez un médecin, il vous expliquera.

« Vous pouvez l'emmener tout de suite, il est en bonne santé, il a passé la visite ce matin, comme on savait que vous veniez à 15 heures !

« Revenez nous voir avec lui dans un mois. Pour les papiers à remplir, on verra dans le détail à ce moment-là. »

Un mois passe. Charles-Patrick est un bambin adorable, et c'est une Yvonne épanouie qui franchit, par un frais matin de février, le porche de l'orphelinat portant fièrement son fils dans les bras.

Elle demande à la concierge où se trouvent les services de l'administration, celle-ci lui indique le chemin, et c'est en prenant le long corridor sombre qui mène aux bureaux de l'assistance qu'elle croise un médecin, blouse blanche et stéthoscope en bandoulière, qui s'exclame :

« Oh ! mais dites-moi, il a bien grandi le petit Gérard ! »

Yvonne ne comprend pas. Elle dit : « Mais ça n'est pas Gérard, c'est Charles, d'ailleurs maintenant nous l'avons appelé Patrick ! Vous devez confondre avec un autre. C'est vrai qu'à cet âge, tous les enfants se ressemblent... »

Le médecin s'approche de Patrick, le regarde sur toutes les coutures et murmure : « Ah, bon Dieu ! Ça y est, ça me revient, c'est le frère du petit jumeau qui était malade le mois dernier! Tout de même, quelle ressemblance! »

Par le hasard de cette rencontre avec le médecin, Yvonne apprend donc dans un couloir de l'orphelinat que Charles-Patrick a un frère jumeau arrivé en même temps que lui, le petit Gérard.

« Où est-il? Est-ce que je peux le voir? demande-t-elle aussitôt.

– Ça, dit le médecin en s'éloignant, il faut demander au bureau, ils vous le diront. Excusez-moi mais je dois me sauver, j'ai ma consultation en ville et mes patients m'attendent! Allez, au revoir, madame, et faites attention si vous mettez les deux côte à côte, dit-il encore avec un grand sourire, en désignant Patrick du doigt, vous ne sauriez plus lequel est le vôtre! »

Yvonne se dirige lentement vers le bureau. Dans ses bras, Patrick gazouille doucement et la regarde de ses grands yeux noirs.

Elle se dit : « Si Charles est d'accord, nous prendrons l'autre aussi. On ne peut pas séparer deux frères qui sont d'autant plus des jumeaux! »

« Tout cela, je l'ai donc appris à vingt-six ou vingt-sept ans, nous confie Patrick, les larmes aux yeux, dans le bureau de TF1. Vous imaginez ma tête! J'ai dit à ma mère : " Et alors, pourquoi vous n'avez pas adopté Gérard? " »

Les fonctionnaires de l'Assistance publique à qui Yvonne avait immédiatement posé la question lui répondirent que malheureusement Gérard n'était plus là. Lui aussi avait été adopté quelques jours plus tôt! Et pourquoi n'avait-on rien dit aux époux G. lorsqu'ils étaient venus chercher Patrick-Charles? Parce que Charles avait passé la visite médicale le matin et son frère jumeau l'après-midi.

Gérard était donc dans une pièce voisine où l'examinait le médecin du centre lorsque les parents G. réunissaient les affaires de l'autre jumeau.

Yvonne et Charles remuèrent à l'époque ciel et terre pour tenter de retrouver Gérard.

Mais ce fut peine perdue.

L'administration demeura inflexible. Une adoption est une adoption. Le secret de la destinée de ces enfants doit être assuré. Il le fut. Yvonne demanda au personnel de l'orphelinat d'au moins la prévenir si les nouveaux parents adoptifs devaient un jour revenir, comme elle l'avait fait, pour remplir les papiers du dossier administratif.

Elle voulait donner une chance à Patrick de retrouver son frère jumeau plus tard. Elle laissa son adresse, son téléphone. Jamais personne n'appela. Aucune lettre ne leur parvint. Les époux G. pensèrent un moment qu'on leur avait menti et que la mère naturelle des jumeaux était venue en reprendre au moins un!

Jusqu'à leur départ pour la France, en 1956, ils ne reçurent aucune information sur le sort du petit Gérard qu'ils auraient tant voulu adopter afin de reconstituer la famille d'origine de celui qui était désormais leur fils. C'est donc à cause de cet échec, pour n'avoir pas à informer Patrick de cette terrible séparation, qu'Yvonne avait décidé de lui cacher la vérité sur les circonstances de son adoption.

Pendant toutes ces années, Patrick eut une enfance et une jeunesse heureuses. Comme il nous l'a confié avec un large sourire, il était le roi de la famille.

Yvonne le gâtait tout particulièrement, et il ne comprit jamais, à l'époque, pourquoi les yeux de sa mère se mouillaient lorsqu'elle le voyait jouer, dialoguer avec le nounours qu'on lui avait acheté tout petit, à sa sortie de l'orphelinat.

Ce nounours, émouvant symbole d'une enfance choyée, que les téléspectateurs de TF1 ont découvert au cours de l'émission, il l'avait baptisé, dès qu'il sut parler, « Gérard ».

En quelques dizaines de minutes, Patrick avait su nous convaincre que rien désormais ne serait plus aussi important pour nous que de réussir là où il avait échoué.

Huit mois d'une enquête minutieuse et beaucoup de chance nous permirent d'y arriver!

C'est à partir de ce premier récit que nous constituâmes un pré-dossier, tentant par la suite de réunir tous les morceaux éclatés du puzzle auquel ressemblait son histoire. Pour cela, il nous fallut reconstituer dans les moindres détails tout ce qui s'était passé dans sa vie, année par année.

Malheureusement, les documents apportés par Patrick étaient bien minces, pour ne pas dire inexistants : un extrait de naissance, matricule 235.286 et une mention « premier jumeau » qui semblait indiquer que Patrick avait bien été le premier à venir au monde, et un nom de famille L. dont il n'était pas même certain qu'il fût celui de sa vraie mère. Il est courant en effet, dans ce genre de circonstances, que l'état civil attribue à un enfant abandonné le nom d'un employé de l'Assistance publique ou même un simple prénom transformé en patronyme comme « Benoît » ou « Gilbert ». Ce nom « de naissance » n'avait d'ailleurs fourni aucune piste particulière à Patrick lui-même.

Pour le numéro matricule, il avait téléphoné au service des archives administratives des Français de l'étranger, à Nantes, où sont centralisés tous les actes concernant les Français rapatriés d'Algérie.

En sa qualité de « premier jumeau », Patrick voulait savoir si le matricule portant le numéro suivant le sien, 235.287 donc, correspondait à celui d'une personne encore vivante, née à Alger le même jour que lui de la même année 1949. Cette « personne » ne pouvant être que le « deuxième jumeau », son frère Gérard. Malgré sa demande pressante, il avait été poliment mais fermement éconduit et « on » lui avait rappelé que ce genre de renseignement est couvert par le secret administratif. Le fonctionnaire qu'il avait au bout du fil, peut-être touché par son insistance, accepta seulement de dire – et ce fut pour lui déjà beaucoup : « Je ne peux rien vous dire. »

Si la personne recherchée était décédée, l'administration s'autorisant à donner quelques rares fois cette information, la réponse aurait été clairement négative. Ce « Je ne peux rien vous dire » équivalait donc à un début de confirmation. Patrick, dès lors, fut certain que ce frère jumeau était bel et bien vivant mais il était incapable pour autant d'obtenir le moindre indice sur son éventuel lieu de résidence. En France, en Algérie, ou ailleurs?

Les autres informations en sa possession, glanées au

hasard de conversations familiales, collecte de « on-dit », étaient parfaitement invérifiables. La mère de Patrick étant morte depuis quelques années, son père disait ne plus très bien se souvenir des circonstances exactes dans lesquelles, avec sa femme, ils avaient choisi cet orphelinat d'Alger et pas un autre. Enfin les quelques oncles ou tantes qui auraient pu le mettre sur une piste étaient dispersés aux quatre coins de la France, à la suite des événements de 1962. Quant aux personnes susceptibles de savoir quelque chose sur son frère jumeau, c'était encore plus simple, il n'y en avait pas.

Seule information sûre et confirmée par Yvonne et Charles, le frère jumeau de Patrick-Charles se prénommait Gérard, comme nous le savons. L'histoire de Patrick tenait donc en quelques lignes et n'incitait pas à l'optimisme :

16 juillet 1949, Alger : Naissance de Charles (premier jumeau) et de Gérard L. (second jumeau).

Décembre 1949, Alger : Les deux enfants sont abandonnés à l'orphelinat du quartier de Kouba (lieu incertain, le père adoptif de Patrick « ne se souvient pas bien »).

Janvier 1950, Alger : Charles est adopté mais pas son jumeau. Charles change de nom et de prénom, il devient officiellement Patrick G. Il bénéficie d'une adoption plénière.

1954 ou 1956 : La famille G. quitte Alger pour Paris.

1975, Paris : Yvonne G. apprend à son fils Patrick qu'il a été adopté et qu'à la naissance il avait un frère jumeau, Gérard, dont personne ne sait ce qu'il est devenu.

1991, Nantes : Les services de l'état civil, section des archives des Français d'Algérie confirment indirectement à Patrick l'existence d'un jumeau vivant.

Comme nous le faisons systématiquement à chaque début d'enquête, nous avons commencé par consulter les listes du Minitel, espérant trouver un ou des abonnés portant le patronyme de L. Personne. La recherche fut complétée par une interrogation des listes rouges, au moins pour savoir s'il y avait un abonné ou non de ce nom. Personne. A Alger, des investigations parallèles s'étaient également révélées infructueuses. Nous avons alors repris une piste signalée par Patrick, et qui mérite quelques explications préalables.

L'été 1980, les parents de Patrick passent leurs vacances dans la région de Dax. Un après-midi, Yvonne décide de faire les magasins de souvenirs pour trouver une carte postale originale ou un petit objet qu'elle pourrait envoyer à quelques amis et, bien sûr, à Patrick.

Elle regarde machinalement les cartes qu'elle fait défiler sur leur support mobile, lorsque son œil est attiré par une photographie des plus banales dans cette région. Il s'agit d'un gros plan de torero effectuant une passe classique avec sa « muleta » face à un taureau impressionnant. Mais ce qu'a remarqué Yvonne est autre chose, un détail en arrière-plan. Là. Au sein de la foule assise dans les gradins, on devine plus qu'on ne voit une silhouette floue mais caractéristique : belle carrure, les cheveux bruns frisés, les lunettes de soleil, le sourire, l'expression générale du visage... Pas de doute, c'est Patrick, photographié à son insu alors qu'il assistait à une corrida ! Et où a-t-elle eu lieu? En France? En Espagne? La carte postale, éditée à Bilbao, appartient à une série, où l'on trouve aussi bien des corridas espagnoles que des courses de vaches landaises.

Dès leur retour de vacances, Yvonne se rend chez Patrick : « Alors, tu aurais pu nous dire que tu avais passé des vacances en Espagne l'an dernier! Inutile de nier, j'ai ta photo! » et Yvonne raconte à Patrick dans quelles circonstances elle a trouvé la fameuse carte postale, à Dax. Patrick la regarde attentivement. Aucun doute, c'est bien lui. Il n'y a qu'un petit détail qui cloche... Jamais il n'a passé de vacances en Espagne. Ni à Bilbao ni ailleurs. Il a horreur de la corrida. Et, en plus, il n'a jamais mis les pieds à Dax!

« Si ce n'est toi, c'est donc ton frère! »

Il y a des jours comme ça où les lieux communs mille fois rabâchés prennent tout leur sens. « Et si c'était Gérard? » pense aussitôt Patrick. D'ailleurs, il lui revient en mémoire une phrase de son père. Charles lui a dit un jour : « Je suis persuadé que ta vraie mère était une fille de haut gradé de l'armée française, elle a dû fauter avec un petit caporal espagnol que j'ai connu, et que j'aimais bien d'ailleurs! Peu après ton adoption, au moment où nous avons appris l'existence de ton jumeau et de sa disparition mystérieuse de l'orphelinat, elle est partie sans laisser d'adresse et lui a quitté l'armée. Je ne les ai plus revus, ni l'un ni l'autre, il ne m'a jamais écrit et pourtant c'était un bon copain! »

En un instant, Patrick a bâti une histoire plausible. Sa mère de naissance « prend du bon temps » comme il dit avec un fringant sous-officier d'origine espagnole. Elle tombe enceinte. Ce sont des jumeaux. Dans un premier temps, elle les abandonne à l'orphelinat d'Alger, mais, saisie de remords, elle y retourne au bout de quelques mois, récupère l'enfant qui reste et, bravant la condamnation familiale, elle s'enfuit en Espagne avec son amant et Gérard.

Gérard qui ignore peut-être encore l'existence de son jumeau !

Patrick est à l'époque chauffeur routier international. Il dépose immédiatement une demande de congé sans solde et se précipite dans la région muni de la carte postale et de sa propre photo d'identité. On a tellement dit qu'avec son frère ils se ressemblaient comme deux gouttes d'eau ! L'expédition donne lieu à quelques scènes cocasses qu'il nous a racontées avec un sourire un peu triste : « J'arrivais chez un commerçant, je lui montrais la carte postale et la photo d'identité, et puis je lui disais : « " Vous n'avez pas vu ce type, enfin quelqu'un comme moi, oui exactement comme moi, est-ce que vous m'avez vu ? Parce que si vous m'avez vu, ce n'est pas moi, c'est mon frère et c'est lui que je cherche. Une véritable histoire de fous ! " »

L'homme de la corrida n'était pas Gérard. Cela, nous l'apprendrons huit mois plus tard au cours de l'enquête qui mena Jean-Marie Perthuis à Alger, quarante-trois ans après les faits, devant un bâtiment qui avait abrité l'orphelinat où Gérard et Charles avaient été recueillis en 1950. Une enquête, restée au point mort de juillet 1991 à février 1992, mais qui allait subitement apporter presque toutes les réponses à nos questions, grâce à une stupéfiante série de coups de théâtre.

En quelques semaines, nous allions apprendre en effet que le frère de Patrick avait bien été adopté, lui aussi, en février 1950. Quelques jours à peine après que Charles était devenu Patrick-David G., fils béni et adoré d'une famille de juifs pieds-noirs d'Alger, Gérard fut accueilli puis adopté par une famille arabe, les B., qui lui donnèrent le prénom musulman de Sid Ali.

Les retrouvailles des jumeaux, incroyablement semblables, eurent lieu dans une atmosphère partagée entre joie et vive émotion pour Patrick et son père présents sur le plateau de TF1 à Paris, tandis que Sid Ali, en duplex, semblait écrasé par une vérité que rien ne pouvait lui laisser soupçonner quelque temps auparavant. Il nous parlait d'Alger, où il a toujours vécu depuis 1949 et où il exerce, depuis douze ans, le métier de ... conducteur de camion pour le compte d'une grande société industrielle internationale.

Sid Ali est vraiment le double de son frère et réciproquement : mêmes moustaches, même implantation des cheveux, même manière de marcher, de sourire, de croiser les mains, de pencher la tête. On note à peine quelques centimètres de moins en taille, du côté de Sid Ali. La seule vraie différence entre les deux tenait à la décontraction apparente de Patrick qui semblait vivre ces retrouvailles comme un vieux rêve enfin réalisé, et le côté gauche et plus réservé de Sid Ali. Un Sid Ali qui paraissait gêné par les questions franches et directes de son jumeau :

« Tu as été adopté par qui? Comment ça s'est passé? Quand as-tu appris que tu avais été abandonné? Est-ce que tu savais que j'existais? »

A cette rafale de questions, Sid Ali semblait faire

face en courbant l'échine, comme quelqu'un qui se serait senti dépassé, emporté par les événements. Différence de culture, difficulté de parler une langue étrangère, le français, pourtant encore très pratiqué en Algérie? Ce fut, du moins, ce que pensèrent la plupart des spectateurs de la séquence ainsi que toute l'équipe présente sur le plateau de la Plaine Saint-Denis. Jacques, conscient de l'étrangeté de la situation et craignant un incident évoqua pendant l'émission certaines difficultés dues aux liaisons techniques qui pouvaient influencer la qualité de réception du son et de l'image à Alger.

Heureusement, Sid Ali avait préparé avec Jean-Marie un cadeau en images pour son frère : une rapide balade dans le quartier où ils avaient été recueillis, celui de l'ancien orphelinat, et aussi son école, l'endroit où habitaient ses parents adoptifs, bref, une sorte de carte postale à usage familial qui permit à Patrick d'inscrire des couleurs et des visages dans le décor d'une enfance oubliée dans l'Algérie des années 50.

Patrick confia comment, enfant, il ressentait en lui « des choses inexplicables » et Sid Ali, qui lui aussi n'avait appris que très tard la vérité sur sa naissance et son adoption, se souvint : « Parfois, je me prenais la tête entre les mains et je sentais qu'il y avait quelque chose qui bougeait. Je ne comprenais pas ce qui m'arrivait, maintenant, j'en suis sûr, ça devait être mon jumeau qui pensait à moi ! »

Il raconta aussi comment, en manière de plaisanterie, il avait évoqué avec des copains la possibilité de toucher une prime d'assurance en « mettant en scène sa fausse mort » pour venir récupérer la prime en se présentant comme un jumeau de retour au pays ! Pure plaisanterie de jeunesse, Sid Ali étant parfait citoyen, bon musulman, et père de famille respectueux des lois et apprécié de ses employeurs. Mais cette histoire de faux jumeau lui paraissait prémonitoire *a posteriori*.

Quoi qu'il en soit, la situation vécue en direct par près de 10 millions de téléspectateurs fut une des plus fortes parmi toutes les éditions de *Perdu de Vue* à compter de la première, en septembre 1991. Il fallut attendre le retour de Jean-Marie pour découvrir l'étendue du désastre auquel nous avions échappé ce soir-là. Pour bien comprendre ce qui s'était passé dans les coulisses de cette dix-septième émission, il faut revenir un peu en arrière, lorsque grâce à l'enquête de notre collaborateur Laurent Varlet il nous fut révélé que Gérard L. était devenu Sid Ali B.

Les neuf mois écoulés entre la première lettre de Patrick et l'émission de mars 1992 s'expliquent par une enquête « en dents de scie », avec des hauts et des bas, des fausses pistes et de nombreux culs-de-sac.

Notre premier souci avait été de retrouver le nom sous lequel Gérard L. avait pu être adopté. Patrick envisageait l'hypothèse selon laquelle sa mère naturelle serait venue reprendre ses enfants à l'orphelinat. Nous trouvions cette éventualité peu vraisemblable. Nous commençâmes par faire l'inventaire des orphelinats d'Alger. Il était important de savoir si le quartier de Kouba, cité par le père de Patrick, existait encore. Et s'il y avait bien là, en 1949, un orphelinat.

Dès nos premières recherches, nous apprîmes que l'institution, autrefois tenue par des bonnes sœurs, était devenue un foyer pour filles-mères. Aucune personne qui avait travaillé autrefois à l'orphelinat ne pouvait s'y trouver car celui-ci avait dépendu exclusivement de l'Assistance publique métropolitaine et des religieuses qui en constituaient l'encadrement. Le personnel de direction avait été rapatrié à Paris en 1962 et les archives se trouvaient, comme toutes celles concernant les Français de l'étranger, à Nantes.

Pourtant, un nom prononcé lors d'une de nos nombreuses conversations téléphoniques avec Alger nous permit d'aboutir à un contact discret, trois mois plus tard à Paris, avec une personne ayant été membre du personnel de l'orphelinat dans l'immédiat après-guerre. Mais cette piste devait rapidement nous mener à l'impasse la plus totale, la personne n'ayant plus aucun souvenir des noms de ses anciens collègues, noms que nous espérions obtenir en évoquant avec elle les années 49 et 50.

C'est alors qu'un premier coup de chance permit à notre enquête de progresser à pas de géant : l'un de nos tout premiers contacts à Alger retrouva subitement la mémoire et nous mit sur la piste d'une femme médecin qui se souvenait vaguement d'une famille musulmane, venue adopter un bébé en 1950. Mais elle n'en savait pas plus et n'avait par ailleurs aucun souvenir de cette histoire de visite médicale ayant involontairement séparé les deux frères pour la vie. Restait cette information capitale et inattendue, qu'aucun romancier n'aurait osé imaginer :

Un enfant adopté par une famille juive et l'autre par des musulmans!

La situation semblait tellement symbolique, que nous n'osions y croire. Jusqu'à ce que, orientant désormais nos recherches sur une éventuelle famille arabe ayant adopté un enfant en 1950, une des personnes jointes par téléphone depuis Paris prononça le nom de B., un nom qui est aussi fréquent chez les musulmans que Martin ou Dubois chez les catholiques et Cohen ou Benayoun chez les juifs! Appeler tous les B. du bottin d'Alger et de sa banlieue nous aurait pris des mois, sans compter le temps qu'il aurait fallu pour se présenter et expliquer à des gens, ignorants qui nous étions, l'objet de nos recherches et le fonctionnement de l'émission.

Sur ce dernier point nous nous trompions lourdement, car l'équipe qui s'est rendue à Alger a pu se rendre compte en quelques heures de la grande popularité de TF1 et de ses émissions-vedettes captées par les coupoles satellites qui parsèment le pays entier. Ainsi, *Perdu de Vue* compte en Algérie des millions de fidèles téléspectateurs.

Quelques semaines plus tard Laurent, qui assurait le suivi de ce dossier difficile, eut l'idée incongrue mais géniale de prendre son Minitel et de taper le fameux nom de B. pour voir s'il existait des homonymes dans la région parisienne. Résultat : quelques dizaines de noms seulement, dont il releva les numéros de téléphone et qu'il commença à appeler systématiquement.

Le quatrième appel fut le bon!

Son correspondant confirma en détail l'histoire dont nous ne connaissions qu'un fragment : un cousin de la famille, qui se désolait de ne pouvoir avoir d'enfants, avait adopté en quelques années quatre garçons et une fille. L'un des garçons correspondait à notre description mais il ne s'appelait pas Gérard, cela il en était certain. Il évoqua le prénom de « Sid Ali ». « Malheureusement, ajouta-t-il, les parents sont décédés depuis et cela va être difficile de retrouver les enfants car ils n'ont certainement pas le téléphone. » Laurent, vieux limier malgré ses vingt-cinq ans, lui demanda avec beaucoup de présence d'esprit s'il avait une idée du métier que pourrait exercer ce Sid Ali. La réponse vint, immédiate : « Bien sûr, s'il n'a pas changé d'employeur, la dernière fois que j'étais en Algérie, en 1980, il venait de se faire embaucher chez A., célèbre firme industrielle internationale, comme chauffeur poids lourd. »

Le lendemain, nous appelions discrètement l'employeur éventuel de Sid Ali... pour nous entendre dire : « Oui, il travaille bien ici, mais il est en arrêt-maladie en ce moment. On peut le joindre par l'intermédiaire de son cousin S. » Et notre interlocuteur nous donna aussitôt le numéro de téléphone de ce cousin.

L'irruption de S. allait à la fois nous permettre d'aboutir au principal intéressé que nous cherchions depuis près de neuf mois, et singulièrement nous compliquer la vie. Dès son premier voyage en Algérie, Jean-Marie s'aperçut que S. était l'homme fort et incontournable de la famille. Sorte d'autorité morale et religieuse, il avait pris en main la direction des opérations. Au point de rendre indispensable notre présence à Alger car, étant le plus proche voisin à posséder le téléphone, il nous répondait que Sid Ali était parti dans le Sud alors que, quelques instants plus tard, l'employeur de ce dernier nous confirmait qu'il n'avait pas bougé de chez lui. Il fallait donc entrer en contact directement avec le principal intéressé.

Il nous arrive parfois de rencontrer au cours de nos enquêtes des personnages qui compliquent notre tâche à plaisir, un peu comme s'ils regrettaient que tout cela ne leur arrive pas à eux ! C'était semble-t-il le cas avec S. qui avait quasiment interdit à son cousin de parler publiquement de son abandon et de son adoption, alors que notre seul propos était d'organiser les retrouvailles souhaitées par les deux frères.

Sid Ali avait d'abord été comme assommé par la nouvelle de l'existence d'un frère jumeau. Par bribes, il raconta à Jean-Marie son enfance ordinaire dans un quartier populaire d'Alger, ses difficultés d'adolescent avec ses parents et la découverte de sa situation d'enfant adopté, à l'âge de quinze ans. « J'ai pleuré quand je me suis rendu compte que je n'étais pas le fils de sang de mes parents », confiera-t-il, lors de la préparation de l'émission.

D'avoir un jumeau vivant en France paraissait presque un signe surnaturel pour cet homme très attaché à ses convictions religieuses et animé d'un fatalisme radical quant aux caprices du destin qui avait fait de lui un musulman et de son frère un juif.

« Dieu l'a voulu », répétait-il, en pointant l'index vers le ciel. Dieu ne voyait donc pas d'inconvénient à ces retrouvailles mais le cousin S., lui, peut-être un peu vexé de voir les choses lui échapper, ne l'entendait pas de cette oreille.

Jean-Marie arrivé à Alger avait donc communiqué à Sid Ali-Gérard tous les éléments en notre possession sur sa propre histoire. Sid Ali avait accepté le principe des retrouvailles télévisées. Il accueillerait notre équipe chez lui, devant le bananier qui ornait l'entrée de sa maison et il avait tenu à ce que toute sa famille, sa femme et ses quatre enfants, viennent à un certain moment devant nos caméras pour dire bonsoir à Patrick. Mais S. veillait ! Il demanda à Jean-Marie, quelques minutes seulement avant l'antenne, de signer une lettre engageant notre équipe à aider Sid Ali dans ses retrouvailles futures avec son frère français. Jean-Marie s'exécuta de bonne grâce malgré le caractère inhabituel de la procédure. Tout laissait supposer que S. n'avait pas confiance en la démarche de Patrick. De plus, il s'immisçait de manière assez cavalière dans les relations des jumeaux qui, eux, n'avaient rien demandé.

Cette sorte de contrat rédigé sous la dictée de S. et dans un français approximatif fut bientôt suivi d'une exigence financière exorbitante et inacceptable : le paiement immédiat de 20 000 francs, somme de toute façon rondelette mais qui représente un vrai pactole en Algérie. Jean-Marie refusa de signer cet engagement qui ressemblait trop à un vilain chantage, et ce fut, presque au sens propre, « le couteau sous la gorge », que se déroula l'émission.

La gêne de Sid Ali n'avait donc rien à voir avec une liaison technique au demeurant excellente; elle était provoquée par l'attitude hostile de S. qui, de bonne ou de mauvaise foi, avait décidé que la télévision française devait lui acheter le droit de faire participer un membre de sa famille à *Perdu de Vue.*

Nous devions apprendre également un peu plus tard que la législation algérienne concernant l'adoption était assez différente de la loi française et que Sid Ali, au moment où le passé fit brusquement irruption dans sa vie, était précisément confronté à l'épineux problème d'un héritage que lui contestait, au nom du sang, une partie de sa famille adoptive, en fait ses oncles et tantes.

Cette ambiance pénible se dissipa d'heureuse manière, car les voisins et les amis de Sid Ali vinrent le rejoindre dès la fin de l'émission pour le consacrer héros du quartier.

L'histoire des retrouvailles de Patrick et Sid Ali comporte un élément particulièrement troublant auquel il nous a été impossible de trouver jusqu'à présent une explication rationnelle. Trois mois avant l'émission, et alors que personne au sein de notre équipe ne pensait pouvoir aboutir, Patrick et sa femme avaient consulté une voyante. Celle-ci leur avait déclaré : *Perdu de Vue* a bien reçu votre courrier. Ils vont vous contacter. Ils vont retrouver votre frère. Je le vois dans une ville blanche près de l'eau. Mais je vois aussi de grandes difficultés à cause d'un homme qui a beaucoup de pouvoir sur votre frère. Un homme puissant qui est tout près de lui... » De fait, Sid Ali vit à Alger « la blanche » depuis toujours et il aime particulièrement aller se baigner dans la Méditerranée dès qu'il a un moment...

Le lendemain de l'émission, alors qu'ils se dirigeaient vers l'aéroport pour prendre l'avion de Paris, Sid Ali se tourna vers Jean-Marie, et lui dit : « Tu vois, S. a failli me faire rater le plus beau jour de ma vie mais cela ne fait rien, car dans quelques heures je retrouverai ce frère que j'ai tellement envie de rencontrer... » et il ajouta avec un sourire fataliste :

« *Même dans les plus belles histoires, il y a toujours un diable qui surgit...* »

A la suite de l'émision du 2 mars 1992, Sid Ali est venu passer deux semaines en France chez son frère et sa belle-sœur, puis il est rentré à Alger. A l'issue de ce premier séjour, Patrick a dressé la liste des extraordinaires ressemblances qu'il a pu mettre en évidence en comparant les événements de sa vie avec ceux de son frère jumeau. Elles se passent de tout commentaire, les voici :

Côté physique, à part une différence de taille de quelques centimètres due vraisemblablement à un mode d'alimentation différent, ils se ressemblent vraiment comme deux gouttes d'eau.

Depuis toujours ils portent tous deux la moustache, ne supportent l'un et l'autre ni les carottes ni les épinards...

Les deux frères ont une cicatrice semblable due à une intervention bénigne à l'aine gauche.

A vingt-quatre ans, ils ont tous deux été atteints de la même grave maladie : une pleurésie bacillaire.

Ils se sont mariés au cours de la même année (1972).

Ils ont tous deux perdu un enfant en bas âge (1973).

Ils ont actuellement chacun trois enfants à charge.

Enfin ils ont tous deux la même qualification professionnelle de chauffeur poids lourd !

Le dernier coup de théâtre de cette histoire, qui rendrait jaloux n'importe quel romancier, est survenu un mois plus tard au cours de la dix-huitième édition de *Perdu de Vue* en avril 1992.

Charles G., le père de Patrick, nous annonce en direct son intention d'adopter Sid Ali à l'âge de quarante-deux ans, chose rendue possible par le fait que Sid Ali a perdu ses propres parents adoptifs algériens depuis quelques années.

Ainsi, quarante-deux ans plus tard les deux jumeaux sont enfin réunis au sein de la même famille, Sid Ali pourra acquérir la nationalité française mais ni l'un ni l'autre ne sauront jamais qui furent leurs véritables parents biologiques, à moins que ces lignes ne tombent par hasard sous les yeux de l'un d'entre eux et que le destin décide à nouveau de se manifester.

Besançon : greffe urgente

1990

« S'ils acceptent de répondre à mon appel, ce sera un pas vers le pardon! »

« Je suis malade. J'ai été abandonnée à l'âge de trois ans. J'ai aujourd'hui vingt-cinq ans et je cherche à retrouver quelqu'un de ma famille, qui pourra peut-être me sauver la vie grâce à une greffe de moelle osseuse. Pouvez-vous m'aider? »

Ce message s'inscrit un soir sur le Minitel de TF1, quelques minutes après la fin de *Perdu de Vue*. Signé Valérie, il provient de Besançon.

Dès réception, nous le classons immédiatement dans la catégorie « extrême urgence », celle des cas à traiter toutes affaires cessantes sans souci de savoir si le dossier débouchera ou non sur une séquence d'antenne. Bon nombre d'appels de ce type ont trait à la maladie. Certaines personnes atteintes d'un mal qu'elles croient incurable s'adressent à nous pour tenter de retrouver, avant de mourir, un père, une mère, des frères et sœurs.

Le message qui vient de nous parvenir semble des plus sérieux. Nous ne connaissons pas encore la nature de la maladie de Valérie, mais, d'instinct, nous sentons qu'il faut agir. Vite.

Sans être méfiants, obligés pourtant à la plus grande prudence, nous vérifions toujours les informations qu'on nous a transmises avant de commencer une enquête. On ment rarement à propos de la santé, cependant, par principe, nous demandons à Valérie, par téléphone, d'envoyer le plus rapidement possible un certificat médical signé de son médecin traitant avec les coordonnées de ce dernier. Dans certains cas, on aimerait qu'il s'agisse d'une exagération, ou même d'un stratagème imaginé, afin de susciter ou de hâter les recherches, par une personne désireuse de retrouver un être cher. Hélas, la réalité recoupe parfaitement le message de Valérie. Le diagnostic médical qui la concerne ne comporte pas d'incertitude : Valérie est atteinte d'une « aplasie médullaire ». A moins d'une rémission statistiquement rare, cette affection du sang est généralement considérée comme pré-leucémique. La maladie peut être endiguée par une greffe de moelle osseuse, à condition de trouver un donneur compatible. Le cas de Valérie n'est pas désespéré, mais il s'agit bien d'une maladie grave, au traitement difficile. L'idéal serait de pouvoir rapidement trouver une personne de sa propre famille, de préférence en filiation directe, c'est-à-dire père ou mère, à la rigueur frère ou sœur pour assurer à la greffe les meilleures chances de succès.

Les médecins consultés nous précisent que la greffe de moelle osseuse est une opération délicate et que rien ne peut permettre de crier victoire avant d'avoir procédé à un examen complet du donneur éventuel. Les résultats ne sont pas immédiats et il faut être prêt à pouvoir recommencer l'opération, la première intervention se soldant souvent par un échec.

Parfaitement conscients de nos responsabilités, nous savons que nous nous avançons sur un terrain miné. De multiples questions se posent : Avons-nous le droit d'entretenir même pour quelques semaines un espoir qui sera peut-être vain ? A l'inverse, un refus d'enquête, qui irait à l'encontre du souhait de Valérie, n'aurait-il pas des conséquences psychologiques encore plus graves, la jeune femme se sentant abandonnée de tous, y compris de *Perdu de Vue* qu'elle semble apprécier et sur qui elle fonde de grands espoirs ? Aussi décidons-nous d'agir dans le sens de sa demande et prenons-nous rendez-vous avec elle quelques jours plus tard, à Paris.

Valérie est une jolie fille, de taille moyenne, au visage assez typé : cheveux bruns, teint mat, regard noisette. On apprendra plus tard qu'elle est née d'une mère française et d'un père maghrébin. Derrière une timidité apparente, nous la sentons forte. Elle se bat contre la maladie et elle refuse de se laisser enfermer dans le personnage d'une grande souffrante.

Elle accepte certaines contraintes liées à son état de santé, comme la nécessité de ne pas faire d'efforts violents ou d'observer un régime alimentaire particulier, mais elle n'a pas voulu arrêter de fumer et continue volontiers à sortir avec ses amis de temps en temps. Comme elle nous l'explique en quelques phrases très sobres, elle se bat aussi pour son fils Romain, qui a quatre ans et qu'elle élève seule depuis une récente séparation. Le divorce a d'ailleurs coïncidé avec l'annonce par le médecin du mal qui la frappe.

Interrogée sur ses souvenirs de toute petite fille, Valérie nous en livre quelques bribes généralement floues mais avec des images insistantes qui ne l'ont jamais quittée depuis lors : elle revoit un fourgon de police qui l'emmène dans la nuit, la lumière blafarde des phares qui éclairent les rues étroites d'un quartier de banlieue. Elle a le nom de Nanterre en tête, mais ne peut expliquer rationnellement pourquoi. Il ne lui reste pas une seule trace de son existence antérieurement à l'âge de trois ans. De ses parents naturels, aucun souvenir particulier. Avait-elle des frères ou des sœurs? Elle ne peut pas répondre à cette question. Bien entendu, elle ignore quelles raisons ont présidé à son abandon.

Après ce début difficile dans la vie, la suite de son existence se déroule sous des auspices plus heureux. Quelques mois après son placement dans un orphelinat de la DDASS, elle est adoptée par une famille de Besançon. Elle y gagne une nouvelle identité, une vraie vie de famille et des parents qu'elle appellera très vite « Papa » et « Maman ». Dès qu'elle est en âge de comprendre, ces derniers lui disent la vérité sur ses origines. Elle leur en sait gré, mais elle n'entame aucune recherche sur un passé qu'elle préfère oublier. A l'âge de vingt ans, Valérie se marie. Romain vient au monde peu après et, si ce n'est une séparation difficile avec son ancien compagnon, elle se résout, sans trop d'états d'âme, à vivre sans complexes sa vie de mère célibataire.

A peine commence-t-elle à sortir de cette période agitée que le sort semble se retourner à nouveau contre elle. Elle reçoit, un matin, par lettre à en-tête d'un laboratoire médical, le résultat des analyses que son médecin lui a prescrites. Comme elle se sentait inexplicablement fatiguée et avait souffert de quelques petits malaises, celui-ci avait décidé un contrôle « de routine ».

« Aplasie médullaire »! Ce mot, d'abord inconnu, a subitement changé sa vie. Au fil des mois et des examens, on a commencé à parler de la nécessité de procéder à une greffe de moelle osseuse. Celle-ci ne peut réussir que grâce à un donneur compatible, de préférence un membre de sa famille naturelle. L'évocation de cette famille, qu'elle ne souhaite pas retrouver au fond d'elle-même, lui est difficile, mais elle a décidé de se battre pour elle-même et pour Romain.

Comme le dira Valérie, au cours de son entretien avec nous, « il est bien difficile de pardonner à des parents qui vous ont abandonné », mais ajoute-t-elle, « on verra plus tard ». Pour l'instant il faut déjà tenter de les localiser, ce qui n'est pas évident.

La machine de *Perdu de Vue* se met donc en marche. Pour une fois, nos recherches vont pouvoir intervenir en renfort d'une démarche institutionnelle : le médecin traitant de Valérie a demandé officiellement à la DDASS de lever le secret sur les origines de sa cliente pour cas de force majeure.

Cette disposition légale du secret, toujours en vigueur dans notre pays, est quasiment impossible à contourner juridiquement et administrativement. Si les parents naturels signent le formulaire donnant droit à l'anonymat, leurs propres enfants, devenus majeurs, ne peuvent avoir accès au dossier qui contient néanmoins leur histoire, une pièce essentielle de leur vie.

Il y a là une question éthique fondamentale qui nécessiterait un vrai débat contemporain. Cette règle du secret a été établie à un moment où la société était différente de ce qu'elle est aujourd'hui. Est-il encore possible, à une époque placée sous le signe de l'information et de la communication, de refuser à quelqu'un la vérité sur ses origines?

La grande psychanalyste Françoise Dolto avait demandé que soit proposé aux parents qui entament une démarche d'abandon de laisser au moins une lettre à leur enfant. Quelques lignes pour dire par exemple : « Tu es né(e) parce que je t'aime. Malheureusement, les circonstances de la vie ont fait que je ne peux pas m'occuper de toi comme je le voudrais. Alors, j'ai décidé de te confier à cet orphelinat car je sais que tu seras bien traité (e) et que ton avenir matériel est assuré. Sache, en tout cas, que tu n'es pas responsable de ce qui arrive aujourd'hui, etc. » Françoise Dolto pensait qu'une mesure de cette nature pourrait éviter de graves psychoses à certains enfants abandonnés, et enlever aux adultes qu'ils deviennent ensuite un sentiment de culpabilité les accompagnant souvent toute leur vie.

Dans ce cas précis, la situation exceptionnelle de Valérie, son état de santé, ont été pris en compte par la DDASS, grâce à la demande du médecin traitant. Disons cependant que notre intervention parallèle et la renommée de l'émission de TF1 ont contribué à faire sauter des verrous, à ouvrir certaines portes en bousculant quelque peu une certaine lourdeur administrative. Que tous les fonctionnaires qui ont accepté notre façon de faire soient remerciés ici de l'aide qu'ils nous ont gracieusement apportée. On critique suffisamment la DDASS, pour ne pas la saluer, ici, du « coup de chapeau » qu'elle a mérité à cette occasion.

Trois semaines nous seront nécessaires pour apprendre que Valérie a une sœur aînée qui a été placée, bien plus tard qu'elle, en foyer. En ajoutant cette information à celle obtenue par le médecin, selon laquelle il y aurait eu d'autres enfants, et donc, que la famille naturelle est plus nombreuse que nous ne l'imaginions, nous pouvons désormais considérer les probabilités de trouver un donneur compatible comme assez importantes. La sœur de Valérie s'appelle Christine, elle a vingt-six ans. Nous l'avons rapidement localisée : elle réside dans une région proche de celle où habite Valérie.

A cette époque, nous ne prévenions pas les personnes retrouvées des recherches en cours. Nous nous assurions, en contactant des membres de leur entourage que les retrouvailles étaient souhaitées. Il nous fallait donc chaque fois un complice dans la place capable de favoriser l'opération de duplex le soir de l'émission et ce, à l'insu du principal intéressé. En l'occurrence, c'est Patrick, l'ami de Christine, qui jouera ce rôle.

Premier appel téléphonique. Il répond, mais quelques questions nous permettent de comprendre que Christine est près de lui. Impossible d'engager la conversation. Nous lui demandons son numéro de téléphone au travail en inventant un prétexte un peu bancal, mais il nous fait confiance et nous le donne.

« Que se passe-t-il? Pourquoi tous ces mystères, y a-t-il quelque chose de grave?

– Vous connaissez *Perdu de Vue*? Une personne a fait appel à nous pour qu'on retrouve sa famille. La jeune femme avec qui vous vivez est sa sœur... »

Dès notre première conversation avec Patrick, nous avons la satisfaction d'apprendre que Christine sait qu'elle a une sœur cadette, et qu'elle a entamé à plusieurs reprises des démarches infructueuses auprès de la DDASS.

« Sa sœur retrouvée et par vous! poursuit Patrick, Elle va être folle de joie. »

Patrick est donc entièrement acquis à la cause. Mais comment s'assurer de la volonté présumée qu'a Christine de retrouver Valérie?

Patrick nous propose immédiatement une solution : « Je vais la pousser à écrire une nouvelle lettre à la DDASS, puisque la dernière est restée sans réponse, je proposerai d'aller la poster et je vous en enverrai une photocopie. » Le texte qui arrive quelques jours plus tard confirme que Christine souhaite retrouver sa petite sœur et nous conforte dans la décision d'organiser ces retrouvailles, en direct, dans *Perdu de Vue.*

Valérie ne se doute de rien. Nous lui faisons savoir que son dossier est en bonne voie. Il est difficile de lui en dire plus afin d'éviter une trop grande déception en cas d'échec à la dernière minute. Elle accueille la nouvelle avec beaucoup de satisfaction. Depuis notre première entrevue, Valérie est devenue plus optimiste. Elle a repris confiance et espoir. Visiblement, même en ce cas d'extrême urgence et nécessité, l'effet de *Perdu de Vue* paraît indéniable. D'ailleurs, Valérie nous confiera que sa démarche n'est plus seulement dictée par la possibilité de la greffe. Elle attend désormais infiniment plus de ce retour sur sa propre histoire.

Certes, sa vraie famille sera toujours celle de ses parents adoptifs, mais ceux qui l'ont choyée tout au long d'une enfance heureuse ne sont plus là. Ils sont morts tous deux, à peu de temps d'intervalle, et Valérie laisse entendre que retrouver un frère ou une sœur serait l'occasion de rompre le cercle de sa propre solitude et surtout, de s'assurer qu'en « cas de malheur » Romain, son fils, lui, ne demeurerait pas seul au monde. Elle ajoutera, abordant l'éventualité de retrouver ses parents naturels : « S'ils acceptent de répondre à mon appel, de me donner les raisons pour lesquelles ils m'ont abandonnée, ce sera un pas vers le pardon et aussi un peu comme une deuxième naissance ! »

Toutes les conditions semblent donc réunies pour que l'émission se déroule au mieux. Mais nul ne peut se vanter de maîtriser le direct, surtout lorsqu'on découvre au dernier moment le principal intervenant de la séquence, en l'occurrence Christine qui, elle, ne se doute toujours de rien.

Patrick, son ami, continue à nous aider ; c'est avec lui que nous réglons point par point les détails du duplex avec les studios parisiens. Une partie de l'émission se passera en direct de la petite ville du Loiret où vit le jeune couple. Le soir de l'émission, il fermera les volets de leur maison plus tôt que d'habitude pour permettre à l'équipe technique d'installer le matériel et les relais hertziens sans éveiller l'attention de Christine. Heureusement pour nous, un garagiste voisin, mis dans la confidence, accepte de camoufler dans ses locaux le camion transportant l'indispensable mais si bruyant groupe électrogène ainsi que le car régie. Nous avons également réglé quelques détails pour les futures prises de vue à l'intérieur de la maison. A l'époque, l'émission commençait tard, vers 23 heures, et mieux valait ne pas surprendre les gens chez eux en peignoir avec des bigoudis sur la tête, ou déjà au lit. Là encore, le rôle du complice était capital. Nous avions passé la consigne à Patrick, nous pouvions lui faire confiance.

Le soir du direct, les minutes précédant la prise d'antenne semblent durer des siècles pour ceux qui attendent, avec Jean-Marie, le moment du duplex.

A Paris, sur le plateau, Valérie est un peu intimidée, mais elle raconte son histoire d'une voix assurée. Elle évoque l'abandon, le car de police, l'adoption et la découverte de sa maladie qui nécessite une greffe de moelle osseuse.

Christine et Patrick suivent l'émission devant leur téléviseur. Patrick ne dit rien mais il surveille son amie du coin de l'œil.

Christine se sent particulièrement concernée par cette histoire qui ressemble de plus en plus à la sienne : des enfants séparés pour d'incompréhensibles raisons, comment peuvent-ils se retrouver après tant d'années? Il faudrait un miracle, pense Christine.

Elle entend Jacques annoncer depuis Paris que Jean-Marie a retrouvé, avec son équipe d'enquêteurs, la sœur de Valérie dans le Loiret. Elle voit aussitôt les premières images extérieures, les caméras qui s'approchent d'une maison qui lui semble familière, malgré l'obscurité. Christine s'est brutalement redressée sur son fauteuil. Elle se tourne vers Patrick qui regarde ailleurs, d'un faux air dégagé, mais ne peut réprimer un large sourire. En un éclair, elle a tout compris :

« C'est ma sœur ! » murmure-t-elle.

Des coups frappés à la porte la font sursauter.

« Vas-y, c'est pour toi », dit Patrick.

Christine ouvre la porte ; on a l'impression, un instant, qu'elle va s'évanouir dans les bras de Jean-Marie prêt à toutes les éventualités. Patrick l'aide à s'asseoir. Jean-Marie interroge, d'une voix douce : « Connaissait-elle l'existence de cette sœur cadette d'un an ? Sait-elle dans quelles conditions et pourquoi elle a été abandonnée à l'âge de trois ans ? »

Christine répond en quelques phrases brèves, un peu mécaniquement. Pourtant Patrick nous avait mis en garde : « Attention, Christine n'a pas sa langue dans la poche ! Une fois la première surprise passée, elle est capable de ne plus vous rendre l'antenne. » Il avait ajouté : « Et puis, méfiez-vous, elle va peut-être dire des choses très dures sur leurs parents naturels car elle leur en veut beaucoup de ce qui s'est passé. » Nous l'avions rassuré, mettant en avant notre expérience, notre capacité à contrôler les dérapages, à maîtriser les difficultés inhérentes à l'émission.

En fait, tout le contraire se produit. Christine est vraiment très émue par cette sœur qu'il lui semblait impossible de jamais retrouver ; le mur des réponses négatives de l'administration s'est effondré trop brutalement. Cette sœur est là, devant elle, très émue aussi mais tellement rayonnante d'avoir en quelques instants annulé vingt-cinq ans de questions, à commencer par la principale : « Suis-je seule au monde ? »

Christine reste silencieuse. Elle entend Valérie parler de greffe de moelle et des questions contradictoires se bousculent dans sa tête, comme elle nous l'expliquera plus tard.

« Si je peux, je l'aiderai, bien sûr, pense-t-elle,... mais est-ce que ce n'est pas héréditaire..., ne suis-je pas moi-même malade ? » Valérie anticipe sur l'angoisse de sa sœur lorsqu'elle précise : « On va faire une série d'examens et, si nos moelles sont compatibles, tu vas me sauver la vie. » Christine, malgré tous ses efforts, n'arrive pas à répondre, et c'est Patrick qui s'adresse à Valérie et lui dit : « Écoute, Valérie, on n'est pas très loin de Paris, une centaine de kilomètres. Nous aimerions te voir rapidement. Peux-tu venir ce soir ? »

Valérie acquiesce.

Avant d'interrompre la liaison, Valérie et Christine vont connaître une ultime émotion en découvrant la surprise préparée par l'équipe de *Perdu de Vue* : Jacques, ému, lui remet un arbre généalogique qui réunit quarante et une personnes de leur famille naturelle. Quarante et une personnes retrouvées en un peu plus de trois semaines, le record de *Perdu de Vue*, jamais égalé jusqu'à présent. Pour ces deux femmes, qui n'étaient pas loin de se croire seules au monde, la matérialisation de cette lignée composée des grands-parents, de leurs dix enfants et des nombreux descendants de ces derniers, est un vrai cadeau de Noël.

Valérie quitte le studio et monte à bord d'une voiture conduite par un des collaborateurs de l'émission. Direction : Christine et Patrick, chez qui ils arrivent alors qu'à Paris se déroule le générique de fin de l'émission.

Commence alors pour notre équipe une nouvelle période d'inquiétude.

Maintenant que les projecteurs sont éteints, que va-t-il se passer? Christine acceptera-t-elle l'examen médical qui doit trancher en faveur d'une éventuelle greffe de moelle osseuse?

Ne va-t-elle pas reculer au dernier moment? Ce serait terrible pour Valérie.

La suite de la soirée devait lever très vite ces derniers doutes. A peine Valérie est-elle arrivée, que ce sont d'abord cris de joie, pleurs et embrassades... Les deux sœurs font enfin connaissance, loin des caméras. Christine serre Valérie dans ses bras et annonce qu'elle viendra à Paris dès qu'il le faudra, selon l'avis des autorités médicales.

Quelques semaines plus tard, le résultat des divers examens et analyses effectués sur Christine nous est communiqué d'une voix blanche par Valérie : ce résultat tombe, brutal, impitoyable, cruel. La greffe est impossible. Les tissus des deux sœurs sont totalement incompatibles.

Aux dernières nouvelles, Valérie va bien, son état est stationnaire. Elle n'a donc pas besoin de greffe pour le moment. Après la diffusion de l'émission de très nombreux téléspectateurs ont pris contact avec nous pour se proposer comme donneurs. Cet acte de solidarité sauvera peut-être un jour la vie de Valérie qui dispose, actuellement, de trois donneurs compatibles en Belgique.

Il reste de cette émission un document plus précieux que tout au monde, pour Valérie. Son arbre généalogique aux quarante et une branches.

On peut y lire le nom de la seule personne au monde,

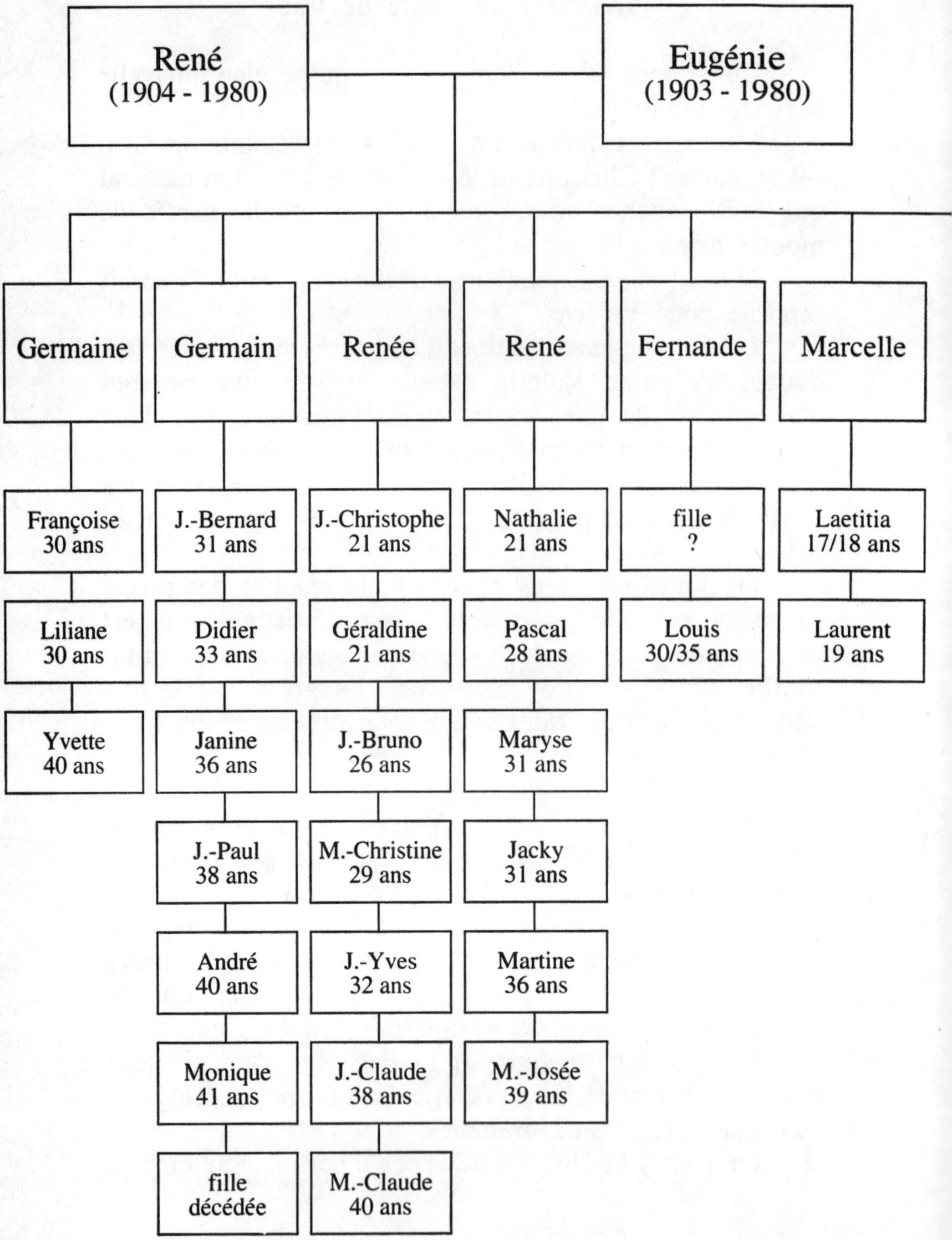

René
(1904 - 1980)
Eugénie
(1903 - 1980)
Germaine
Germain
Renée
René
Fernande
Marcelle
Françoise
30 ans
Liliane
30 ans
Yvette
40 ans
J.-Bernard
31 ans
Didier
33 ans
Janine
36 ans
J.-Paul
38 ans
André
40 ans
Monique
41 ans
fille
décédée
J.-Christophe
21 ans
Géraldine
21 ans
J.-Bruno
26 ans
M.-Christine
29 ans
J.-Yves
32 ans
J.-Claude
38 ans
M.-Claude
40 ans
Nathalie
21 ans
Pascal
28 ans
Maryse
31 ans
Jacky
31 ans
Martine
36 ans
M.-Josée
39 ans
fille
?
Louis
30/35 ans
Laetitia
17/18 ans
Laurent
19 ans

ARBRE GÉNÉALOGIQUE DE VALÉRIE

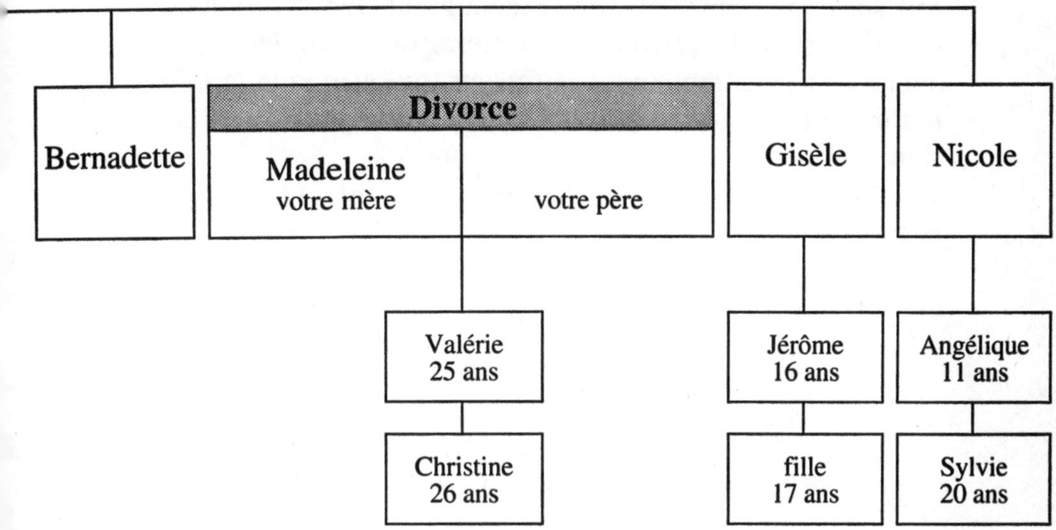

qui serait idéalement et totalement compatible pour une greffe. Une personne qu'elle ne se sent pas le courage d'affronter, peut-être parce que tout pardon demeure encore impossible : sa mère de naissance. Nous avions inscrit sous son nom, dans notre document, les coordonnées de cette femme, retrouvée au cours de l'enquête. Nous avons vérifié, comme nous le faisons toujours, que la mère naturelle de Valérie s'y trouvait encore le jour de l'émission.

Pour le reste, nous n'avons pas voulu intervenir en son nom.

Nous lui avons laissé ce choix. A ce jour, nous ne savons pas quelle a été sa décision.

Fourmies : la fête des mères

26 mai 1968

« Si on se revoit c'est pour toute la vie. »

De nos enquêtes ce fut la plus rapide, mais non la moins complexe. Patrice recherchait sa mère, Roseline, qu'il n'avait pas vue depuis vingt-deux ans. Quelques jours suffirent à la localiser mais, d'emblée, elle ne voulait pas entendre parler de retrouvailles : sa famille lui avait fait trop de mal. Ses blessures étaient restées vives malgré les centaines de kilomètres qu'elle avait mis entre elle et son passé, malgré sa volonté farouche de repartir de zéro. Elle avait, en effet, rebâti une nouvelle existence. Un *nouveau* mariage, un *nouveau* métier, de *nouveaux* voisins. « Personne, ici, dans mon entourage ne sait que j'ai des enfants », nous confia-t-elle. Personne, excepté, son deuxième mari, Francis, avec qui elle avait trouvé la force de recommencer. Que Francis fût curieusement l'un des témoins de ce passé qu'elle cherchait à fuir, cela nous ne l'apprîmes que plus tard.

Malgré les réticences, la méfiance de Roseline, nous sommes revenus plusieurs fois à la charge. En grande partie à cause de la lettre de Patrice simple, émouvante, bien tournée. Il nous expliquera plus tard qu'il ne l'a pas écrite lui-même, sa femme a pris la plume pour lui. Cela arrive souvent que les femmes accomplissent cette démarche en lieu et place de leur mari ou compagnon. Peut-être parce que les hommes éprouvent plus de difficultés à exprimer leurs sentiments, qu'ils ont peur d'être ridicules, de faire preuve de faiblesse ou de sensiblerie. Alors que les femmes ne s'arrêtent ni ne reculent face à ces préventions.

Patrice, timide et réservé, a donc laissé son épouse écrire : « J'ai actuellement trente-six ans. Je suis père de famille et j'aimerais que mes trois filles puissent connaître leur grand-mère. Je n'ai pas de nouvelles d'elle depuis que mes parents ont divorcé. Mon père a obtenu la garde de mes sœurs et de moi-même. J'avais quatorze ans à l'époque. Vous devez sans doute comprendre qu'à cet âge-là, j'en ai voulu à ma mère et que je me sois complètement désintéressé d'elle. »

Depuis, Patrice a grandi ; l'expérience des êtres et des choses l'a amené à nuancer ses jugements d'adolescent.

La lettre se poursuit : « La vie m'a appris qu'il ne faut jamais lancer la balle à quelqu'un, car un jour elle vous revient; à mon tour j'ai connu l'échec d'un premier mariage, à mon tour, toute la famille m'a tourné le dos. Voilà pourquoi je fais appel à vous. »

Cette similitude de situation a quelque chose d'émouvant. Elle convient parfaitement à la séquence des « Retrouvailles » et permettrait d'illustrer la façon dont la réalité peut briser les fausses convictions les mieux ancrées en chacun de nous.

Le souci de Patrice confronté aujourd'hui aux difficultés que Roseline avait connues hier nous semble exemplaire. Il nous dira qu'il mesure à présent combien sa mère a dû souffrir, combien l'opprobre dont on l'a frappée, la condamnation à laquelle il a participé étaient injustes. Il n'avait qu'une excuse, son jeune âge. Aujourd'hui, alors qu'il regrette son attitude, il faut qu'elle sache son désarroi, il faut qu'elle lui pardonne.

Les mots se déroberont pourtant et c'est péniblement qu'il nous livrera des bribes de son existence. Il arrive dans notre bureau, apparemment très impressionné. Mince, de petite taille, il porte ses cheveux, châtain clair, un peu longs dans le cou. Raide dans son complet gris, légèrement cintré, passé de mode, il semble mal à l'aise comme s'il se reprochait d'être venu. L'évocation de son enfance est ténue, heurtée, aride. Mais derrière ses silences, on pressent plus de choses qu'il ne veut en dire. Il nous décrit d'abord une famille plutôt unie. Puis, petit à petit, une autre vérité se fait jour avant d'en arriver au drame qui a provoqué le départ de sa mère abandonnant le foyer pour aller vivre à l'hôtel.

La peine de Patrice est alors immense. Sa déception, aussi. Dernier-né des enfants, « chouchou » de la mère, celui qu'elle câline plus que les autres, auquel elle a promis que jamais elle ne se séparerait de lui... Ne lui a-t-elle pas dit : « Si un jour je pars, si je quitte la maison parce que je n'en peux plus, compte sur moi, je ne t'abandonnerai jamais, tu partiras avec moi. » Fort de cette certitude, Patrice a traversé sans encombre les turbulences qui agitent le ménage de ses parents. Enfant calme et affectueux, il est aussi bon élève, l'un des premiers de sa classe. « Il rêvait d'être médecin », dira Roseline.

La séparation porte un coup fatal à la scolarité du jeune Patrice. A voir sa mère partir seule et alors que l'année avait bien débuté, il s'effondre et se retrouve soudainement parmi les derniers. Nous sommes en 1968, mais ce n'est pas à cause de la révolte étudiante qu'il perd le goût des études. Les années suivantes il parviendra tout de même à passer un CAP de tourneur. Après coup, Roseline en a du regret, insistante : « S'il était resté avec moi, il serait devenu médecin. »

Que s'est-il passé? A la maison la situation est devenue de plus en plus explosive. Roseline, la mère, découche, et les enfants s'en rendent compte. Le père, pour sa part, n'en semble pas trop affecté. On apprendra qu'il a une maîtresse, ce que les enfants ignorent, et que Roseline, en revanche, ne sait que trop : « Je la connaissais bien, elle travaillait en face de moi à l'atelier. Toute la journée c'était des piques et des réflexions. Il m'est arrivé de les rencontrer tous les deux ensemble, elle et mon mari, je les ai vus et entendus se moquer de moi. »

Curieusement Patrice nous présente son père, mort aujourd'hui, comme un homme faible et influençable, presque une victime, alors qu'au fil de l'enquête nous découvrirons un fier-à-bras, brutal, violent et rouant volontiers sa femme de coups. « J'étais enceinte de mon premier enfant, raconte Roseline, et il m'a frappée dans la rue, je suis tombée, il a continué à me donner des coups de pied dans le ventre. Il y a eu un constat de police. A ce moment, on m'a dit que je pouvais demander le divorce, mais je n'ai pas voulu. Je suis moi-même fille de mère célibataire, je voulais que mes enfants aient un vrai foyer. Mon mari m'avait demandé pardon, je croyais qu'il allait changer... » Or, il n'en fut rien et, durant près de vingt ans, Roseline subit, endure et se tait. Et les enfants? Aveugles, muets et sourds devant ce drame, semble-t-il. Roseline en a gardé une rancœur qui ne s'est jamais éteinte.

– Te souviens-tu qu'il me battait, demande-t-elle à son fils au cours de l'émission. Te souviens-tu que je passais mes nuits enfermée dans un placard?

Patrice baisse la tête. Oui, l'adulte qu'il est devenu se souvient. Il n'a rien oublié.

Mais que pouvait-il faire à l'époque? Il n'est pas si simple, pour un garçon de quatorze ans, de se mêler aux problèmes des grands qui, de plus, sont ses parents.

Dans le départ de sa mère, lui, l'adolescent, l'enfant préféré, n'a voulu voir qu'une trahison. Sous le choc de la déception, il lui reproche la promesse non tenue et par là se montre prêt à croire en la version paternelle. Cette mère indigne n'a-t-elle pas abandonné volontairement le domicile conjugal pour aller vivre avec son amant?

Roseline ne nie pas avoir eu alors un ami, mais « en tout bien tout honneur ». De fait, elle a rencontré Francis, un copain de son fils aîné avec qui elle va parfois au cinéma ou au café pour prendre un verre. Bientôt, ils commencent à sortir ensemble tous les trois. Puis, au fil des semaines, Roseline trouve en Francis un confident. Elle a tellement besoin de chaleur et d'affection pour supporter la vie qu'elle mène. Assez vite, le fils aîné ne les accompagne plus et c'est seule qu'elle retrouve Francis, devenu l'ami, son ami.

« Son amant », rectifie le père qui, un beau soir, excédé par cette situation, décide de mettre sa femme à la porte. « Je ne suis pas partie de mon plein gré, expliquera Roseline à Patrice. C'est ton père qui m'a mise à la porte le 26 mai 1968, la veille de la Fête des Mères. Je me suis retrouvée dans la rue sans même une culotte de rechange. »

Tout cela sera dit tel quel, en direct à l'antenne car, contrairement à l'habitude, nous avions décidé de passer à l'acte alors que Roseline n'était pas encore sûre de vouloir retrouver Patrice. Un important travail de conviction à force d'arguments, de longues heures de conversations téléphoniques, avait été accompli. Il fallait désormais aider à l'aboutissement de ce dossier qui nous tenait particulièrement au cœur. C'est une des affaires dans lesquelles nous sommes allés au bout de notre rôle de médiateurs.

Le soir de l'émission, les premiers résultats sont là.

Roseline a accepté le principe du dialogue : elle ne refuse plus d'entendre les arguments de Patrice, elle veut bien s'expliquer, mais de là à renouer des liens durables avec son fils, elle demande encore réflexion.

En fait, elle n'est pas sûre de pouvoir pardonner.

C'est pourquoi nous avons conclu avec elle un arrangement particulier : elle accepte que le duplex de l'émission soit réalisé en direct à son domicile, dans sa salle à manger. En contrepartie, nous nous sommes engagés à ne donner aucune indication sur son adresse ou lieu de résidence. Si bien que lors de la prise d'antenne, à la traditionnelle question de Jacques : « Où êtes-vous ce soir, Jean-Marie ? », ce dernier se contente d'un vague « quelque part en France », suivi d'une courte explication pour justifier la situation. Sur l'écran, Roseline voit maintenant son fils. Jacques lui demande : « Roseline, est-ce que vous reconnaissez votre fils ?

– Oui, mais il a bien changé. J'ai quitté un garçon de quatorze ans, je retrouve un homme de trente-six ans. Ça fait drôle ! »

Si les réticences, la prudence de Roseline nous ont d'abord surpris, nous avons vite compris que c'était pour elle une façon de se protéger. Elle ne se sentait pas de force à supporter un nouveau choc, une nouvelle déception. Elle le signifiera d'ailleurs à son fils, lui disant cette phrase lourde d'angoisse et d'attente : « Si on se revoit, Patrice, c'est pour toute la vie. »

Réaliser une émission dans ces conditions est une aventure passablement périlleuse et qui risque toujours de tourner au règlement de compte ou au déballage déplaisant. Pourtant, les enjeux nous semblent décisifs : faire ressortir ce qui a conduit le fils à renier sa mère et ce qui l'amène aujourd'hui à vouloir la rechercher, aider Roseline et Patrice à renouer de vrais liens. Pour la première fois nous pouvons être les artisans d'une réconciliation en direct, mais nous pouvons aussi, sans le vouloir, exacerber les conflits et les rancœurs. Tout cela devant 10 millions de téléspectateurs. Certes, la vigilance est de règle mais là, nous sentons que nous devons être plus prudents qu'à l'habitude.

Et nous le sommes. D'autant que Roseline, septuagénaire nerveusement éprouvée, a fait plusieurs dépressions. Elle est fragile, vulnérable, peu capable de supporter des émotions trop fortes.

Sur place, Jean-Marie a pris la précaution de faire venir le médecin traitant qui restera présent durant toute la séquence. Au tout début de l'émission, cependant, on frôle le drame. Pendant le générique, on voit défiler rapidement le visage de tous ceux qui sont présents sur le plateau. On a prévenu Roseline : elle peut apercevoir Patrice, en « avant-première » si elle le désire. La bande démarre. Roseline paniquée se précipite dans la chambre voisine. « Non, non, je ne veux pas le voir maintenant, je ne me sens pas assez bien. »

Jean-Marie laisse passer l'image de Patrice puis ramène Roseline dans la salle à manger. Le hasard veut que, le générique continuant à défiler, soit présenté un autre Patrice, qui, lui, doit participer à la séquence « cri ». L'espace de quelques dixièmes de secondes, ce dernier visage entrevu, le prénom retenu, Roseline s'écrie, à tort : « Patrice, Patrice, je l'ai vu... » Incapable de se dominer, elle est au bord de la syncope. On la réconforte, on essaie de la raisonner. Heureusement le médecin arrive, comme prévu, quelques minutes plus tard et lui administre un calmant.

La voix altérée sous le poids de vingt-deux années de séparation, Roseline parlera d'une voix hachée, essoufflée. On a l'impression qu'elle a du mal à respirer. Et, à dire vrai, nous souffrons avec elle. Quant à l'inévitable question de la légitimité d'une telle entreprise, de ce dénouement d'un drame intime, vécu en direct à la télévision et justement impossible sans la pression de l'antenne, les acteurs eux-mêmes vont y répondre et mieux que nous ne pourrions le faire. Cette rencontre, l'un et l'autre la souhaitent même si Roseline n'en convient pas spontanément. Sur le plateau, Jacques lui demande : « Êtes-vous contente de la démarche de votre fils ? » Elle réplique : « Cela fait tant d'années que j'attends ce moment. » Ce qui ne signifie pas, nous le savons bien, qu'elle est prête à tout oublier d'un coup de baguette magique.

Quant à Patrice, le désir de revoir sa mère lui a permis de surmonter sa timidité quasi maladive. Lui non plus n'a pas été facile à convaincre qu'il serait à hauteur de la situation. Il se jugeait insignifiant, mauvais parleur. Finalement, il s'est jeté à l'eau, lâchant d'un coup : « Je suis prêt à passer à la télé pour retrouver ma mère. Je dois lui dire que je ne lui en veux plus, que je ne crois plus qu'elle m'a abandonné. Même si on me l'a toujours présentée comme une femme coupable, cela m'est égal, c'est du passé. »

Décidé à reconnaître qu'il a mal agi, qu'il a mal jugé sa mère, plusieurs fois au cours de l'émission il lui demandera pardon, évoquant avec remords ce jour où il a décidé de lui tourner définitivement le dos.

Sur ce point, les versions de Roseline et de Patrice se rejoignent. « Nous habitions à la sortie de Fourmies, juste devant l'usine où travaillait ma mère, murmure Patrice. Après son départ de la maison, je la voyais chaque matin et chaque soir. Je la raccompagnais souvent jusqu'à son hôtel. Et c'est vrai qu'un soir, quand je l'ai vue sortir, j'ai tourné les talons et changé de trottoir. Je ne voulais plus la voir. Je donnais raison à mon père qui disait qu'elle nous avait abandonnés. Je sentais qu'elle ne reviendrait plus. »

Ce geste, Roseline l'a ressenti comme une insulte ou pire, un arrêt de mort. Elle dit : « Je l'ai vu se retourner dès qu'il m'a aperçue. Je l'ai appelé, il a fait semblant de ne pas m'entendre. J'ai compris à ce moment-là que mon fils me rejetait. » Quelques jours plus tard, tout est consommé. Roseline reçoit une lettre de Patrice conservée comme une brûlure durant toutes ces années, et dont elle tiendra à lui lire quelques extraits au cours de l'émission. Une lettre crève-cœur dans laquelle son fils la traite de tous les noms, l'accuse d'avoir abandonné sa famille et de ne pas payer les 400 F de pension alimentaire qu'elle doit à son ex-mari.

A entendre ces mots, on peut affirmer avec certitude qu'ils ne viennent pas d'un adolescent de quatorze ans, que ces lignes ont été écrites sous la dictée. N'empêche ! Quand Roseline reçoit cette lettre, elle s'effondre. C'est plus qu'elle n'en peut supporter. Dès lors, elle n'essaiera plus de revoir son fils, elle ne fera plus d'efforts pour aller vers lui. Même si son espérance profonde est qu'il finira par lui revenir, jamais elle ne fera un geste en sa direction.

D'ailleurs, elle va bientôt quitter Fourmies, une ville à laquelle plus rien ne l'attache, puisque ses enfants la renient. Elle part avec Francis son futur époux malgré leurs vingt ans d'écart et qui, lui, demeurera toujours à ses côtés. Tous deux s'installent à des centaines de kilomètres de là, dans la région lyonnaise. Roseline ne reverra pas son petit dernier, n'en aura que de vagues nouvelles à l'occasion d'une visite rapide de l'aîné : Oui, Patrice a passé son CAP, oui il s'est marié. Et lui, l'aîné, continuera-t-il à appeler, à donner des nouvelles? Bien sûr. Or, ne suivra qu'un long silence. Les ponts sont définitivement coupés.

Mais Roseline n'oublie rien pour autant. Pendant des années et des années, elle ne va cesser de ressasser les termes de la lettre que lui a envoyée son jeune fils. Des années et des années, elle attendra qu'il se manifeste pour pouvoir se justifier; l'émission lui en offre l'occasion. Elle explique qu'elle n'a pas payé la pension de 400 F parce qu'elle voulait obtenir la révision du divorce. « Ton père avait donné une fausse adresse pour que je ne reçoive pas la convocation et j'ai été condamnée pour abandon du domicile conjugal sans que je puisse me défendre et obtenir la garde de mes enfants. Il m'a alors fait un procès pour non-paiement de pension alimentaire et j'ai été condamnée à un mois de prison avec sursis. »

Roseline parle d'injustice et d'humiliation. Des mots que Patrice comprend. Ne vient-il pas de vivre, il y a quelques mois, exactement la même situation? Curieux renversement de destins : « Il ne faut jamais jeter la pierre », dit-on. Patrice en fait la dure expérience. Après avoir jugé et condamné, il a été, à son tour, jugé et condamné exactement pour le même motif.

Marié assez jeune, d'une première union ratée et conclue par un divorce, Patrice a un fils de quatorze ans, l'âge qu'il avait lui-même lorsque sa mère est partie. Or, ce fils, il ne le voit plus. A son divorce, Patrice s'est en effet retrouvé dans la situation de Roseline il y a vingt-deux ans. La famille unie contre lui, sans octroi de la moindre circonstance atténuante. Là, il a pris conscience de l'injustice des jugements familiaux. Là, il s'est demandé s'il n'en avait pas été de même pour sa mère.

Le parallèle ira s'accentuant. Quelque temps après la séparation, Patrice perd sa place, connaît des difficultés financières et ne peut plus s'acquitter de la pension alimentaire. Mise en demeure, procès. Le voilà condamné à un mois de prison avec sursis, tout comme sa mère l'avait été en son temps.

Similitude déroutante : la procédure a été entamée à l'initiative du propre père de Patrice : c'est lui qui a prêté de l'argent à son ex-belle-fille pour payer l'avocat. Le père a agi avec le fils comme il avait agi avec son épouse. Patrice en est maintenant pleinement conscient. Désormais il comprend sa mère et désire se rapprocher d'elle.

Prêt à tout accepter il supporte avec patience l'agressivité dont elle fait preuve pendant l'émission. Elle veut l'obliger à écouter la fameuse lettre qu'il lui avait envoyée. Elle insiste, elle y revient : « Veux-tu que je te la lise, cette lettre? » Il lui répond : « Non, ce n'est pas la peine », ou tente maladroitement d'esquiver : « D'ailleurs je ne m'en souviens pas.

– Alors, je vais te la lire...

– Non, ne la lis pas, si j'ai écrit des choses dures, aujourd'hui j'ai changé. Avec tout ce qui s'est passé, je ne suis plus le même, j'ai compris beaucoup de choses. Si je t'ai fait du mal, il faut que tu me pardonnes. »

Elle insiste encore. Elle croit, elle sait que seule la lettre peut faire prendre conscience à son fils de ce qu'il lui a fait endurer. Mais, ce chemin, il l'a déjà accompli, et tout ce qu'il veut est convaincre sa mère qu'il est de bonne foi. Le moment du pardon, de l'échange des pardons, approche : « Je regrette si je t'en ai voulu, répète Patrice, je le regrette, car je connais les mêmes problèmes que toi. »

C'était insuffisant.

« Écoute, Patrice, tu dis que je t'ai abandonné mais, quand tu as eu ton certificat d'études, qu'est-ce que je t'ai offert ?

– Je ne m'en souviens pas... »

La voix de Roseline se fait suffocante.

« Tu ne t'en souviens pas ? Je t'ai payé une montre. Tu en étais fier, tu la montrais à tout le monde. Et c'était après mon départ.

– Oui, c'est vrai. »

L'atmosphère devient trop lourde. Jacques doit reprendre la parole.

« Patrice, vous avez apporté des photos de vos enfants ?

– Oui, parce qu'ils veulent connaître leur grand-mère. Moi aussi je souhaite te revoir et que tu viennes à la maison quand tu veux. »

De la banlieue lyonnaise, Jean-Marie enchaîne :

« Roseline, êtes-vous prête à revoir votre fils, à lui pardonner ?

– Oui, à condition qu'il me demande pardon. Parce que j'ai trop souffert.

– Mais je te demande pardon, moi aussi j'en ai souffert.

– C'est bien, Patrice, alors je te pardonne, parce qu'une mère doit toujours pardonner à ses enfants. »

Cette phrase, la dernière de la séquence, confirme le bien-fondé de notre obstination. Nous avons eu raison de réaliser l'émission puisqu'en fin de compte la mère et le fils se sont retrouvés. Le poids de l'incompréhension, des rancœurs accumulées était tel que seul un dialogue direct pouvait l'atténuer. A tenter le tout pour le tout, nous avons gagné.

Après l'émission Patrice et Roseline s'entretiendront au téléphone pendant près d'une heure. Une conversation au cours de laquelle Roseline apprendra une nouvelle terrible, la mort de son fils aîné, noyé accidentellement en Méditerranée. Elle comprend désormais pourquoi elle et Francis ne reçurent jamais les nouvelles promises. Le coup est rude : à l'instant où elle retrouve un fils, Roseline en perd un autre.

Roseline n'acceptera de voir Patrice qu'au bout d'une semaine, souhaitait un délai pour réfléchir, pour s'habituer à l'idée qu'elle allait retrouver son fils. Elle veut être sûre de ne pas se tromper, sûre aussi que Patrice est prêt à s'engager « pour la vie » comme elle le lui a demandé.

Finalement les retrouvailles ont eu lieu à Paris, une ville que ni l'un ni l'autre n'habite et dans un endroit neutre, notre bureau à Montparnasse. Là, dans notre cadre familier et dans l'euphorie générale nous avons ouvert en leur honneur les traditionnelles bouteilles de champagne.

Spontanément ils nous associaient à la réconciliation, dont nous étions les artisans. Il est probable que sans *Perdu de Vue*, sans notre détermination à faire aboutir le dossier, Roseline et Patrice, prisonniers de malentendus anciens, ne se seraient jamais rejoints.

Vancouver : le père du bout du monde
1963

« Ce n'est pas possible, je n'ai pas de passe-port. »

De son père, elle ne gardait que quelques images vives et colorées comme une journée d'été : une voiture rouge décapotable qui roule sur les Champs-Élysées, avec lui au volant ; à l'arrière, à côté d'elle, dort un petit chien, Hello. La petite fille – qui a environ trois ans – rit et babille. Devant un magasin, son père s'arrête et lui achète un gros paquet de bonbons que l'on prend dans un immense bac en cuivre. Près de là, un immeuble à l'enseigne des dragées Martial.

Ce souvenir est intact, gravé dans sa mémoire. Son père, la voiture, le petit chien, les Champs-Élysées, même. Jamais elle ne les a revus depuis ce jour de l'été 1963 qui, sans qu'elle le sache et presque en douceur, a marqué un tournant de sa vie.

Le décor de Béatrice sera désormais le Midi, l'arrière-pays niçois où l'emmène sa mère. Elle ne le quittera plus, heureuse d'y vivre, bien que de temps à autre l'image de son père revienne comme un leitmotiv. Elle veut le retrouver ! L'idée germe et grandit en elle et, dès qu'elle le peut, elle entreprend des démarches qui n'aboutissent à rien. Elle ne renonce pourtant pas et écrit à *Perdu de Vue* pour nous demander de l'aider.

C'est presque une mission impossible, étant donné les faibles indices qu'elle peut nous transmettre. Le souvenir d'abord. Puis deux photos de son père devant le Trocadéro, un détail qui, en temps voulu, prendra toute son importance. Elle sait aussi son nom : Max B. Béatrice, qui n'a pas été reconnue, porte le nom de sa mère.

De l'histoire de ses parents, la jeune femme, qui a aujourd'hui trente-deux ans, ne connaît que quelques bribes. Ils se sont rencontrés dans un célèbre cours privé parisien et se sont aimés. Du moins veut-elle croire de toutes ses forces à une histoire d'amour dont elle serait le plus vibrant témoignage.

Sa conviction, sa gentillesse, son obstination à ne voir que la beauté des choses nous la rendent tout de suite sympathique. Elle est brune, jolie, et parle avec une grande douceur. Il n'y a en elle ni rancœur, ni rancune. Déjà le ton de sa lettre nous avait frappés. Elle disait : « Faites quelque chose. J'ai tellement envie de le connaître. Ce serait merveilleux. » Il y avait dans sa manière d'écrire de la chaleur, du sourire, du soleil, comme cela arrive parfois avec le courrier qui nous vient du Midi.

Cela tranchait avec les propos que tiennent généralement ceux qui n'ont pas eu le bonheur de grandir entre deux parents qui les aiment. Ceux-là gardent de leur enfance une blessure indélébile qui jamais ne se cicatrise.

Il leur reste une amertume, aisément compréhensible. Béatrice, elle aussi, a souffert et, au long des entretiens, quelques mots vont la trahir. Mais sa faculté de peindre la vie en rose reprend vite le dessus. Elle n'a rien à reprocher à son père et attend de ces retrouvailles un surcroît de bonheur.

Béatrice, en effet, est une jeune femme heureuse : elle est mariée et a deux beaux enfants. Son couple est sans histoire et son mari, comme il aura l'occasion de nous le prouver à plusieurs reprises, est pour elle plein d'attentions, de tendresse et d'amour. Bref, les conditions sont réunies pour que Béatrice envisage les retrouvailles avec son père sous un jour serein. Elle dit : « J'espère qu'il acceptera ce que je veux lui offrir. C'est mon père, je pense qu'il va m'aimer. L'essentiel, c'est que je puisse lui rendre tout l'amour que je n'ai pas pu lui donner pendant mon enfance et que j'ai gardé pour lui. »

L'idée qu'il ait refait sa vie est naturellement présente à l'esprit de Béatrice. Elle la conçoit très bien. Comme elle admet que son père puisse refuser de la revoir. Cependant, elle a tendance à lui prêter les mêmes sentiments de compréhension, de gentillesse, dont elle fait preuve elle-même.

Elle est persuadée que son père n'a pas abandonné sa mère, qu'il l'a quittée, sans doute contraint et forcé. Peut-être a-t-il dû céder aux pressions des deux familles opposées à cette union. Certes, rien de concret ne vient étayer cette thèse, mais Béatrice l'a faite sienne. Elle est sa vérité. Et le restera.

Autre certitude : son père est en vie. Une fois encore, tant que rien ne lui prouve le contraire, elle continuera à le croire.

Nous la suivons donc sur ce terrain et commençons

nos recherches. Comme toujours, nous démarrons par le plus simple, le Minitel. Sur l'ensemble de la France nous repérons deux Max B. Le premier ne correspond en rien à l'homme qui pourrait être le père de Béatrice. Avec le second, en revanche, nous avons une conversation étonnante.

Au bout du fil, notre correspondant nous apprend qu'il a reçu, voilà près de deux ans, un appel d'une jeune femme qui cherchait son père. « Elle s'appelait Béatrice, je crois, nous dit-il. J'ai eu une longue conversation avec elle. La façon dont elle parlait si joliment de ce père qu'elle ne connaissait pas nous a beaucoup touchés, ma femme et moi. A tel point que nous aurions aimé la rencontrer. Nous avons eu de nombreux enfants et ils sont bien... Mais aucun peut-être ne pourrait parler de nous comme Béatrice parlait de son père. Aussi avons-nous souhaité la connaître et je l'ai invitée à venir nous voir si elle passait par Paris. »

Mais elle n'est jamais venue. Depuis cet appel de Béatrice, l'épouse de notre interlocuteur est décédée, ce qui change quelque peu les données. « Écoutez, nous dit-il, je suis ennuyé par cette histoire; puisque cette jeune femme insiste, il faut que je vous donne des preuves qu'elle ne me concerne pas. » Et il nous invite à lui rendre visite, chez lui, près du Trocadéro.

Ce comportement nous surprend. Nous avons l'impression que quelque chose cloche. Soudain, un détail nous revient : c'est près du Trocadéro qu'ont été prises les photos que nous a remises Béatrice...

Cette idée nous tracasse encore quand nous sonnons à la porte de Max B., un ancien médecin militaire qui vit dans un grand appartement, très lumineux, qui donne sur un parc. Aux murs, des étagères garnies de livres. On est en juin, il fait très chaud dehors, mais à l'intérieur un léger courant d'air frais procure une sensation de fraîcheur.

Très poli, très digne, l'allure aristocratique, Max B. nous reçoit avec beaucoup d'égards. C'est un homme cultivé, agréable. Après quelques échanges de propos, on en vient à l'objet de notre visite. Il nous tend alors un document et précise : « Ceci va vous apporter la preuve que je n'ai rien à voir avec votre recherche. »

Nous avons en main ses états de service portant mention de ses activités et missions tout au long de sa carrière. Toute une vie au service de la France résumée en quelques pages. Nous voyons tout de suite qu'à l'époque qui nous intéresse, il n'était pas en France. Nous n'en sommes pas surpris. De toute façon, dès le moment où il a ouvert la porte, nous étions fixés. Étant donné son âge, il ne pouvait pas être le père de Béatrice, étudiant en 1958.

Pourtant cette visite, qui aurait dû être décisive, nous laisse une impression bizarre. Nous n'arrivons pas à nous débarrasser complètement de l'idée qu'entre Béatrice et ce Max B. il y a un rapport. Imprécis, impossible à démontrer mais un rapport tout de même...

La suite nous donnera raison. Et, tandis que nous partons sur d'autres pistes, Max B. – comme nous le saurons plus tard – va travailler pour nous. Préoccupé par notre démarche, cet homme avait réfléchi et identifié le père présumé de Béatrice. Il ne pouvait s'agir que de son neveu, portant le même nom que lui, Max B.

S'il s'est tu, c'est par discrétion, par délicatesse. Il voulait laisser à son neveu une totale liberté et craignait qu'une réponse négative de ce dernier ne blesse Béatrice. Il avait envie, par sympathie pour la jeune femme, que l'entreprise aboutisse. Ne voulant pas risquer de la faire échouer, il va agir dans la coulisse. Notre Max B, le père de Béatrice, a effectivement refait sa vie. S'étant marié une première fois il a eu à nouveau une fille, aujourd'hui mariée et mère de famille. C'est à celle-ci que le militaire en retraite, son oncle, apprend que les producteurs d'une émission de télévision cherchent à joindre son père.

Un peu plus tard, la jeune femme part en vacances chez son père qui vit aux États-Unis et lui parle de cette émission de télévision. Elle n'en connaît ni le but, ni le sujet. Elle demande simplement : « Est-ce que je peux donner ton adresse et ton téléphone? » Presque machinalement, Max B. donne son accord puis il n'y pense plus.

C'est ainsi qu'un jour nous recevons un appel téléphonique de la fille de Max B. Elle se présente et nous précise : « Je sais que vous cherchez mon père. J'ignore pourquoi. Mais il veut bien vous parler. Appelez-le. Voici ses coordonnées... » Un grand pas de franchi. La chance nous a souri mais il a fallu huit mois pour en arriver là.

La suite de notre enquête nous conduit à Point Roberts, une toute petite ville des États-Unis, à la frontière du Canada, à trente kilomètres de Vancouver. Une petite pointe de terre minuscule, qui s'avance dans le Pacifique. Vraiment le bout du monde!

C'est là que vit Max B. que nous réussissons, après maintes tentatives, à joindre au téléphone, en l'appelant à six heures du matin. Nous entendons enfin sa voix en direct et non plus sur le répondeur. Max B. ne s'offusque pas de l'heure matinale. C'est un sportif; il tiendra d'ailleurs à être filmé dans sa tenue favorite : jogging, casquette, baskets... Un look assez américain pour tout dire.

Le contact est facile. Nous nous présentons : « Votre

fille nous a donné votre numéro. Notre émission s'appelle *Perdu de Vue...*

– Très bien, que voulez-vous? »

Nous expliquons sommairement le but de notre émission et nous enchaînons : « A part votre fille, vous n'avez pas d'autres enfants? »

Il dit d'abord non, puis rectifie. « Oui, j'en ai d'autres. Je me suis remarié après mon divorce avec la mère de la fille que vous avez eue au téléphone et j'ai deux jeunes enfants, un garçon et une fille... »

Nous insistons : « Avant votre premier mariage vous n'avez pas eu une autre vie, une amie très chère?

– Bien sûr, quand j'étais étudiant j'avais beaucoup d'amies, comme tous les jeunes de mon âge. »

Il faudra encore insister pour qu'il avoue enfin : « En effet, j'ai eu une petite fille.

– Vous vous souvenez de son prénom?

– Oui, Béatrice. »

Nous ne connaissions que la version romancée de Béatrice : un amour fou contrarié par les familles. En fait, à des milliers de kilomètres de Paris, sur les bords du Pacifique, Max B. nous donne une tout autre version des faits. « Vous rappelez-vous pourquoi vous avez décidé de ne plus vous revoir avec la mère de Béatrice?

– C'était d'un commun accord, je crois. Je suis parti au service militaire, on s'est téléphoné deux ou trois fois, puis on s'est perdus de vue.

– Vous n'avez jamais eu envie de la revoir?

– Non. Après tout, elle avait peut-être refait sa vie; elle était très belle, elle pouvait trouver quelqu'un, je ne voulais pas l'embêter. Si elle avait voulu me retrouver, elle aurait pu le faire, ce n'était pas difficile... »

La franchise de Max B., sa bonne humeur, son côté

« nature » et son léger accent américain nous séduisent assez. De son côté, il est de plus en plus intrigué. Pour détendre l'atmosphère nous parlons des photos au Trocadéro. Il paraît surpris : « Ah, bon, il y a des photos ? » Nous lui expliquons que nous les avons sous les yeux, il interroge, amusé : « Alors, comment est-ce que je suis ?

– Pas mal ! Cravaté, mais décontracté. Vous êtes sur un scooter.

– Ah, c'est vrai, j'avais un scooter... »

Sa voix soudain reste en suspens, comme perdue dans les brumes du souvenir. Après un silence, nous enchaînons : « Est-ce que vous seriez d'accord pour rencontrer votre fille ? Elle veut vous connaître. »

Il ne répond ni oui ni non. Il hésite. Il n'a pas grand-chose à lui dire ! Tout cela est si rapide ! Sera-t-il à la hauteur ? Que se passera-t-il ensuite ? Une foule d'interrogations l'assaille, l'appréhension le saisit.

Cette réaction nous la rencontrons souvent, nous sommes conscients des perturbations que nos interventions peuvent susciter chez les gens que nous contactons. Ils ont souvent réussi à oublier, ils ont, comme on dit, refait leur vie. Et nous, nous leur ramenons une parcelle de leur passé, parfois gai, parfois triste, mais toujours assez difficile à affronter.

Max B. n'échappe pas à la règle. Il mène maintenant une existence équilibrée entre sa nouvelle épouse Diana et leurs deux enfants. Une femme formidable, dit-il. Elle a déjà accepté la fille de son premier mariage. Mais cette fois comment va-t-elle réagir ? Il ne veut pas lui créer de problèmes et risquer de mettre son ménage en péril. Il faut lui laisser le temps de réfléchir.

Rendez-vous est pris pour un prochain appel téléphonique une semaine plus tard. Nous sommes ponctuels et Max B., cette fois, est plus à l'aise; il a parlé à Diana, elle est d'accord. L'idée de revoir sa fille a fait son chemin. Il semble même pressé d'organiser ces retrouvailles.

Le principe acquis, il faut préparer l'émission. Elle sera diffusée le 6 janvier 1992. Une première pour nous! C'est l'inauguration de la nouvelle formule mensuelle de *Perdu de Vue* programmée maintenant en début de soirée. Réaliser à cette occasion une liaison directe avec les États-Unis est une chance inespérée. D'autant que l'endroit est superbe ainsi que va le découvrir Jean-Marie Perthuis qui, quelques jours plus tard, part sur les lieux.

A l'aéroport de Vancouver, Max lui-même est venu l'accueillir. Il s'est également chargé de réserver une chambre d'hôtel, côté canadien. Nous ne nous étions pas trompés, l'homme est très sympathique, un grand gaillard, solide, avec une bonne tête et un contact facile. Une sorte d'aventurier moderne, diplômé d'études supérieures de commerce, qui a fait mille métiers et a beaucoup voyagé.

Comment est-il arrivé dans ce coin perdu des États-Unis? Par hasard. L'amour l'a aidé à s'y fixer. Diana est canadienne de langue anglaise, elle ne parle pas français, ses enfants non plus. Max, bien entendu, essaie d'en savoir plus long sur Béatrice. Comment est-elle? Vous avez une photo? Elle est mariée? Mais Jean-Marie aimablement lui résiste. Jamais il ne donne d'information afin de préserver la surprise, de laisser totalement pur le choc des premiers regards.

Max ne saura donc rien et découvrira le visage de Béatrice sur l'écran de télévision en même temps que les téléspectateurs français. Pour Béatrice aussi, c'est un choc. Positif. Elle nous confiera à la fin de l'émission: « Dès que je l'ai vu, j'ai senti des rapports filiaux avec ce monsieur. J'ai senti qu'il devait être mon père. »

En arrivant sur le plateau, Béatrice non plus ne savait rien. C'est la règle : Jacques garde le secret jusqu'au bout. Naturellement, ceux que nous invitons en direct se doutent qu'ils vont avoir une bonne surprise. Mais nous appliquons strictement la loi du silence.

A Point Roberts, Jean-Marie découvre l'univers de Max B. Il possède un restaurant dont les larges baies vitrées ouvrent directement sur le Pacifique. Sur la plage, s'entassent des rondins échappés des convois de bois canadiens et que l'océan a rejetés là. Ces montagnes de bûches entremêlées ressemblent à quelques sculptures bizarres qu'une nuit de tempête fait disparaître, avant de les ramener, les flots calmés, doucement vers la grève.

L'endroit est superbe pour réaliser le petit reportage à travers lequel Béatrice découvrira les lieux où vit son père. C'est devenu un classique de nos émissions que ce petit film qui permet de reprendre une respiration quand l'émotion est trop forte. C'est une sorte de cadeau offert à l'autre. Une manière de lui dire : voilà qui je suis, voilà où je vis. Un raccourci dans lequel les images remplacent les mots souvent trop difficiles à dire.

Max en choisit les séquences, les plans, il s'investit dans ce tournage. On sent à ce moment-là qu'il est en complète communion avec cette grande fille qu'il a maintenant très envie de retrouver.

Le jour de l'émission arrive. L'équipe s'est installée pour le duplex. Il est 21 heures 10 en France, Jacques entame la séquence « Retrouvailles ». A Point Roberts, il est un peu plus de midi, quand Béatrice apparaît sur l'écran.

Entre son père et elle un curieux dialogue s'engage. Béatrice parle d'amour : « Est-ce que tu nous as aimées maman et moi ? »

Nous sommes un peu inquiets étant donné les divergences de point de vue entre Béatrice et son père. Mais Max, qui a un peu modéré son propos, explique qu'il n'a jamais été très démonstratif. La mère de Béatrice et lui étaient très bons amis et, même après la naissance de leur fille, il n'y avait eu rien de plus entre eux. Ni l'un ni l'autre n'avait désiré cette naissance. Les choses étaient arrivées un peu par hasard...

Béatrice écoute, toujours souriante, ni peinée ni choquée. Cette franchise lui plaît, même si elle va à l'encontre de ce qu'elle a toujours imaginé. Sa mère délaissée, désespérée, en proie à un chagrin d'amour inguérissable, qui l'aurait amenée à sombrer dans l'alcoolisme et à se laisser glisser sur la pente fatale de la mort? C'est ce même chagrin d'amour qui lui aurait enlevé la force d'élever sa fille, qu'elle avait confiée à ses parents. Béatrice avait d'ailleurs été heureuse avec ses grands-parents, jusqu'au jour où la DDASS était venue enquêter. On lui avait posé un tas de questions. Puis, quelques jours plus tard, on l'avait emmenée pour la placer dans un foyer. Jamais plus elle n'était retournée chez ses grands-parents qui, l'un après l'autre, s'étaient éteints. Béatrice n'avait plus personne au monde. Celui qui allait devenir son mari est alors arrivé dans sa vie; elle pouvait enfin tirer un trait sur cette enfance chaotique.

Le plus extraordinaire, c'est qu'elle n'a pour son père aucun mot de reproche, elle ne lui demande pas de compte. D'avance, elle lui a tout pardonné.

Lui aussi est séduit. Et l'entretien va se conclure par cette déclaration extraordinaire qui efface toute trace de malaise : « C'est vrai que je n'ai rien fait pour t'aimer, dit Max. Mais, maintenant que je te vois, je me demande pourquoi je n'ai pas essayé de te retrouver avant. »

L'atmosphère est très détendue. A Point Roberts, Max présente sa famille, sa femme Diana, et les deux enfants qui ont préparé, en anglais bien sûr, une petite phrase de bienvenue pour leur grande sœur. Celle de Mike, le petit garçon, est plutôt curieuse et énigmatique; Jean-Marie traduit : « A te voir, Béatrice, je devine que tu fumes et que tu n'aimes pas faire le ménage... » La petite est plus sobre et dit qu'elle a hâte de voir Béatrice.

Ce qui est prévu. Nous allons toujours plus loin qu'une rencontre par écrans interposés. Nous assumons jusqu'au bout les retrouvailles. Là encore nous ménageons la surprise et, en quittant le plateau à la fin de l'émission, Béatrice ne sait pas encore qu'une place d'avion lui est réservée pour le lendemain. Destination, Vancouver.

Jacques le lui apprend en coulisse. Elle a du mal à y croire et s'exclame : « Ce n'est pas possible, je n'ai pas de passeport ! »

Mais si, nous nous sommes bien débrouillés ! Avec la complicité du mari de Béatrice qui était, lui, dans la confidence, nous avons réussi à obtenir le passeport qu'elle n'avait pas effectivement. La surprise en est plus grande encore. Quant aux vêtements – il fait en janvier à Point Roberts beaucoup plus froid qu'à Paris. Béatrice a pris largement ce qu'il fallait, grâce à quelques ruses supplémentaires. « La météo a annoncé un sérieux rafraîchissement ces jours prochains, il faut prendre des vêtements très chauds. » Quand on monte de Nice à Paris il faut prévoir de quoi se changer. On sort beaucoup dans la capitale. Bref, Béatrice débarque avec un sac de voyage bourré à craquer.

A l'aéroport de Vancouver, son père l'attend ainsi que Jean-Marie venu filmer les retrouvailles. L'émotion est dense, presque tangible. Max a demandé à notre collabo-

Dans dix secondes,
Jacques est à l'antenne.

Jean-Marie, au domicile
d'une personne retrouvée,
en attente du duplex.

L'équipe de *Perdu de Vue* célèbre son premier anniversaire
en compagnie de familles retrouvées grâce à l'émission.

APRIL
PARIS

Jacques en liaison avec SVP.
A-t-on retrouvé la fugueuse?

(Page de droite, en haut)
Confidence. . .
(en bas) Emotion. . .

Un nouveau procédé américain permet d'actualiser le visage des enfants des années après leur disparition. Horace Haeffner est le maître d'œuvre de cette technologie.

Yannis, la solidarité comme ultime espoir.

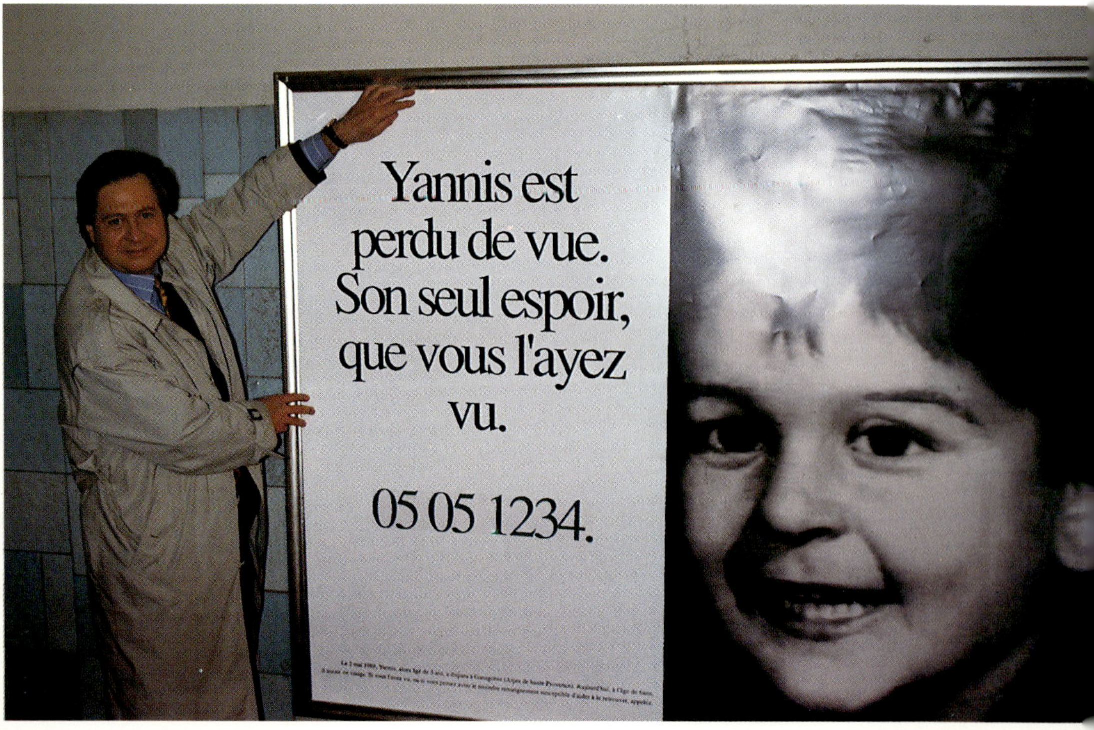

Retrouver des sœurs
jumelles qu'on n'avait
jamais vues!

Les jumeaux:
Alger 1949-Orly 1992.
Le grand "roman" vrai
de *Perdu de Vue*.

Après trente-cinq ans de silence et d'exil volontaire,
un père enfin retrouvé. Jean-Marie s'est emparé de la caméra.

Quarante-cinq minutes après le duplex, premières embrassades.

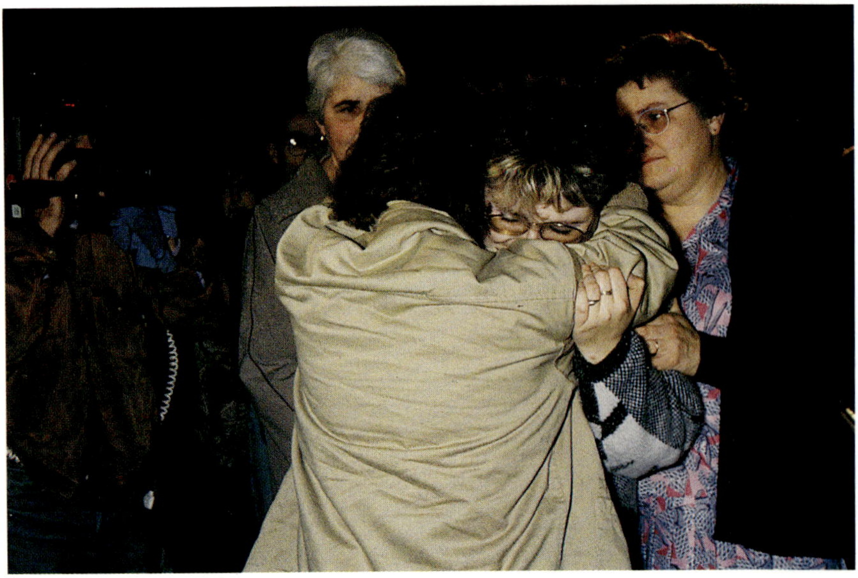

Photos TF1.

rateur de rester encore un peu. N'est-il pas le lien entre eux tous? La famille se retrouve naturellement au restaurant, fermé pour l'occasion. Max avait mis le champagne au frais, chacun porte un toast. L'atmosphère est un peu timide au début. Béatrice ne parle pas l'anglais, Diana et les enfants ne connaissent pas le français. Jean-Marie joue les traducteurs.

La fête se termine tard. Vers les quatre heures du matin, Jean-Marie doit repartir. Tous l'accompagnent jusqu'au parking du restaurant où est garée sa voiture. Max tient tendrement sa fille par les épaules. Ils lui disent au revoir en lui faisant un signe de la main. C'est la dernière image qu'il emporte de Point Roberts.

Béatrice va passer une semaine extraordinaire dans la région. Son père la promène partout, l'emmène visiter une réserve indienne, la présente à ses amis. Depuis, à son tour, Max est venu en France. Le lien que l'on avait cru cassé à jamais s'est renoué. Béatrice a retrouvé une famille et Max une fille. A *Perdu de Vue*, nous en sommes plutôt fiers.

2.

Le cri

Lausanne : il m'appelait sa Pitchoune
1936

« Je ne veux pas la revoir. »

Le jour de l'émission, elle est arrivée sûre d'elle, persuadée que son appel serait entendu. Pourtant la partie n'était pas gagnée d'avance et nous ne lui avions pas caché que ses chances étaient minces. Qu'importe ! Elle était décidée à tenter le tout pour le tout, faisant preuve de cette force tranquille mais tenace à laquelle il est bien difficile de résister.

Pourtant Simone, c'est son prénom, a l'air plutôt fragile. C'est une petite dame adorable et pimpante, un mètre cinquante, toute ronde, des cheveux blancs à reflets bleutés, coupés court, élégante dans son tailleur rose indien, très mode, raffinée avec son collier de perles et ses bijoux en or. Ses yeux d'un bleu pâle empreints de douceur traduisent parfois brutalement une sorte de dureté impitoyable. Et si on la devine chaleureuse, on sent qu'elle peut aussi se montrer réfrigérante.

Malgré ses rides et les soixante-dix-huit ans qu'elle avoue mais qu'elle ne paraît pas, elle reste belle. On voit qu'elle n'a pas renoncé à séduire.

Et on s'aperçoit qu'elle sait convaincre. On a, en l'écoutant, l'impression qu'elle parvient toujours à ses fins, même quand les circonstances lui sont défavorables.

C'est pour toutes ces raisons que nous avons décidé de réaliser avec elle une « séquence-cri ». Car elle nous paraissait de force à supporter l'épreuve de ce qui constitue une sorte de dernière chance et à en assumer l'échec possible.

Le cri, c'est en effet un quitte ou double. Une séquence rattrapage pour des retrouvailles ratées. En effet, la personne recherchée a dans un premier temps refusé de donner suite à la demande de celle qui nous a écrit mais nous pensons que cela vaut la peine d'essayer à nouveau et nous tentons le va-tout. Avec plus ou moins d'atouts dans notre jeu.

Plutôt moins dans le cas de Simone. Henri, son ex-mari qu'elle veut retrouver et que nous avons localisé et contacté, nous a clairement dit : « Je ne veux pas la revoir. »

Il n'est certes pas dans nos conventions de forcer la main à qui que ce soit et nous avons également pour règle de dire la vérité à ceux qui nous sollicitent. Simone est donc parfaitement au courant de ce refus, blessée sans doute, mais pas démoralisée. Probablement, s'y attendait-elle même.

Le ton de sa lettre était d'ailleurs significatif. Elle nous écrivait : « Il faut que je retrouve mon mari pour lui demander pardon. »

De quoi éveiller notre attention. Les lettres qui expriment le remords sont rarissimes et la brièveté de celle-là nous interpellait : Quel pardon? Quelle faute a-t-elle commise? Nous le saurons bientôt.

Quand nous la rencontrons, Simone est plus explicite. « Je me suis mal comportée avec mon premier mari. J'ai fui la maison familiale en 1945, ma fille dans les bras, sans un seul mot d'explication. Depuis je n'ai plus jamais revu mon époux. Aujourd'hui, je veux lui demander pardon. »

Nous sommes un peu sceptiques. Reprendre des explications presque cinquante ans plus tard nous semble périlleux. Robert, son ex-mari, s'il est encore de ce monde, a dû très vraisemblablement refaire sa vie et sans doute n'appréciera-t-il pas de voir resurgir un passé probablement douloureux. La suite nous donnera raison.

Mais Simone a confiance. Elle ne doute pas qu'Henri a, comme elle, gardé intact le souvenir des jours heureux. Elle est sûre de pouvoir renouer le fil de la belle histoire qu'elle a pourtant elle-même cassé, un matin de printemps, en 1945.

Et puis il y a sa fille, qui, elle non plus, n'a pas revu son père depuis cette même époque. C'est pourquoi nous insistons : « Vous voulez retrouver Henri pour vous ou pour votre fille?

– Un peu les deux », nous répond-elle.

Mais au fil des jours, nous nous rendons compte que c'est essentiellement pour elle. Sa fille ne manifestera aucune envie de voir un père qu'elle connaît si peu.

En fait, c'est à la recherche de son propre passé que veut se lancer Simone. Ce passé qui avec le temps a pris l'allure d'un conte merveilleux.

Tout a commencé un jour d'été 1936. Comme dans la chanson, « ça c'est passé un dimanche, un dimanche au bord de l'eau ». Au bord du lac Léman exactement. Avec sa famille, Simone embarque pour une petite promenade. A bord, de nombreux touristes, dont une famille française, le père et la mère, accompagnés d'un jeune homme, Henri, de l'âge de Simone. Les deux familles engagent la conversation. Il fait un temps superbe et, pendant les deux heures que dure la mini-croisière, Simone n'a d'yeux que pour Henri. « Je le trouvais si beau ! » Une idylle s'amorce, évoquant celle que chante Maurice Chevalier dans une chanson très en vogue à l'époque, *Donnez-moi la main, ma'mzelle.*

Au retour à l'embarcadère, les deux jeunes gens ont échangé leurs regards, leurs noms, leurs adresses. Ils sont déjà amoureux.

Un vrai coup de foudre qu'un volumineux courrier va exacerber. Il lui écrit à Lausanne, elle lui répond à Châtillon-sous-Bois où Henri vit avec ses parents. Tous deux se racontent, expriment leurs sentiments, très vite passionnés. Chacun embellit ainsi, par la magie des mots, l'image de l'autre qu'il a gardée en mémoire. Si bien qu'au bout de quelques mois Henri demande la main de Simone. Les parents sont d'accord. Rendez-vous est pris pour les fiançailles qui auront lieu à Paris.

Paris ! Simone y arrive un soir à minuit, gare de Lyon. Henri l'y attend, entouré de sa famille. Tandis que le taxi traverse la capitale, Simone découvre la féerie de ce que le monde entier appelle alors la « Ville-Lumière ». Cinquante ans plus tard, elle en parle encore avec émerveillement. « Les rues, les monuments éclairés ! Quel contraste avec Lausanne ! »

La présence d'Henri ajoute encore à ce décor de rêve.

Les fiançailles passées, Simone, en jeune fille sage, retourne à Lausanne, pour y attendre le mariage qui aura lieu en avril 1937 à Annemasse, ville française, située à proximité de Lausanne.

Un mariage simple, mais peut-être moins simple qu'il n'y paraît. Un mariage d'amour en tout cas. « La preuve, c'est que j'ai accepté de me marier à l'église catholique alors que je suis protestante, précise Simone. C'est vous dire à quel point j'aimais Henri!» De cette belle journée, elle n'a oublié aucun détail : « Je portais une robe blanche pas très chère, mais très belle. Avec des rubans... » précise-t-elle avec une pointe de nostalgie.

Deux années durant le conte de fées se poursuit.

Un court voyage de noces sur la Côte d'Azur fait découvrir à Simone les charmes de Nice et de Cannes. L'exotisme à portée de main. Et l'amour toujours. La jeune femme a l'impression de vivre un rêve. Parfois, pourtant, une ombre furtive vient assombrir ce bonheur. « Par instants, ma Suisse me manquait. Ma mère me manquait. Énormément. J'ai toujours été très attachée à ma mère, nous confie-t-elle. J'étais très proche d'elle. »

Dans sa nouvelle famille, Simone est aimée et choyée. Le jeune couple habite un pavillon situé tout près de celui des parents d'Henri à Châtillon-sous-Bois. C'est là également qu'il travaille comme relieur d'art. Un métier où l'on est à la fois artisan et artiste, un métier d'aristocrate en quelque sorte. Là encore, Simone est sous le charme.

« Je m'entendais très bien avec mes beaux-parents, dit-elle. J'avais été adoptée, prise en affection. Ils m'adoraient, je les adorais. C'est moi qui repassais leur linge. J'avais un très bon coup de fer. »

Tout pouvait porter à croire que le bonheur s'installait pour la vie entière. Qui à ce moment-là aurait pu prévoir cette cassure, cette faille qui, d'un coup, allait anéantir tant de promesses heureuses?

« Nous avons eu trois années extraordinaires », reconnaît Simone qui évoque, non sans émotion, les souvenirs de l' « Expo 37 » comme on disait alors. L'Exposition universelle de 1937 a amené à Paris une foule d'étrangers. Les taxis rouge et bleu sillonnent la capitale, transportant les touristes aux deux grandes entrées de l'exposition, le Champ-de-Mars et le palais de Chaillot, construit pour la circonstance. La tour Eiffel domine de sa haute stature les pavillons internationaux. Face à face, massifs, bâtis comme des blockhaus, celui de l'Allemagne nazie et celui de l'URSS. Deux mondes qui se défient. Mais dont peu se soucient alors.

« C'était la fête », dit Simone, qui, main dans la main avec Henri, a emprunté les petits trains qui promènent les visiteurs à travers l'Expo, s'est arrêtée devant les jets d'eau qui offrent au public fraîcheur et beauté.

« Il m'appelait sa pitchoune, dit Yvonne. C'était merveilleux! »

A leur bonheur, il ne manque qu'un enfant, qui naîtra au début de 1939, quelques mois avant la guerre. C'est une petite fille qui vient parfaire cette union sans nuage.

C'est tout ce passé que Simone veut évoquer avec Henri. C'est à ces jours heureux qu'elle pense, durant l'émission, assise à côté du téléphone dont seul Henri connaît le numéro secret. Lui seul peut appeler. Elle attend la sonnerie. Si elle retentit, Henri sera au bout du fil.

« Je veux me rappeler et lui expliquer », nous a-t-elle dit. Expliquer pourquoi ce bonheur a subitement éclaté, laissant place au quotidien banal, presque insupportable de médiocrité, jusqu'à conduire à la rupture.

Les premières désillusions, bien indépendantes de leur volonté, commencent à l'été 1939. « Fin août, nous étions en vacances chez mes parents à Lausanne, et c'est par la TSF que l'on a appris le rappel des réservistes. La mobilisation générale, la guerre ! Henri a aussitôt repris le train pour Paris. Pour moi, nous avions décidé que je resterais chez mes parents avec le bébé. C'était plus sûr ! »

Les voilà séparés, pour longtemps peut-être. Mais ils restent proches par le cœur. Les lettres ont repris, enflammées, passionnées comme autrefois.

Pas tout à fait cependant. Simone reste amoureuse, mais peu à peu le quotidien, la solitude distillent une sorte de déception, qu'elle explique bien. « J'avais imaginé un autre avenir. Je rêvais de promenades avec Henri, tous deux poussant le landau de notre bébé. Et je me retrouvais seule. La situation était d'autant plus difficile à supporter que toutes mes amies d'enfance menaient une vie normale de couple. Elles avaient leur mari. Je me sentais frustrée. »

Elle se sent différente, rejetée, comme si la Suisse neutre ne lui pardonnait pas d'avoir épousé un étranger, un combattant de surcroît. Malgré tout, la sage Simone tient bon. « Durant toute cette période, je n'ai jamais trompé mon mari », affirme-t-elle.

Henri est au front quand l'Armistice de 1940 arrête les combats. Mais nombre de soldats, dont Henri, sont faits prisonniers et internés en Allemagne. Les lettres et les colis de Simone suivent son mari dans ses déplacements. Bonne épouse, bonne mère, elle ne faillit pas à ses obligations. Pourtant, durant toute cette période, imperceptiblement, quelque chose se casse. D'autant que l'attente se prolonge, interminable. Enfin, un beau matin de 1945, arrive un télégramme annonçant qu'Henri est libéré et qu'il va bientôt la rejoindre. Simone est persuadée que tout va recommencer comme avant, que seront oubliées ces six années perdues. Ils vont, elle en est certaine, bientôt les rattraper.

Elle se souvient de la gare d'Annemasse pleine de monde. Les familles sont venues accueillir leurs proches. Pleurs, rires, exclamations, cris de joie... L'atmosphère est tendue à l'extrême.

« Soudain, j'ai aperçu Henri et cela m'a fait un choc. Au milieu de toute cette foule je l'ai tout d'un coup trouvé banal, il ressemblait à tout le monde. »

Le désenchantement est cruel. Cet homme exceptionnel, qu'elle avait idéalisé depuis leur première rencontre, est entré dans le rang commun. Sans doute son éclat s'est-il terni pendant les années de captivité? Ou peut-être est-ce Simone qui a changé? Quoi qu'il en soit, la rencontre est décevante.

Henri non plus n'est pas très empressé. Simone explique : « J'ai longtemps cru que les retrouvailles s'étaient mal passées parce que je n'étais pas allée chez le coiffeur, parce que je n'avais pas acheté une toilette neuve pour l'accueillir. Je manquais d'argent, c'est vrai. J'ai senti que je le décevais. Moi aussi j'étais peut-être devenue une femme comme les autres. »

Le couple reprend sa vie dans le pavillon de Châtillon, mais le cœur n'y est plus; le climat entre eux s'est alourdi, la passion a disparu. Simone ne reconnaît plus son Henri d'antan dans cet homme éprouvé par des années de détention. Lui, de son côté, attendait sans doute plus de compréhension, plus de gentillesse. Après coup, Simone l'admet : « Je n'ai pas fait d'efforts pour limiter les dégâts. »

La situation générale n'est pas faite pour améliorer les choses. Paris a changé. Ce n'est plus la Ville-Lumière d'avant-guerre. Dans les rues ne subsiste qu'un maigre éclairage et l'atmosphère de fête a disparu. Si la Libération a rendu les Parisiens heureux, ils restent en même temps quelque peu désabusés : chacun a souvent laissé une partie de soi dans la tourmente.

Et puis, les restrictions sont toujours là, qui vont se poursuivre pendant des années encore. Elles frappent d'autant plus brutalement Simone qu'elle a vécu toute la guerre dans un havre de paix au milieu d'une Europe en proie aux convulsions. Les produits rationnés étaient rares en Suisse où, dans l'ensemble, on a toujours mangé à sa faim. A Paris tout manque. La ration de pain est minime, celles de viande et de beurre encore plus maigrelettes. Malgré les efforts des mineurs qui ont sacrifié leurs vacances à la production, le charbon est rare et il est difficile de chauffer la maison pendant l'hiver.

Simone, qui passe des heures dans les files d'attente pour acheter les produits disponibles, découvre au quotidien ces réalités. Ce serait peu de chose si le couple s'était vraiment ressoudé. A deux, il est plus facile d'affronter les épreuves. Malheureusement, le fossé se creuse de plus en plus. « J'ai essayé de lui parler, dit Simone, mais sans me faire comprendre. » Et elle ajoute tristement : « Sans doute m'y suis-je mal prise, c'est plus de ma faute que de la sienne. »

Petit à petit, germe en elle l'idée de quitter le foyer conjugal. Un matin, profitant de l'absence d'Henri parti au travail, elle passe à l'action. « Je suis partie sans laisser un mot d'explication en emmenant ma fille qui avait alors sept ans. Nous sommes retournées en Suisse. »

Ce n'est pourtant pas facile à l'époque. Par son mariage, Simone est devenue française, il lui faut donc un visa. En l'attendant, elle contacte ses parents et leur confie la fillette qui devra passer entre les barbelés de la frontière pour les rejoindre. Au bout de quelques jours, elle arrive à son tour à Lausanne. Elle ne reverra plus jamais son mari.

Ce qui s'est passé lorsque Henri est rentré à la maison, elle l'ignore. Elle ne l'a jamais su et n'obtiendra plus aucune nouvelle. Elle apprendra indirectement qu'il a demandé et obtenu le divorce pour abandon du domicile conjugal. « Une décision peut-être excessive, dit-elle aujourd'hui. S'il m'avait lancé un ultimatum, s'il avait demandé des explications, les choses auraient peut-être été différentes. Cela aurait été la preuve qu'il tenait vraiment à moi. Mais il n'a rien fait pour chercher à me revoir. »

En a-t-elle été affectée? Sans doute. Seule à Lausanne, elle avoue qu'elle n'était pas très heureuse.

Bientôt, elle va rencontrer un autre homme, se remarier et avoir un autre enfant. Mais le nouveau ménage bat de l'aile au bout de quelques années. Simone divorce une nouvelle fois et se retrouve seule avec dcux enfants. « J'ai passé ma vie à travailler pour les élever et leur donner une existence confortable. »

Aujourd'hui, les enfants partis, elle se sent solitaire et le souvenir de ce départ « coup de tête » la hante. Tout au long de ces années, je me suis demandé : Pourquoi n'appelle-t-il pas? Et maintenant je continue de m'interroger : Que pourrais-je faire pour qu'il me pardonne?

Elle explique tout cela avec plus de sourire aux lèvres que de larmes aux yeux. L'âge venant, elle voudrait bien retrouver une complicité ancienne. Comme ses compagnons du club du troisième âge qu'elle fréquente à Lausanne. « Ils sont souvent en couple. Ou quand ils sont veufs, ils parlent de leur vie d'avant, cette vie que je n'ai pas vécue comme tout le monde. » Alors elle se prend à imaginer. Henri pourrait me pardonner et on pourrait reparler de notre vie commune, revenir sur les lieux où nous avons vécu, et qui sait, nous promener bras dessus bras dessous comme autrefois. »

Accaparée par son rêve, elle ajoute : « J'ai un petit chien. Peut-être va-t-il l'aimer? »

C'est Marie qui fait partie de l'équipe de *Perdu de Vue* depuis sa création qui va mener l'enquête. Elle retrouvera Henri au bout de six semaines en Bretagne où il s'est installé pour vivre une retraite paisible. Les premiers documents que nous avons en main nous indiquent qu'il s'est remarié, peu de temps en fait après le départ de Simone, et qu'il a des enfants. On avertit Simone qui, en dépit de tout ce qu'elle nous avait dit, semble accuser le coup. On la sent un peu froissée par ce mariage somme toute rapide. Mais la balle n'est pas dans son camp, et elle doit faire bonne figure coûte que coûte. Du côté d'Henri, les choses sont loin d'être faciles. Le moins qu'on puisse dire, c'est qu'il accueille notre proposition de retrouvailles plutôt fraîchement. « Écoutez, cette femme m'a énormément fait souffrir. Je sortais de la guerre à l'époque, j'avais été prisonnier. Elle est partie sans un mot, elle m'a privé de ma fille. Ma fille, je veux bien la revoir si elle le désire, mais pas sa mère. »

Le ton est catégorique, résolu, d'autant qu'il ajoute : « Je vis toujours avec la même femme, nous avons des enfants et je ne veux pas que ma vie soit perturbée. »

Nous insistons, plaidons l'indulgence : elle a lancé un appel, elle demande le pardon, ne pourrait-il faire un geste?... Il demande un délai de réflexion mais quand nous rappelons, c'est sa femme qui nous répond; elle est encore plus ferme que son mari : « Nous avons bien réfléchi, cette femme a vraiment du toupet! Si elle croit qu'elle peut se faire pardonner en passant par une émission de télévision, elle se trompe. »

A la fin de la conversation, elle nous avertit : « Il n'y aura pas d'appel. »

Elle a quand même la gentillesse de noter le numéro secret que nous lui communiquons, ce qui nous incline à penser que toutes les chances ne sont pas perdues. Pourtant, avant de raccrocher, elle précise encore : « Ni mon mari ni moi ne regarderons la télé ce soir-là. » Mais l'expérience nous a enseigné qu'il est difficile de résister à une émission quand on sait que l'on va y parler de vous et qui plus est de votre vie. Et il est assez fréquent qu'au dernier moment des personnes contactées changent d'avis, que des non se transforment en oui.

C'est pourquoi nous gardons encore un réel espoir.

Arrive l'émission. Simone s'est faite belle. Elle porte un chemisier de soie blanc à col Mao. Elle a mis ses bijoux, du rouge aux lèvres, du bleu aux yeux.

Elle sourit, courageuse, confiante, malgré le temps qui passe alors que le téléphone reste obstinément muet.

Henri n'appellera pas. Nous ne saurons jamais s'il a ou non regardé la télévision ce soir-là. La dernière chance s'est envolée.

L'échec est, pour Simone, à la hauteur de ses espérances. Nous la raccompagnons à l'hôtel. Elle a envie de parler. « J'ai compris ce soir, en vous le racontant, ce que j'ai fait subir à mon mari. Je ne m'étais pas rendu compte avant de la violence de mon attitude. Je ne sais pas comment je vais terminer ma vie. Il faut que je réagisse, que je me mette autre chose dans la tête, que j'oublie cet espoir avec lequel j'ai vécu pendant des années. »

Maintenant fini de louvoyer, de se raconter de belles histoires. La réalité, dure, implacable, a repris ses droits. Le lendemain, Simone reprend le train pour la Suisse, son petit chien dans les bras. Déçue. Vaincue.

« C'est comme un château de cartes qui s'écroule », nous confiera-t-elle avec une pointe d'amertume.

3.

La disparition

Créteil : le pizzaiolo au grand cœur

22 novembre 1990

> *« La vérité sort toujours de la bouche des enfants. »*

Parmi toutes les affaires de fugue dont nous avons eu à nous occuper, celle du jeune Michel L., d'origine portugaise, occupe une place à part pour deux raisons : d'abord la véritable angoisse qui nous a pour ainsi dire envahis tout au long de l'enquête (nous avions pensé au pire !). Ensuite, le scénario, vraiment original, mis au point dans l'improvisation la plus totale par ce garçon de quatorze ans, dont l'imagination débordante a convaincu un adulte de vingt-huit ans qui lui a donné asile pendant près de vingt jours !

Le 22 novembre 1990, Ermelinda L. se trouve chez elle, occupée à faire le ménage du coquet F3, situé dans une HLM d'une cité de Créteil, où elle vit en compagnie de ses deux enfants, Michel, fils d'un premier mariage portugais et un bébé d'un an, une fillette, qu'elle vient d'avoir avec son nouveau compagnon, français. Il est 10 heures du matin. Soudain, elle entend la clé de la porte d'entrée tourner dans la serrure. Elle n'attend cependant personne, ni son mari qui travaille assez loin de Créteil, ni son fils qui est normalement au lycée.

Pourtant, c'est Michel qui se montre à la porte du salon.

« Qu'est-ce que tu fais là?

– Ben... le prof de français est malade, je n'ai plus de cours avant cet après-midi, alors je suis rentré! »

L'étonnement n'aura été que passager. Michel ne vient-il pas de lui donner une explication logique qui la satisfait.

La mère et le fils déjeunent rapidement ensemble, et, à 13 heures 30, Ermelinda accompagne Michel jusqu'au CES Laplace. Elle souhaite en effet y rencontrer un élève d'une autre classe qui a agressé son fils la veille dans une fête foraine installée dans un quartier de la ville. L'algarade a été sans importance, mais Michel est rentré avec un pull déchiré. Il s'était manifestement battu et n'avait pas eu le dessus. Ermelinda, qui entend régulièrement parler de racket dans les établissements scolaires de Créteil, veut réprimander publiquement l'autre garnement afin d'éviter à son fils de céder à un éventuel chantage. La veille, Michel a fait quelque difficulté pour lui avouer que cet élève essayait effectivement de s'imposer comme une sorte de chef de bande auprès des plus jeunes, mais elle connaît bien son fils et elle est certaine qu'il lui a dit toute la vérité sur cette affaire. 15 heures 30 : Michel sort de l'école et rentre chez lui. Ermelinda est partie faire des courses.

Lorsqu'elle rentre, à 16 heures 10, sachant que le lycéen a dû rentrer vers 15 heures 45, elle appelle : « Michel? »

Pas de réponse. Étonnée, pas encore inquiète, elle entre dans la chambre de son fils. Michel n'est pas là. Seul son cartable est sagement posé à terre, le long du bureau tout neuf qu'on lui a offert lors de la rentrée scolaire, la première pour lui en France après un long séjour chez ses grands-parents au Portugal où il a été scolarisé ces dernières années.

Au-dessus du bureau, sur le mur de la chambre, des affiches de boxeurs américains et de champions de Kung-Fu, la passion du jeune garçon. Un papier posé bien en évidence sur un cahier ouvert intrigue Ermelinda. Elle s'avance un peu plus, y jette un œil et découvre le message qu'elle nous remet dix-huit jours plus tard, pendant l'émission que nous lui consacrons pour tenter de retrouver son fils. Ce mot dit ceci :

« Maman je m'en vais très loin. Je ne vous ennuierai plus. Surtout ne t'inquiète pas. J'en ai marre de l'école, de cette vie. Je t'aime. Adieu. »

Ermelinda est une très belle femme. L'expression « visage de madone » lui convient parfaitement. Une madone aux traits nobles, crispés par la douleur et l'angoisse. C'est ainsi qu'elle nous est apparue lorsque nous lui avons demandé de venir dans nos bureaux de Montparnasse pour préparer l'émission.

Ermelinda est une personne énergique, qui a l'habitude de prendre des décisions. Elle a constaté que son fils était bien rentré à la maison après ses cours. Il est donc ressorti il y a moins d'une demi-heure! Son premier réflexe est de filer au centre commercial Créteil-Soleil pour voir s'il n'aurait pas décidé, comme il le fait parfois, d'aller traîner du côté des jeux vidéo. Pas de traces de

Michel. En cherchant son enfant dans toute la ville, Ermelinda se répète mentalement les termes qu'il a employés sur ce qu'elle est bien obligée d'appeler un mot d'adieu : « J'en ai marre de cette vie... Je m'en vais très loin... » Vers 18 heures 30, elle finit par se résoudre à pousser la porte du commissariat de police pour signaler la disparition du garçon. L'enquête de routine de la police ne donne aucun résultat. Pourtant Michel ne passe pas inaperçu. Il est grand pour son âge, 1,66 mètre, brun, beau garçon. Il n'a emporté ni argent – d'après sa mère il devait avoir, au plus, 100 francs qu'elle lui avait donnés pour aller chez l'opticien – ni papiers d'identité – on a retrouvé sa carte d'identité dans sa chambre – ni vêtements de rechange. Il porte un simple blouson de toile et un pantalon de jogging. Aucun témoignage valable ne put être recueilli en dix-huit jours. A croire que Michel s'était, en quelque sorte, évaporé dans la nature.

Le mot laissé en évidence et les problèmes scolaires et familiaux évoqués par la mère nous font craindre pendant quelques jours, nous pouvons le dire maintenant, que Michel se soit suicidé. C'est pourquoi nous irons jusqu'à demander aux pompiers de Créteil s'il est possible d'envoyer des plongeurs sonder un plan d'eau et de loisirs voisin, plusieurs témoins localisés par notre équipe ayant dit l'avoir vu dans cette zone...

Le jour de l'émission, nous apprenons par divers témoignages que Michel a des problèmes avec son professeur de français et qu'il a volontairement « séché » le cours, le matin de sa disparition.

Un surveillant précise que le directeur a convoqué Michel dès son retour au CES l'après-midi, et qu'il a adressé, par l'intermédiaire du carnet de correspondance, un mot à ses parents pour leur signaler l'absentéisme chronique du garçon au cours de français. Ce n'était donc pas la première fois qu'il se dispensait d'y aller!

Michel a-t-il craint une réprimande? N'avait-il pas plutôt rendez-vous en ville, après ses cours, pour régler ses comptes avec le garçon qui l'avait agressé la veille à la fête foraine? Ne serait-il pas tout simplement en route vers le Portugal, lassé de l'école française où il a des difficultés de relations et de langue, pour retrouver ses grands-parents qu'il aime tendrement?

Toutes ces hypothèses sont passées en revue au cours de l'émission. Aucun élément nouveau ne survient. Le père de Michel, qui vit toujours en région parisienne, téléphone à SVP et lance un appel à son fils en portugais. Ce cri d'un homme inquiet relance les arrière-pensées informulées de toute l'équipe et *Perdu de Vue* se termine ce soir-là dans une ambiance assez morose.

Deux jours plus tard un appel d'Ermelinda au bureau dès la première heure soulage tout le monde. « Il est rentré cette nuit, nous dit-elle, il dort encore. Voici ce qui s'est passé... »

En fait la « galère » de Michel aurait pu durer beaucoup plus longtemps, et c'est malgré tout grâce à l'émission que son odyssée s'est brutalement interrompue.

Michel viendra le mois suivant sur notre plateau, en compagnie de sa mère. Là, devant un public et une équipe stupéfaits, il nous dira pourquoi il avait décidé de fuir et où il était passé pendant ses vingt jours de fugue.

Il nous confirme d'abord sa décision de partir dans les minutes qui ont suivi son arrivée à la maison. Il ne pouvait se résoudre à faire signer son carnet par ses parents. Aussi en un instant, sans avoir vraiment réfléchi, il griffonne le mot pour sa mère et se retrouve dans la rue, direction le métro.

Avec le billet de 100 francs qu'il possédait effectivement, il s'achète des tickets de RER, et file à la Défense où il se balade un bon moment. Puis il s'offre un Big Mac et décide de finir la soirée au cinéma.

Lorsqu'il sort, c'est la nuit. Il reprend un métro pour Paris sans but bien défini. Il sait simplement qu'il est trop tard pour rentrer chez lui et décide de se laisser enfermer dans une station de métro où il espère trouver un coin discret pour dormir en paix.

Vers 1 heure du matin, il erre sur le quai de la station Trocadéro, attendant que les derniers voyageurs soient sortis et guettant un éventuel contrôleur. Intrigué par son manège, un homme d'une trentaine d'années, grand brun, d'allure sportive, se dirige vers lui et lui demande : « Qu'est-ce que tu fais ici à cette heure, petit? »

Michel ne répond pas et s'éloigne, mais l'homme le rattrape et insiste : « Ça n'est pas la place d'un gamin, ce quartier, à cette heure... est-ce que je peux t'aider? »

– Oui monsieur, murmure alors Michel, qui vient, à toute vitesse, d'inventer une histoire qu'il croit plausible. Voilà, je suis de la DDASS, vous savez les foyers de l'Assistance publique...

– Continue, dit l'homme, qui semble ému par la détresse apparente de Michel.

– On me bat souvent, ajoute Michel qui enchaîne : Ce soir, on a voulu encore me punir sans raison, alors je suis parti! »

Au fond de lui, Michel n'en mène pas large. Il se demande qui peut bien être cet inconnu qui s'intéresse à lui, alors qu'il aurait pu aussi bien passer son chemin. Policier? Il n'en a pas l'air... Simple curieux? L'explication n'est pas plus valable...

L'homme regarde Michel avec une réelle amitié et poursuit : « Écoute-moi. Tu n'as pas où dormir ce soir, n'est-ce pas? Alors, si tu veux, je t'emmène chez moi, je travaille le soir et j'habite en banlieue, mon patron me paye le taxi pour rentrer chez moi. »

Voyant que le garçon a l'air plus effrayé que ravi par cette proposition, l'homme ajoute aussitôt : « Ça n'est pas ce que tu crois, mon gars. Tu n'as pas à avoir peur de moi. Je n'ai aucune attirance pour les jeunes garçons. Seulement, vois-tu, j'ai vingt-huit ans, et moi aussi je suis un enfant de la DDASS!

« Tu comprends pourquoi je ne veux pas te laisser dans la merde. Ça me rappelle trop de mauvais souvenirs. Alors si tu veux, je t'héberge pour cette nuit; demain tu verras ce que tu veux faire »...

Voilà comment, une heure plus tard, le jeune Michel se retrouve dans un canapé-lit douillet, bien au chaud dans un appartement de la banlieue sud, pas très loin de Créteil!

Le lendemain, en fin de matinée, l'homme fait visiter l'appartement à Michel, lui montre la salle de bains, la cuisine avec le réfrigérateur, le four à micro ondes. « Tu peux prendre ce que tu veux, indique-t-il, moi, je dois partir travailler. Je suis cuisinier dans un restaurant italien. Je m'occupe des pizzas. Je rentrerai ce soir vers 1 heure 30. Si tu veux partir, pars, tu ne me dois rien. Si tu es encore là, on avisera! »

Michel passe une bonne partie de la journée à regarder la télé et à s'amuser avec les jeux vidéo de son providentiel sauveteur. Il imagine l'angoisse de sa mère, mais comme il ne trouve aucune solution valable au problème, il décide de l'oublier aussi vite et attend le retour du propriétaire des lieux.

Pendant dix-huit jours, l'homme va interroger Michel sur ses origines, son expérience de la DDASS.

Michel s'invente un passé terrible : des parents épouvantables qui l'ont abandonné au bord d'une route en rase campagne ! Plus les anecdotes sont énormes, plus l'homme qui, lui, a vécu une petite enfance difficile, ballotté de foyer en foyer, compatit avec l'enfant, sans se douter un seul instant du formidable bobard que Michel lui délivre maintenant à jets continus ! Il ne peut plus revenir en arrière. Il est obligé d'inventer sans cesse de nouvelles péripéties.

Dix-huit jours ! Dix-huit nuits d'angoisse pour toute sa famille, auxquels a succédé l'inquiétude d'une équipe de *Perdu de Vue* qui a décidé de mettre le paquet pour le retrouver. C'est ainsi que « diplomatiquement » nous avons passé quelques coups de fil à des responsables de la police pour nous étonner que, dix-huit jours après la disparition d'un garçon qui n'a, après tout, que quatorze ans, aucune recherche de grande envergure n'avait été lancée ! Nous apprendrons plus tard que tous les policiers de Paris et de banlieue avaient sur eux la photo de Michel pendant les deux jours qui ont précédé la diffusion de l'émission...

Mais Michel restait introuvable, parce qu'il ne sortait pas ou très peu. Et lorsqu'il quittait l'appartement de son protecteur, c'était pour aller passer son après-midi au cinéma avec les cinquante francs que celui-ci lui donnait parfois pour « aller s'amuser », il avait donc peu de risques d'être reconnu, en admettant qu'on l'ait activement recherché à ce moment !

Arrive le soir de l'émission. Ermelinda raconte son histoire, nous tentons de comprendre pourquoi Michel est parti, où il peut bien se trouver... A cette heure, Michel, exceptionnellement, ne regarde pas la télé. Il dort comme un ange... tandis que, dans un restaurant italien du quartier de l'Étoile, un cuisinier enfourne pizzas sur pizzas dans un grand four à bois. L'homme a tant de travail ce soir, qu'il réussit à peine à jeter de temps en temps un regard distrait sur la télé qui reste allumée en permanence dans un coin de la cuisine. Une télé branchée sur TF1 !

Soudain, son attention est attirée par une photo qui passe fugitivement à l'écran. Voici maintenant une vidéo amateur où l'on voit un grand gamin de treize-quatorze ans jouer avec un bébé sur une balançoire de plage. Puis c'est un repas qui pourrait être un repas de communion. L'enfant lève son verre et trinque à la caméra... Ce visage lui dit quelque chose, mais quoi?

Soudain, ça y est! Il a reconnu le fugueur de la DDASS. Même visage, même prénom, même origine portugaise... Seule différence entre les deux, cette mère éplorée, visiblement rongée par l'angoisse!

« Le petit salaud », murmure le cuisinier entre ses dents, en se jurant de passer un sacré savon à Michel quand il rentrera. Un œil sur la montre, il est 23 heures 30. Pourvu, se dit-il, que le gamin s'il voit l'émission ne décide pas de disparaître à nouveau! Dans quel pétrin se serait-il mis? Comment expliquer à des parents, et, inévitablement par la suite, à des policiers, qu'on a abrité un adolescent de quatorze ans par pure référence à sa propre enfance.

Il se voit déjà condamné pour détournement de mineur... Garde à vue... Chômage...

Michel est brutalement sorti de son sommeil de plomb par une main musclée qui le secoue comme un prunier. Le ton du cuisinier n'est plus du tout amical.

« Alors, comme ça, on est un pauvre petit gars de la DDASS, hein? Non mais, tu n'as pas honte de m'avoir menti pendant tout ce temps? Et ta mère, tu ne penses jamais à elle tout au long de tes journées de glandeur? Et dire que tu te plaignais d'avoir eu des parents bourreaux d'enfants! Moi, j'en aurais rêvé d'une mère comme la tienne! »

Michel pleure. Il n'y a rien à expliquer. Il commence à envisager l'avenir sous un jour plutôt sombre! L'homme veut le ramener chez ses parents à l'instant, en pleine nuit! Michel supplie, mais rien ne fléchit son interlocuteur qui vient d'appeler un taxi.

« Habille-toi et vite! lance celui-ci. Tu donnes ton adresse, je vais avec toi », dit-il en s'engouffrant dans la voiture qui les conduit à Créteil. Le taxi se gare devant la HLM. L'homme prend Michel par le bras et l'emmène jusqu'au pied de l'escalier. « Allez, vas-y! J'attends en bas. Je ne partirai que lorsque je t'aurais entendu rentrer chez toi. Dis à ta mère que je viendrai la voir demain, c'est mon jour de repos. »

Il est 2 heures du matin quand Ermelinda entend sonner à la porte. Prudente, elle jette un regard sur le palier par l'œilleton de sécurité. C'est le noir le plus complet. Une tentative de cambriolage? Elle retient sa respiration pour mieux tendre l'oreille, tandis que son mari, également réveillé, vient la rejoindre sur la pointe des pieds.

Soudain le visage d'Ermelinda s'éclaire. Elle a entendu un sanglot étouffé. Elle est certaine que c'est

Michel ! Elle ouvre la porte et dit : « N'aie pas peur, entre, on s'expliquera plus tard. Pour l'instant je suis trop heureuse qu'il ne te soit rien arrivé ! » Michel entre comme une ombre, le regard obstinément baissé, puis il pousse une sorte de cri étouffé et se précipite en larmes dans les bras de sa mère.

Jamais elle n'a été aussi contente de voir son fils pleurer !

La fugue de Michel a provoqué un choc salutaire dans ses relations avec sa mère et son beau-père. Ils ont compris que l'arrivée de la petite sœur avait bouleversé Michel. Comme sa mère l'avait envoyé au Portugal pour accoucher et s'occuper du bébé, il pensait qu'elle ne l'aimait plus !

Il a également pu faire comprendre à ses parents que les études qu'il poursuivait ne l'intéressaient pas. Il est maintenant dans un LEP où il apprend – avec plaisir – le travail du bois, qui le passionne.

Quant aux parents, ils ont décidé, quelques mois après l'émission, de quitter la région parisienne et d'ouvrir un petit restaurant sur la côte méditerranéenne. Ne sachant pas très bien faire la cuisine, ils ont engagé quelqu'un pour les aider à démarrer l'affaire dès la saison suivante. *Quelqu'un qui fait, en particulier, de très bonnes pizzas !*

Qui a dit que parfois la vie ressemble vraiment à un roman ?

4.

Les regrets

Ravensbrück : le pli secret de la résistante

14 mai 1943

« Mieux vaut tard que jamais. »

« Mieux vaut tard que jamais. » La première phrase de cette lettre parvenue en janvier dernier a de quoi étonner. Certes, les vieux dictons ont leur raison d'être. N'empêche! Attendre près de cinquante ans pour remettre un pli à son destinataire, c'est prendre plus que du retard. Et même quelques risques. Notamment celui de ne pas retrouver vivant le destinataire en question.

Pourquoi avoir attendu si longtemps? A cette question, Laurette D. répond spontanément : « Le temps passe si vite, vous savez. »

Puis elle explique que, les premières années, le retard était volontaire. Il fallait que l'enfant à qui elle devait remettre ce pli ait atteint sa majorité. Or, l'âge de la majorité est révolu depuis longtemps. L'enfant, puisque enfant il y a, a nettement dépassé la cinquantaine, elle est même devenue grand-mère. Laurette aurait pu intervenir plus tôt.

« Sans doute, reconnaît-elle. Je suis fautive. Mais les choses n'ont pas été faciles. J'ai eu six enfants à élever et mon mari, qui était cadre de la Fonction publique, a été nommé en province; nous avons quitté Paris et déménagé plusieurs fois. Cette idée me tracassait pourtant et je suis contente aujourd'hui de pouvoir tenir ma promesse. D'autant que les années passent, je n'en ai plus tellement devant moi. »

Laurette D. est une charmante vieille dame, timide et douce. Elle s'est rendue à notre rendez-vous avec son mari. Tous deux paraissent étonnés d'avoir été convoqués par la télévision, comme ils le confessent dignement. Sur le coup nous n'y prêtons pas attention. Habituellement, ceux qui se retrouvent dans notre bureau déclarent : « Je ne pensais pas que ma lettre serait retenue. » Pourtant il en va ici autrement et seulement lors du dénouement nous comprendrons leur surprise, et à notre grande stupéfaction, cette fois.

Ils sont donc tous deux dans notre bureau, fraîchement arrivés de Grenoble où ils vivent, heureux d'être parisiens pour quelques jours. Un de leurs fils les a accompagnés; il viendra les reprendre dans une heure. « Est-ce que nous aurons assez de temps? » Nous les rassurons : « Mais bien sûr! » Le ton est donné. Laurette et son mari se débarrassent de leurs manteaux. Cheveux blancs bien coiffés, tailleur gris clair, chemisier crème, un clip d'or agrafé au revers, Laurette est élégante; elle a près de soixante-dix-huit ans. Un peu plus âgé, vêtu de sombre, coiffé d'un feutre, son époux interviendra très peu dans la conversation. Il souffre de problèmes auditifs. Visiblement il n'a accompagné sa femme que pour la soutenir. On sent entre eux toute la tendresse d'une longue vie commune.

A peine assise, Laurette ouvre son sac de cuir noir et nous tend une enveloppe kraft, grand format, épaisse, scellée par des bandes d'albuplast. « Voilà le pli que m'a remis Denise M. pour sa fille. Seulement, comme je vous l'ai dit dans ma lettre, je ne sais pas du tout où la trouver. Elle a dû se marier, je ne sais pas son nom et je ne connais même pas son prénom. J'ai toujours entendu sa mère l'appeler Babou. On a fait quelques recherches, elles n'ont rien donné. Maintenant nous sommes vieux et nous vivons loin de Paris. Alors si vous pouvez nous aider... »

Laurette a parlé d'une traite puis elle a posé l'enveloppe sur le bureau. Nous n'osons pas y toucher. Il y a là comme un secret et un mystère qui nous impressionne. Laurette se méprend : « Je ne l'ai pas ouverte, vous savez... Elle est restée intacte depuis mai 1943. »

L'événement remonte en effet à 1943, au milieu de la Seconde Guerre mondiale, en pleine occupation allemande. Une époque sombre où personne n'est à l'abri des périls. Laurette D. habite à l'époque au quatrième étage d'un immeuble de Neuilly. Au-dessus de chez elle vit une jeune femme, Denise M., qui a perdu son mari, un officier de l'armée française, pendant la campagne de 1940. Elle est demeurée seule avec sa petite fille de six ans qu'on appelle Babou.

Laurette s'est prise d'amitié avec Denise. Le soir, quand les enfants sont couchés, il leur arrive de se retrouver chez l'une ou chez l'autre pour bavarder. « On parlait un peu de tout, raconte Laurette, des événements, de la politique, de la religion aussi. Nous étions à l'opposé l'une de l'autre, moi je suis catholique, elle était athée et communiste. On arrivait quand même à s'entendre. »

Au fil des conversations, une sorte de complicité naît entre les deux femmes. A mots couverts, Laurette comprend que Denise fait partie d'un réseau de résistants. Elle va bientôt lui demander de cacher des documents que Laurette dissimule dans le gros dictionnaire de la bibliothèque. « Ces documents, elle me les redemanda plus tard et m'en confia d'autres. Je ne savais pas exactement à quoi ils correspondaient, mais c'était ma façon à moi de ne pas rester passive. »

Un soir, Denise sonne chez Laurette. Elle est pâle, visiblement inquiète. « J'ai été suivie par des policiers à la sortie du métro, dit-elle. Ce n'est pas la première fois mais j'ai l'impression que l'étau se resserre. Alors j'attends de vous un dernier service. Elle sort de sous sa veste une épaisse enveloppe qu'elle tend à Laurette. « Je vous demande de la remettre, vous et uniquement vous – en mains propres à ma petite Babou quand elle sera grande. »

Laurette s'exclame, étonnée : « Pourquoi ne la confiez-vous pas à vos parents?

– Non, je préfère que ce soit vous qui la remettiez à ma fille. »

Les pressentiments de Denise étaient, hélas, fondés. Le lendemain même, au petit matin, elle est arrêtée, ainsi que sa cousine Sylviane qui dormait chez elle. C'était le 14 mai 1943. Toutes deux seront déportées à Ravensbrück, un camp nazi réservé aux femmes : sur les 10 000 résistantes françaises qui y seront internées, seules

2 000 survivront dont Sylviane. Denise M. n'en reviendra pas.

Sitôt après l'arrestation, la concierge vient sonner à la porte de Laurette. Elle a les clés de l'appartement de Denise et dit : « Il faut aller chercher la petite, elle est toujours là-haut. »

« On est monté, raconte Laurette, elle dormait encore, trempée de sueur sous l'épais édredon rouge. Je l'ai prise avec moi et l'ai gardée jusqu'à ce que sa grand-mère vienne la chercher.

« A partir de ce moment, je n'ai plus jamais eu de ses nouvelles.

« Aujourd'hui je veux la retrouver pour tenir la promesse que j'ai faite à sa mère, la veille de son arrestation. »

L'affaire est entendue! Nous lui demandons de reprendre l'enveloppe dont nous ne pouvons nous charger. Si nous réussissons, Laurette la remettra directement à Babou au cours de l'émission.

Comment retrouver celle qui était alors une petite fille et qui a aujourd'hui, si nos calculs sont exacts, plus de cinquante-cinq ans? Laurette nous fournit l'adresse de l'immeuble dans lequel Denise a été arrêtée et nous parle d'une plaque commémorative apposée sur la façade. Comme il s'agit d'un fait de résistance, nous contactons d'abord naturellement les administrations concernées. Curieusement, la démarche se révéla vaine. Alors que nous commencions à piétiner sérieusement, la bonne fée de *Perdu de Vue* se décida à donner le coup de pouce salutaire.

Nous n'insisterons jamais assez sur le rôle que joue le hasard dans l'aboutissement de nos dossiers. Coïncidences, circonstances et rencontres fortuites nous ont maintes fois facilité la tâche. Sans les tours et retours du destin, nous n'aurions jamais pu mener à bien certaines de nos enquêtes.

Ainsi de l'affaire « Babou ». Les services susceptibles de nous renseigner n'ont rien à nous communiquer ou se font tirer l'oreille, si bien qu'au bout de deux mois c'est toujours le point mort. Et, d'un coup, tout se débloque. Un après-midi, alors que Laurent Varlet, un de nos enquêteurs, s'apprête à aller vérifier *de visu* la fameuse plaque commémorative, inconnue semble-t-il de tous les ministères et associations officielles, Jean-Marie l'arrête : « Ce n'est pas la peine de te déplacer. Prends le Minitel et appelle au hasard une personne de l'immeuble. »

Ce qu'il fait. Il y a une trentaine de noms possibles. Il en choisit un. La première tentative est la bonne. Au bout du fil, se trouve une femme à la voix fluette, un peu âgée, semble-t-il. Laurent se présente et explique le but de son appel. Nous sommes décidément en veine : c'est une fidèle de l'émission et elle est heureuse de pouvoir nous aider. De plus elle a bien connu Denise M. ainsi que Sylviane G., arrêtée en même temps que sa cousine en avril 1943.

Notre correspondante accepte de descendre dans la rue et de transcrire le texte exact de la plaque commémorative. Dix minutes plus tard elle nous rappelle pour nous le communiquer. Puis elle ajoute d'une petite voix douce : « Vous savez, je viens juste de rencontrer Sylviane G. dont je vous ai parlé tout à l'heure. Je lui ai fait part de votre appel, elle était surprise. Elle voudrait savoir de quoi il s'agit et m'a donné son numéro au cas où vous désireriez lui téléphoner... »

Laurent met sa main sur l'écouteur et glisse à Jean-Marie : « Incroyable, j'ai sa cousine. »

Paradoxal et extraordinaire! Alors que, pendant des jours et des jours, nous nous sommes évertués à trouver une piste ou un indice, voilà que par un simple coup de fil, sans même avoir à nous déplacer, nous tombons pile sur la personne recherchée. Comme chaque fois que nous arrivons à un résultat après de nombreuses démarches, c'est l'euphorie dans l'équipe. Solidarité oblige. Dans le pire comme dans le meilleur.

Laurent parvient à joindre Sylviane G. et nous décidons d'organiser un rendez-vous le plus vite possible entre elle et Laurette D., cette dernière, ne pouvant rencontrer Babou, selon le principe même de l'émission, qu'au moment du direct. C'est une règle bien établie : les deux parties concernées ne doivent pas se retrouver avant l'émission pour préserver la sincérité du geste, le naturel du regard.

Tout semble aller pour le mieux. Cependant nous sentons chez Sylviane quelques réticences. Elle ne comprend pas pourquoi cette dame à qui sa cousine a prétendument confié des documents d'importance a attendu aussi longtemps avant de se manifester. Comment se fait-il d'autre part qu'elle n'ait rien su elle-même de ce pli? Denise et elle étaient très proches, plus que des cousines, proches comme des sœurs, a-t-elle à cœur de préciser. Méfiante, elle accepte tout de même de prévenir Babou, dont nous apprenons enfin le prénom : Isabelle. « Ce sera à elle de décider », conclut-elle.

Isabelle, très prise par ses obligations professionnelles – elle occupe un poste de haute responsabilité dans une grande entreprise –, s'en remet à Sylviane et lui confie le soin de vérifier le contenu de l'enveloppe. Après elle avisera.

Nous voilà donc à jouer le rôle d'intermédiaire entre Laurette D. toujours accompagnée de son mari et Sylviane G., promue ambassadrice de Babou-Isabelle.

Nous avons convoqué Laurette une demi-heure avant Sylviane et nous lui annonçons la bonne nouvelle. Sa première réaction nous ravit : « Elle est vivante, tant mieux ! » Nous lui parlons ensuite de Sylviane. Elle se souvient d'une fille, très jolie, une artiste, chanteuse ou danseuse qui se produisait dans un grand music-hall parisien. Sylviane, lui semble-t-il, a été arrêtée en même temps que Denise; elles étaient ensemble au camp de Ravensbrück à en croire le témoignage d'une jeune femme qui est venue la voir après la guerre. « Une amie de Denise M., raconte Laurette. Elle travaillait dans le quartier comme couturière. C'est elle qui m'a appris que Denise était morte en août 1944. Elle était à côté d'elle à ce moment. Elle m'a dit : Denise avait trop souffert du froid et des privations. »

Laurette ajoute avec fierté que Denise était une femme extraordinaire, capable de partager tout ce qu'elle avait et même de tout donner. « Elle faisait des choses que moi-même en tant que catholique je n'aurais jamais faites. Elle était d'une très grande générosité. »

L'arrivée de Sylviane interrompt la conversation. La cousine de Denise D. est grande, droite, elle a beaucoup d'allure. Elle porte un chapeau de cuir, un manteau en cachemire orné au revers de quatre rubans de couleurs, des décorations. Elle ne paraît pas ses soixante-dix ans. Ses cheveux châtains, coupés court, encadrent un visage énergique. Son regard est vif et perçant. Elle parle avec autorité d'un ton un peu hautain.

D'emblée, elle se présente : « Je suis la cousine de Denise D., j'ai été raflée en même temps qu'elle. Nous avons été déportées ensemble à Ravensbruck. »

Elle nous rappelle la raison de sa présence : « J'ai promis à ma petite cousine de vérifier le contenu de l'enveloppe. »

Elle se tourne vers Laurette et demande : « Ce sont des documents confidentiels, n'est-ce pas?

– C'est ce qu'elle m'a dit en me les remettant, répond Laurette.

– Ah bon, vous ne les avez pas regardés?

– Non, tout est resté en état. »

La voix sèche et autoritaire de Sylviane tranche sur la douceur et la timidité de Laurette. Nous remarquons immédiatement qu'il y a une certaine animosité de ton chez Sylviane qui, au cours de l'entretien, ne dissimule pas son antipathie pour Laurette.

« Vous avez l'enveloppe? » demande-t-elle.

Elle chausse ses lunettes, décolle la bande d'albuplast sans émotion apparente et sort plusieurs liasses de lettres à l'écriture pâlie par le temps. Elle les feuillette et marmonne : « C'est bien les lettres qu'ils ont échangées quand ils étaient fiancés. » Elle prend un autre paquet, vérifie encore, remet le tout dans l'enveloppe et nous la tend : « Je vous la confie, mais c'est très intime, c'est de la correspondance privée, vous comprenez. »

Nous comprenons et, afin d'éviter tout litige ultérieur, nous lui demandons de rescotcher elle-même l'enveloppe. Ce qu'elle fait avec un grand soin.

Isabelle pourra ainsi retrouver intact ce courrier qui lui est destiné. Acceptera-t-elle de participer à l'émission?

Sylviane est sceptique. « Elle a été très marquée par la disparition tragique de ses deux parents. Cette histoire remet au jour des problèmes jamais tout à fait résolus. Elle m'en a même voulu d'être revenue de la déportation. Nos rapports se sont améliorés bien sûr, mais elle reste perturbée. »

Bref, elle nous laisse peu d'espoir, en revanche elle semble s'humaniser et commence à parler avec moins d'agressivité, sauf lorsqu'elle s'adresse à Laurette dont elle conteste le récit. « Vous ne pouvez pas dire qu'Isabelle est restée seule dans l'appartement. Nous l'avons confiée à la personne qui s'en occupait pendant la journée. Les policiers nous ont laissé le temps de nous organiser. Moi-même j'avais un petit chien que j'ai confié à la concierge. »

Elle met également en doute l'existence de cette soi-disant amie de Denise, une ouvrière du quartier qui aurait été avec elle à Ravensbrück : « Je ne vois pas du tout de qui il s'agit », dit-elle...

L'atmosphère s'alourdit, nous décidons d'intervenir.

« Vous viviez avec votre cousine dans l'appartement ?

– Non, j'étais là exceptionnellement. Elle courait un danger, et m'avait demandé de venir habiter chez elle momentanément. Je travaillais dans un cabaret à l'époque. Nous étions toutes deux dans la résistance mais dans des réseaux différents et sans jamais échanger d'informations sur nos missions respectives. Pour ma part, j'hébergeais et cachais des agents. »

Que s'est-il donc passé ce matin d'avril 1943 ?

« A 7 heures des policiers de la deuxième brigade spéciale, celle qui traquait les résistants, ont frappé à la porte. Ils nous ont demandé de les suivre, il n'y a pas eu de violence, ils étaient même assez courtois. Ils nous ont dit de ne pas prendre nos effets personnels, que c'était un simple contrôle de routine, qui ne durerait pas longtemps. » Fausses promesses évidemment. On ne se tirait pas facilement des grilles de la police collaborationniste. Commence alors le circuit infernal, qu'ont connu toutes les victimes de cette période. Première étape : la Préfecture où les deux cousines apprennent que des membres de leur famille ont été dénoncés comme détenteurs d'armes prohibées. Prévenus à temps par des gendarmes sympathisants, ils ont pu s'enfuir et rejoindre le maquis. En mesure de rétorsion la police a décidé d'arrêter toute la famille.

De la Préfecture, elles se retrouvent à la Conciergerie. Claustration, cris, tortures. « Je me rappelle un jeune homme gémissant à côté de moi, le visage en sang, il s'appuyait sur mon épaule. »

Ensuite, Fresnes, puis le Fort de Romainville avant d'être déportées à Ravensbrück, entassées comme du bétail dans des wagons plombés.

A l'arrivée de nouvelles brimades les attendent : on les fait mettre nues, on leur rase la tête, avant de les affecter à la production. Il faut servir le IIIe Reich. Sylviane a les mains fines, on la place dans la section montage. Elle serre des écrous, tourne des vis et essaie de démolir la nuit le travail de la journée. Denise, en tant qu'architecte, se retrouve au bureau d'études à tracer les plans de nouvelles usines.

Les conditions de vie sont dures : beaucoup de travail, manque de nourriture, absence d'hygiène, punitions en cellule. Denise, dans la mesure du possible, continue de résister en exécutant des actes de sabotage. Elle modifie des plans, en fait disparaître d'autres. Mais elle se fait prendre et subit le régime réservé aux fortes têtes. Bientôt elle commence à tousser et à cracher du sang. On la transfère à l'infirmerie du camp, le « Revier ». Elle n'en sortira jamais. « J'ai appris sa mort avec quelques mois de retard », dit Sylviane.

Au printemps 1945 l'armée allemande s'effondre. Les camps sont évacués. La surveillance s'est relâchée, beaucoup de déportés en profitent pour échapper à leur enfer. Sur les routes des groupes effilochés fuient en désordre. C'est une nouvelle débâcle. Sylviane et ses amies croisent une colonne de prisonniers français évadés. Ils les prennent d'abord pour des prostituées puis, après explication, décident qu'elle feront route avec eux. Enfin, l'armée américaine les recueille tous un petit matin. Le cauchemar se termine.

Laurette a écouté ce récit avec beaucoup de respect. Chaque fois qu'elle a essayé d'intervenir, de poser une question, Sylviane l'a rabrouée sèchement. Visiblement, elle ne croit pas à l'amitié de Denise et de Laurette. « Ma cousine ne m'a jamais parlé de vous, dit-elle. Si elle vous avait confié des documents intimes importants, elle me l'aurait dit. Par les temps terribles que nous vivions au camp, nous ne nous cachions rien. »

Laurette ne bronche pas. Elle se contente de nous demander : « Est-ce que je vais revoir Babou ? »

Impossible de répondre pour l'instant. Déjà, nous savons que Sylviane ne sera pas disponible pour la prochaine émission : elle part en vacances et la date a été fixée depuis longtemps. Reste Babou que nous parvenons à joindre. Un court entretien nous suffit pour comprendre qu'il sera difficile de la convaincre. Nous jouons notre va-tout en l'invitant à venir au bureau. A sa demande nous avons conservé l'enveloppe. Si les dernières négociations échouent, nous la lui remettrons.

Il n'y aura pas de négociations. Elle arrive, hautaine, presque méprisante, ce qui a l'heur de nous étonner car nos visiteurs sont à l'habitude gentils et courtois, intimidés aussi.

Elle attaque d'emblée : « Que signifie cette histoire? Je ne comprends pas pourquoi vous avez eu ce document en main. Personne ne vous a rien demandé.

– Mais si justement, nous avons une lettre de Mme Laurette D. qui cherchait à vous retrouver. »

Ce qu'elle nous dit ensuite nous stupéfie.

« Je viens de l'avoir au téléphone, elle ne vous a jamais écrit. »

Nous sortons le dossier, sûrs de notre bon droit. Or, nous avons tort. Sur la lettre de Laurette, à côté de notre cachet indiquant la date de réception, il y en a une autre. Celui d'une association d'anciens déportés. Un coup de fil nous fait comprendre ce qui s'est passé. Devant les faibles moyens de l'association quelqu'un a pris l'initiative de nous faire suivre la lettre.

Heureuse initiative, mais qui n'est pas du goût d'Isabelle. Elle est prête à réclamer des sanctions, parle de détournement de courrier. Il faudra user de toute notre diplomatie pour la calmer et lui faire prendre conscience que si elle a pu récupérer ce document, c'est parce que, quelqu'un a eu l'audace de passer outre aux principes généralement admis.

Serrant contre elle le précieux document, elle repartira dans de meilleures dispositions, nous arriverons même à échanger des propos détendus. Néanmoins nous ne parviendrons pas à la faire changer d'avis au sujet de l'émission. Isabelle et Laurette ne se retrouveront pas devant nos caméras. Dommage !

Lourdes : la miraculée inconnue

Été 1952

« Un événement comme ça, ça vous transperce, ça vous fait peur ! »

Curieuse histoire que celle racontée par Renia au cours des deux heures passées dans notre bureau. Renia est une maîtresse femme presque septuagénaire, grande et forte, aux cheveux blanc neigeux. Distinguée, elle porte une robe à larges motifs stylisés dans les tons beige et un cardigan blanc. Autour du cou, un fin pendentif avec une petite médaille de la madone. Exubérante, de contact sympathique, elle nous a prévenus dès le départ : « Je suis très bavarde. » Nous ne sommes donc pas pris au dépourvu. Elle parle beaucoup en effet, d'une voix ferme, avec de grands gestes comme pour mimer ses propos. On devine qu'elle a peur de ne pas bien se faire comprendre. Pourtant elle s'exprime parfaitement en français malgré l'accent polonais qui perce sous celui prégnant des chtimis.

Renia appartient à la vaste communauté polonaise implantée dans les corons, le pays des mines. Arrivée en France à la fin des années 20, elle a retrouvé à Béthune des voisins, des amis, venus comme elle de Cracovie, accompagnés de prêtres qui ont suivi leurs ouailles dans cette longue migration.

« A huit ans, quand je suis allée à l'école pour la première fois je ne connaissais pas un mot de français, et à douze ans j'ai commencé à faire des ménages dans les maisons des ingénieurs qui habitaient les beaux quartiers de la ville, loin des baraques des mineurs. » Le père de Renia fait partie de ces derniers, il travaille au fond. Tout comme Jan que Renia épousera au début de la Seconde Guerre mondiale. Quand le petit Christian vient au monde en 1948, il baigne dans une atmosphère semblable à celle d'un village polonais et jusqu'à l'âge d'aller à l'école lui aussi ne parlera que sa langue maternelle. Un détail qui a son importance dans la suite du récit.

Christian semble être le personnage central de l'aventure que Renia évoque dans la lettre qu'elle nous a envoyée. C'est à cause de lui ou plutôt grâce à lui que tout s'est déclenché. Comme de juste, il accompagne sa mère, il est là avec elle, en face de nous dans le bureau. Petit, brun, la moustache drue, il porte un costume gris qui accentue son côté effacé. Aujourd'hui il est fonctionnaire dans une grande administration, il a quitté le Nord pour la région parisienne. Il est marié et a trois enfants.

A quarante-trois ans, cet homme, très soucieux de rationalité, ne dénie en rien le phénomène qui a hanté ses premières années : une apparition miraculeuse, source d'une série d'événements troublants et bouleversants.

Des événements si forts qu'après coup on se demande s'ils ont vraiment existé. Surtout quand vous n'arrivez pas à en faire la preuve. « Depuis trente-huit ans, j'essaie de me faire entendre, dit Renia, personne ne veut me croire, on met ma parole en doute, j'ai l'impression de devenir folle. » Elle nous demande de l'aider. Nous en supplie même : « Je n'arrive pas à trouver la paix. S'il vous plaît, permettez-moi de faire éclater la vérité. »

Dans sa lettre, elle nous parle d'une petite fille handicapée, qu'elle a vue quitter son fauteuil d'infirme et se mettre à marcher. Guérison inexpliquée, miracle? Elle veut savoir. Elle doit retrouver cette petite fille. Depuis trente ans, elle a tout essayé; devant elle, une à une, les portes se sont fermées. Même les prêtres ont refusé de l'aider. Ne reste plus que TF1, *Perdu de Vue*, nous donc. « Je vous en prie, je dois la revoir. C'est très important pour moi. » Et elle ajoute avec une voix brisée par l'émotion : « Vous savez, on dit que les miracles c'est merveilleux, mais quand vous assistez à un événement comme cela, c'est affreux, ça vous transperce, ça vous fait peur. »

Il y a en Renia un curieux mélange d'énergie et d'abandon. Par moments, elle fait preuve d'une volonté inexorable, on devine une femme d'envergure exceptionnelle; l'instant d'après, elle se laisse dominer par les larmes. Son exaltation tranche avec le calme de son fils Christian qui essaie parfois de prendre la parole. Il parle d'une voix grave, presque caverneuse. Sa mère l'interrompt systématiquement. Et il s'incline.

Si bien que c'est elle qui nous relatera en grande partie cette histoire énigmatique et par sa seule présence nous poussera à engager immédiatement une recherche.

En vérité l'enquête paraît bien délicate à mener. La tâche sera rude, nous le savons au départ. En matière de miracles, l'Église observe une grande prudence et garde jalousement ses secrets; au fil des semaines nous allons nous heurter à une suite de refus, blocages et silences. Sans compter qu'il n'est pas facile de retrouver les témoins d'un événement remontant à près de quarante ans.

En multipliant les pistes, l'équipe de *Perdu de Vue* et particulièrement Olivier, responsable de ce dossier, ont pu trouver la bonne voie et, en fin de compte, l'objectif sera atteint. Du moins en partie, car demeure l'impondérable qui, cette fois, nous empêchera d'aller jusqu'à l'émission. C'est là un de nos regrets.

Nous nous lançons donc dans ce qui va se révéler un semi-échec, autant par défi – l'équipe ne craint pas les missions difficiles – que par curiosité. Renia est si convaincante et son histoire tellement extraordinaire!

Tout remonte à 1951. En décembre, exactement peu après la fête de Saint-Nicolas. Christian a alors un peu plus de trois ans. « Ce soir-là, raconte Renia, Jan, mon mari, n'était pas encore rentré. Le petit était déjà couché dans sa chambre, en haut. Tout à coup, je l'ai entendu hurler. » Elle se précipite et trouve l'enfant terrorisé. A travers ses hoquètements elle parvient à comprendre qu'il vient de voir une dame, apparue là sur le mur.

Christian prend la parole : « C'était la Vierge, je l'ai reconnue, je l'ai vue comme je vous vois. J'étais dans mon lit, elle est venue dans le coin en face, elle avait les mains ouvertes et tendues; elle m'appelait : viens, viens... avec moi. »

« Elle parlait en polonais », précise Renia, qui poursuit :

« Moi, bien sûr je ne voyais rien. Je lui ai dit : ce n'est pas la Vierge, c'est une poupée. Mais il continuait de crier, non, c'est elle, c'est la Vierge, j'en suis sûr. Elle porte une robe blanche avec une ceinture bleue. Et il a ajouté : il y a des roses à ses pieds. Des roses jaunes. »

Un peu plus tard, en voyant des représentations pieuses chez des amis Renia a réalisé que cette description correspondait à celle de la Vierge de Lourdes. « Le plus étonnant c'est qu'à l'époque on n'avait pas d'image de cette sorte à la maison. » Christian, pour sa part, confirme que lors d'un pèlerinage postérieur, en voyant la Vierge à l'entrée de la grotte, il reconnaîtra la dame de l'apparition. « Je ne pouvais pas me tromper c'était elle. Même si je ne l'ai vue qu'une seule fois, pendant des nuits et des nuits, j'ai continué à avoir peur : je croyais qu'elle voulait me prendre et m'emmener. » Une crainte partagée par Renia : « Quand j'ai compris que la Vierge était apparue à mon fils, j'ai pensé, elle va le prendre pour l'emmener au ciel. J'avais très peur. Déjà trois ans auparavant, j'avais perdu un enfant, mon fils aîné âgé de deux semaines. C'était en 1944, lors d'un bombardement, dans ma rue, onze personnes ont été tuées dont mon bébé. Puis Christian est né et j'avais peur de le perdre lui aussi. »

Avec cette apparition, l'effroi s'empare de la maison. Christian ne peut plus dormir et Renia tremble à l'idée de le voir mourir. Aucune prière, aucune parole ne peut calmer leur angoisse.

Jan trouvera la solution. « Mon mari, qui malheureusement n'est plus de ce monde, était un homme très intelligent, dit Renia. Tout de suite il a dit : " Il faut aller en pèlerinage à Lourdes pour chasser la peur. " Christian, pourtant petit, affirmait lui aussi qu'il fallait se rendre à Lourdes. « On aurait dit que quelque chose le poussait. Bientôt j'ai pensé que cette apparition signifiait quelque chose de plus, que c'était un signe divin, que Dieu nous confiait ainsi une mission. »

Cette idée va définitivement la convaincre de ce voyage. Le temps de réunir quelques économies et Renia s'inscrit au grand pèlerinage annuel organisé par la communauté polonaise du Nord.

Août 1952. Le petit Christian a alors quatre ans ; sur le quai de la gare de Béthune il donne sagement la main à sa mère en attendant le train spécialement affrété pour Lourdes. La foule est compacte, bruyante. Il n'y a là que des Polonais, des immigrants de toutes les villes d'alentours, Bruay-en-Artois, Lens et Douai. Les curés du diocèse qui emmènent chacun leur paroisse courent en tous sens, débordés par les demandes qui affluent de partout. « Chaque groupe avait à sa tête un prêtre responsable, se souvient Renia. Nous, nous étions avec le père Karol. »

Renia s'apprête à monter dans le train quand elle aperçoit en face d'elle une femme affolée qui sanglote. Une Polonaise qui pousse un fauteuil roulant dans lequel est assise une petite fille infirme.

Cette femme n'avait ni billet ni réservation, rapporte Renia. Elle voulait partir et suppliait les gens de partager une place avec elle et son enfant tout en brandissant de l'argent pour montrer qu'elle pouvait payer son voyage. Mais personne ne voulait l'écouter. Pas même le Père. Je l'ai entendue implorer : " Monsieur le curé, il faut que je parte, monsieur le curé, mon enfant est malade. " Il n'a même pas fait attention à elle. »

Le tempérament bouillant de Renia prend alors le dessus : « J'étais révoltée. Je me suis écriée : " Monsieur le curé, il faut la prendre! Il faut qu'elle monte dans le train ", mais il m'a envoyée promener. C'est vrai qu'il n'y avait plus de places. Je ne savais pas quoi faire. La femme était toujours devant moi avec sa petite fille. J'ai pensé à ce moment-là, il faut que j'agisse, il faut que je fasse quelque chose. Il m'est revenu très fort le sentiment que je n'étais pas là par hasard. La main de mon fils a soudain serré la mienne, alors j'ai réagi. Quelques minutes seulement avant le départ du train, j'ai hurlé : " Madame, si vous voulez je peux partager ma place avec vous. "

Le prêtre, en désaccord, veut s'interposer, proteste, mais Renia ne se laisse pas faire; le chef de gare vient indirectement lui prêter main-forte en montant le fauteuil de la petite dans le train.

« Le curé a été appelé ailleurs et on a commencé à s'installer, poursuit Renia. Comme la nuit venait de tomber, on a mis les deux enfants à dormir côte à côte. Sa mère et moi, nous avons passé le voyage assises sur les valises. »

Ce sont elles, la petite fille et la mère que Renia veut retrouver. Elle sait malheureusement peu de chose à leur sujet, ne se souvient plus de leurs visages, et ne connaît ni leur nom, ni même leurs prénoms. « Nous avons très peu parlé, dit-elle en manière d'excuses. Toute la nuit cette femme est restée silencieuse, son chapelet dans les mains, récitant des *Ave* pour la guérison de sa fille. Elle ne voulait pas faire la conversation. Tout ce que je sais, c'est qu'elle avait un autre enfant, un fils de dix-sept ans, qui désirait être prêtre. Je sais aussi qu'avec son mari, elle tenait un commerce à Bruay. Elle s'exprimait assez mal en français. »

En arrivant à Lourdes, Renia suit son groupe dans l'hôtel qui leur est réservé. La femme et l'enfant ont dû trouver à se loger ailleurs. « On s'est séparé sans se dire au revoir, mais je savais que nous nous reverrions à la grotte. »

Dès le lendemain, en se rendant à la Basilique, Renia joue de malchance. Elle trébuche, se tord le pied. Une mauvaise entorse va l'obliger à ménager ses efforts durant le séjour. « J'avais la cheville toute gonflée, je ne pouvais plus marcher normalement. »

Dominant sa douleur, elle descend néanmoins à la grotte. « Je devais le faire, explique-t-elle. Pour ôter la peur de Christian. » En arrivant à proximité de la grotte, l'enfant se met à hurler. « Quand il a vu la statue, il a tout de suite bondi », raconte Renia. « C'est vrai, atteste Christian. J'ai reconnu la Vierge qui m'était apparue, telle que dans mon souvenir, au moindre détail. J'avais l'impression qu'elle me parlait encore, qu'elle me disait " Viens " et j'ai crié en polonais : " C'est elle, elle veut me prendre, elle va m'emmener ". »

Un petit cercle se forme autour de l'enfant. Un groupe de prêtres français s'approche. Ils veulent savoir ce qui se passe. Renia explique la situation en pleurant tandis que Christian continue de sangloter. Les prêtres décident alors de les emmener tout près de là, dans une petite chapelle où prient des fidèles. Le recueillement, l'atmosphère apaisante de l'endroit ont raison de l'agitation de l'enfant. « Ensuite j'ai commencé à lui expliquer, dit Renia, que ce n'était qu'une statue, qu'elle ne pouvait pas le prendre ni même l'appeler. Je voulais tout faire pour lui enlever sa peur. A force de parler, parler, j'ai senti qu'il avait compris et qu'il allait mieux. »

La voilà un peu plus rassurée, et qui croit la mission qu'elle s'était fixée, remplie. Tous les jours, malgré sa cheville, elle descend à la grotte. C'est à peu près la seule promenade qu'elle s'accorde. Le reste du temps est rythmé par les offices et les messes. Parfois, de loin, elle aperçoit la femme du train, vêtue de noir, les cheveux couverts d'un fichu, agenouillée à côté du fauteuil de sa petite fille, faisant rouler son chapelet entre ses doigts tandis que ses lèvres prononcent une prière silencieuse. Puis elle relève la tête, adresse à Renia un petit sourire en signe de connivence et replonge dans son oraison, indifférente semble-t-il à ce qui se passe autour d'elle.

Clouée dans son fauteuil, la petite fille regarde les pèlerins et joue tranquillement. « On voyait que c'était une enfant habituée à sa maladie et à son malheur, dit Renia. Elle était très calme. Elle était très belle aussi, avec de longs cheveux blonds. Quel dommage ! Elle ne pouvait pas marcher normalement, elle avait un genou complètement déformé et sa jambe ne la portait plus. Je priais pour elle, et pour remercier la Vierge d'avoir permis à mon fils de trouver l'apaisement. »

Christian va mieux, Renia se sent soulagée ; la veille du départ approche. Le pèlerinage aura été utile, heureux. Pourtant l'essentiel reste à venir.

Alors que, toujours boitant, elle remonte pour la dernière fois de la grotte, avec son fils, Renia voit non loin d'elle la femme du train qui pousse le fauteuil de la petite fille. Christian l'a vue lui aussi et il a remarqué le regard apitoyé de sa mère. Soudain sa petite main étreint plus fort celle de Renia tandis qu'il lui dit simplement : « Ne t'inquiète pas, maman, demain elle va guérir, je le sais. »

Trente-neuf ans après, la voix de Renia vacille encore d'émotion lorsqu'elle évoque ce souvenir. Elle a du mal à prononcer ces quelques mots. « Je vous assure, il m'a vraiment dit ça, j'ai eu très peur sur le moment et aujourd'hui encore j'ai peur de le répéter, mais c'est ce qu'il m'a dit. »

La sérénité des jours derniers s'est envolée. Renia, n'ayant pas trouvé le sommeil de la nuit, est épuisée de fatigue quand elle arrive sur le quai de la gare où le train du retour attend les pèlerins du Nord. Encore des cris, des bousculades, son pied la fait souffrir. Elle trébuche, pleure de douleur et d'énervement. Dans la foule, surgit bientôt la mère de la petite fille qui se dirige vers elle en poussant le fauteuil roulant de son enfant.

Renia se souvient de cette scène comme dans un rêve. Elle m'a embrassée et elle m'a dit : « Mais vous avez mal à votre pied. Cela vous serait désormais difficile de rester assise sur des valises pendant tout le voyage. » Puis elle a ajouté : « Vous savez, ma petite fille, elle marche ! » Je suis restée incrédule, mais elle a continué : « Cette nuit elle s'est levée. Dans la chambre, toute seule. Je n'ai pas bougé. Il y avait un peu de lumière qui venait du dehors et j'ai vu que ses pieds étaient droits. » Comme pour prouver ce qu'elle dit, elle s'est retournée s'adressant à l'enfant : « Viens dire bonjour à la dame. » J'ai vu la petite se lever et marcher vers moi. Normalement. Sans tirer la jambe comme elle le faisait d'ordinaire. Je l'ai vue avancer et je me rappelle qu'elle a dit à ce moment-là : “ Papa va être content, je marche. ” »

C'est vrai, ses pieds étaient droits.

Je me suis mise à hurler et je me suis accrochée à notre curé, le père Karol. J'ai hurlé : “ Mon père, regardez la petite, elle marche, c'est un miracle. ” Sur le quai la foule a commencé à chanter des cantiques, et à se rapprocher de la petite. »

Tout s'est passé très vite. Après coup, Renia parlera de sentiments contradictoires, joie de la guérison miraculeuse et craintes renouvelées : « Je pensais à mon fils qui avait eu hier la révélation de cette guérison et je me suis dit encore une fois, il va mourir, la Vierge l'a choisi mais elle va le reprendre. »

Le choc est si fort que Renia s'évanouit sur le quai de gare. On la ranime, on l'aide à monter dans son compartiment où elle retrouve ses compagnons de l'aller. Mais ni la dame ni sa petite fille ne sont là.

Renia demande ce qu'elles sont devenues. Personne ne peut lui répondre avec précision.

On lui dit vaguement qu'un des prêtres en charge du pèlerinage a pris la petite dans ses bras et qu'il l'a emmenée avec sa mère dans le dernier wagon, celui réservé au clergé. A l'arrivée, en gare de Béthune, l'enfant et sa mère restent invisibles, protégées de la sorte contre la foule qui veut toucher et voir la petite miraculée. Renia ne les reverra jamais plus, n'aura plus jamais de nouvelles.

Du choc subi en voyant marcher la petite fille infirme, elle mettra des mois à se remettre. Elle sombre dans une sorte de dépression, ne dort plus, angoissée pour son fils Christian, obsédée par cette enfant dont personne ne peut rien lui dire. Qui est-elle? Où est-elle? Impossible de le savoir. A croire que tout cela n'a pas existé!

Renia ne s'avoue pas vaincue et, en femme d'action, va partir à la recherche de la petite et de sa mère. Elle ne veut plus rester dans pareille incertitude. Elle a besoin de comprendre, de savoir. Elle essaie, d'abord, d'obtenir des informations auprès des Pères présents à Lourdes, mais se heurte à une fin de non-recevoir : « Qu'est-ce que vous allez chercher là, il n'y a jamais rien eu de tel. Je ne sais pas de quoi vous parlez! »

On le sait, l'Église n'aime pas les miracles. Ou plutôt elle se montre très réservée sur le sujet. Avant qu'une guérison inexpliquée ne devienne officiellement « miracle », il faut maintes enquêtes, expertises et contre-expertises. La procédure est longue et compliquée. Il ne s'agit rien moins que de déterminer s'il y a eu ou non intervention divine.

Cette difficulté, nécessaire au demeurant, est de nature à décourager les « miraculés » qui se contentent en général du fait de la guérison sans rechercher absolument sa reconnaissance officielle. Un raisonnement que Renia comprend parfaitement : « Ce n'est pas pour le miracle que je les cherche. Je veux simplement les revoir pour les embrasser, pour savoir si la petite a pu continuer de marcher normalement, si sa guérison a été durable. »

Elle s'entête, récidive et, périodiquement, revient à la charge. « Plus on me repoussait, plus je pensais à cette femme et à sa fille et je me disais qu'elles rencontraient peut-être les mêmes obstacles que moi dans leur volonté de me retrouver. Car j'étais sûre qu'elles désiraient me revoir. »

Avec le temps, les choses deviennent de plus en plus difficiles. Renia continue de frapper aux portes avec une photo, représentant l'ensemble des pèlerins de cette année-là.

Elle nous remettra ce document. Les ans ont jauni le cliché, on distingue mal les personnages, très nombreux. Nous parviendrons néanmoins à isoler la petite infirme et sa mère, ce qui ne nous aide guère étant donné les trente-huit années qui nous séparent de la prise de vue.

Nous nous rendons vite compte qu'il est vain de rechercher un des témoins de cet événement. D'abord parce que beaucoup d'entre eux ne sont plus de ce monde. Ensuite, parce que tous ont nécessairement changé.

De plus, comme Renia, nous nous heurtons au mur du silence élevé par l'Église. Nos multiples interventions n'aboutiront à aucun résultat concret.

Finalement, c'est par la voie laïque, une filière d'amitiés polonaises, que nous arriverons à localiser cette petite fille revenue de Lourdes un beau jour de 1952, bien d'aplomb sur ses deux jambes alors qu'elle y était partie infirme.

Elle se prénomme Anna. Nous parvenons à la joindre au téléphone. Elle nous confirme sa guérison inexpliquée, raconte comment elle était devenue impotente à la suite d'un accident : une chute dans la cave du magasin de ses parents, une mauvaise fracture mal soignée avaient laissé des séquelles irréductibles selon la médecine. Ce voyage à Lourdes avait changé son destin.

Nous expliquons à Anne la démarche de Renia et nous essayons de la convaincre de venir participer à l'émission. Mais Anna ne veut rien entendre. Elle est timide et paniquée à l'idée de passer à l'écran.

Malgré tous nos efforts, rien ne la fera céder.

Comme d'autre part, nous ne forçons jamais personne à participer à notre émission, nous décidons de clore le dossier. Non sans une petite pointe de regret. Quelle belle histoire !

Sans bien comprendre les raisons profondes de cette décision, nous avons, bien entendu, respecté le refus de la miraculée. Cette femme, qui a aujourd'hui quarante-sept ans, aurait pu contribuer par son témoignage à éclairer les questions que nous nous posons tous à propos des miracles de Lourdes. Nous ne pouvons qu'espérer, nous aussi, quelque inspiration divine, la seule qui serait de nature à la faire changer d'avis.

Si nous n'avons pas eu l'émission de télévision que nous souhaitions, Renia, elle, a obtenu satisfaction.

En effet, avec l'accord cette fois de la miraculée, nous avons transmis à Renia son adresse qui restera à jamais secrète pour le commun des mortels. Cette femme, qu'elle avait cherchée en vain pendant trente-sept ans, vivait à moins de 40 kilomètres du domicile de Renia !

La rencontre a eu lieu. Elle fut décevante. La « miraculée » confirma à Renia la réalité des faits, mais lui demanda fermement de ne plus jamais reprendre contact avec elle et de ne donner son adresse à personne. Au cours de cette visite, Renia a également revu la mère de cette femme, celle qui l'avait suppliée, à l'époque, de partager sa place de train avec son enfant paralysée.

Après cette visite, Renia appela le bureau de *Perdu de Vue.*

Avec sa passion de toujours, elle nous raconta son entrevue et ajouta :

« Je ne vous remercierai jamais assez ! Même si je n'ai pas eu les réponses aux questions que je me pose depuis toujours, j'ai au moins eu la preuve que ni moi ni mon fils n'avions rêvé cet extraordinaire événement. »

III

MENSONGES ?

« Croix de bois, croix de fer, si je mens je vais en enfer ! »

Cette formule, qui rappelle la cour d'école, pourrait être la devise de notre émission. En deux ans, des dizaines d'interlocuteurs se sont succédé devant nos caméras. De leur comportement intime, aujourd'hui ou dans le passé, nous savions tout ! Leur vie personnelle n'avait aucun secret pour nous ; ce qui n'implique pas que tout ait été dit à l'antenne !

Nous expliquons à tous ceux qui font appel à nous, que cette franchise de départ est nécessaire, quitte à ce que l'on voit ensuite, si nous envisageons une participation à l'émission, ce qu'il est utile de dire au public, pour qu'il comprenne l'histoire qu'on lui raconte, et ce qui serait du domaine de la confidence gratuite.

Nos relations avec les demandeurs ont donc toujours été placées sous le signe d'une complète transparence.

Comme toutes les règles, celle-ci a eu ses exceptions.

Tanger-Paris : jeux interdits
1970

« Je voudrais la retrouver pour qu'elle sache que c'était une véritable histoire d'amour. »

La lettre avait été postée dans la région parisienne. L'écriture, large et appliquée, était celle d'une femme certainement vive et romantique, à en juger par l'arabesque de certains caractères. La signature ressemblait à celle d'une adolescente : Joséfa.

Joséfa avait trente-six ans. Elle nous racontait en détail l'histoire d'une fugue amoureuse qui l'avait éloignée de sa mère et de son jeune frère, vingt et un ans auparavant, en 1970. Elle avait donc quinze ans. Son compagnon vingt-huit !

Intéressés par cette histoire assez rocambolesque, en tout cas sur le papier, nous demandons à la jeune femme de venir s'entretenir avec nous au bureau de *Perdu de Vue*.

Joséfa fait partie de ces femmes dont les hommes disent, avec une pointe de regret dans la voix, qu'elles ont dû être très belles ! Mince, brune, très « espagnole » dans sa manière de bouger, de parler, elle a incontestablement beaucoup de charme. Mais quelque chose semble étouffer sa vitalité.

Elle a dans le regard comme un voile de tristesse infinie qui semble la tenir à distance de ses interlocuteurs. Sa bouche charnue est encadrée de plis d'amertume qui donnent à son visage ovale une tonalité dramatique.

A part cela, c'est une femme volontaire, intelligente et sûre de son droit qui est venue nous convaincre d'entreprendre pour elle des recherches qu'elle ne sait pas par quel bout entamer.

Elle nous montre un album de photos qu'elle a apporté avec elle. On y voit, en quelques clichés, se dérouler en accéléré le destin d'une famille apparemment banale : scène de baignade sur une plage marocaine, visite touristique d'un village de montagne, la Méditerranée, la Croisette... La famille de Joséfa est d'origine espagnole, comme son prénom l'indique. Son père s'appelle Juan, sa mère Mercedes. Elle est née à Tanger en 1955, son frère Eduardo viendra agrandir la famille en 1958. Juan est militaire de carrière, en garnison au Sahara espagnol. Au début des années 60, il décide de quitter l'armée et le Maroc pour venir s'installer en France, près de Cannes.

Joséfa raconte qu'après quelques années sur la Côte d'Azur ses parents ont décidé de venir à Paris où ils se sont installés définitivement, début 1970.

Elle nous montre d'ailleurs les photos de leur arrivée dans la capitale. Joséfa est alors une belle jeune fille de quinze ans, grande et mince, qui ressemble beaucoup à sa mère.

Avec ses longs cheveux noirs, son « jean » et son allure décontractée, on lui donnerait facilement dix-huit ans.

Eduardo, lui, fait encore petit garçon. Il doit avoir douze ans, à cette époque.

« On n'y voit pas mon père, dit-elle, car mes parents se sont séparés presque aussitôt notre arrivée à Paris. Ma mère ne s'est jamais remariée. »

Visiblement, Joséfa est très émue en feuilletant pour nous ce véritable album de famille.

« Vous savez, ces photos, je les ai volées à ma mère quand je suis partie, car je savais que c'était pour toujours et je voulais emporter avec moi un souvenir de mon enfance... »

La jeune femme nous raconte alors, comme elle le fera un peu plus tard au cours de l'émission, devant quelques millions de téléspectateurs, comment, lycéenne fraîchement débarquée à Paris, elle fait connaissance d'un jeune surveillant, Gérard B... qui devient très vite son amant.

Elle précise : « Attention, ça n'a pas été une amourette. Il a été le premier et le seul homme de ma vie ! »

Mercedes se rend vite compte de la situation. L'attitude de sa fille l'a alertée. Ce goût brutal pour le maquillage des yeux, les robes romantiques qu'elle la supplie de lui acheter d'urgence, toute une série de petits détails montrent que la jeune fille est tombée amoureuse.

Après quelques jours d'enquête attentive, Mercedes découvre le pot aux roses ! Une volumineuse correspondance! Joséfa échange des lettres enflammées avec un garçon plus âgé. Il n'est pas question pour la mère d'admettre une liaison entre un adulte de vingt-huit ans et une gamine de quinze ans.

N'oublions pas que nous sommes au début des années 70, Antoine réclame dans ses chansons « les pilules dans les Monoprix... ». Elles ne sont pas encore disponibles dans toutes les pharmacies. En 1970, la majorité légale et le droit de vote s'obtiennent à vingt et un ans. Malgré l'insistance de sa mère, Joséfa refuse de rompre. Mercedes décide alors d'éloigner sa fille de toute urgence. Les vacances d'été approchent providentiellement. Un matin, elle confie à Joséfa une lettre à poster. Elle est destinée à la tante de la jeune fille, qui habite à Madrid. Sur le chemin du lycée, Joséfa, qui se doute de quelque chose, ouvre la lettre; effectivement, Mercedes expose la situation en quelques lignes et demande à sa sœur de prendre en charge la jeune fille pour les trois mois de vacances. « Nous verrons ensuite, écrivait-elle, si tu peux l'héberger pour l'année scolaire. Après tout, cela lui permettra de perfectionner son espagnol! » Mercedes termine la lettre en indiquant à sa sœur le numéro du vol Iberia par lequel Joséfa arrivera dans les premiers jours du mois de juillet, c'est-à-dire une semaine plus tard environ.

Le jour dit, Mercedes conduit sa fille à l'aéroport d'Orly. Eduardo est venu embrasser sa grande sœur qu'il vénère. Il est triste de la voir partir pour tout l'été, mais sa mère a promis qu'il pourrait peut-être aller la rejoindre pour quelques jours.

« Les passagers du vol Iberia n° 871 pour Madrid sont priés de se présenter à la porte 10 pour embarquement immédiat. »

Joséfa s'éloigne sans un regard en arrière après avoir

embrassé sa mère comme si de rien n'était... Dans la petite valise qu'elle porte à la main, il y a quelques bibelots et autres souvenirs soigneusement choisis ainsi que l'album de photos, ultime monument et vestige de son passé.

Une manière de conjurer la sourde inquiétude face à l'avenir qu'elle s'est choisi, et qui ressemble fort à un saut dans l'inconnu.

Le soir de l'émission, Joséfa semble revivre intérieurement ce moment de son récit. Et c'est avec un sourire rêveur et un peu triste qu'elle précise :

« Il était 8 heures du matin. L'avion s'est posé à Madrid une heure trente plus tard. Personne n'est venu me chercher à l'aéroport car je n'avais pas posté la lettre de ma mère annonçant mon arrivée à sa sœur », et elle poursuit : « Avec Gérard nous avions tout prévu. Il m'avait donné de l'argent. De l'aéroport, je suis allée directement à la gare routière où je suis montée dans un bus qui quittait Madrid en direction de la France, un quart d'heure plus tard. Le soir même, avant minuit, j'étais de retour à Paris ! »

Vers une heure du matin, les deux jeunes gens, chargés de lourdes valises, emménagent dans un petit studio du Perreux que Gérard a loué une semaine plus tôt. C'est là que commence vraiment l'aventure rocambolesque de Joséfa ! Car sa fugue va se transformer en véritable « cavale ». Au nom de leur amour interdit, les deux amants vont vivre pendant cinq ans dans la clandestinité totale, un peu comme un couple de malfrats ayant toutes les polices de France... et de Navarre, à leurs trousses !

Cette nuit-là, à quelques kilomètres du Perreux, Mercedes ne dort pas. Vers 11 heures du soir, étonnée de ne pas avoir reçu le coup de téléphone convenu pour lui annoncer l'arrivée de Joséfa à Madrid, elle appelle sa sœur qui tombe des nues, et pour cause!

Le lendemain, Mercedes portait plainte contre Gérard B. pour enlèvement, détournement et séquestration de mineure.

Pendant cinq ans, Joséfa et Gérard emploieront des ruses de terroristes pour passer inaperçus dans leur quartier du Perreux. Lui, à la merci du moindre contrôle de police; elle, munie seulement d'une carte de séjour et de son passeport espagnol.

« On sortait de préférence le soir », se souvient Joséfa.

« Le matin, au début, je mettais des lunettes de soleil et un fichu sur la tête pour faire les courses. J'avais l'impression que tout le monde savait qui j'étais et ce que j'avais fait!

« Après l'été, il avait bien fallu abandonner les lunettes noires... on a simplement fait attention. C'est tout. »

Le récit de Joséfa est clair, on pourrait même dire d'une précision clinique. Comme si la jeune femme parlait de l'aventure de quelqu'un d'autre. Il y manque ce que tous ceux qui sont devant leurs postes de télévision attendent d'elle ce soir-là : un mot pour évoquer l'angoisse de cette mère qu'elle avait quittée du jour au lendemain, sans sommation, sans même un message d'adieu.

« Lui écrire? Oui, j'y ai pensé, dit Joséfa. J'aurais pu aussi lui téléphoner, mais Gérard pensait qu'il fallait laisser passer un peu plus de temps. Vous savez, j'avais quinze ans, lui, c'était un adulte, c'est lui qui décidait. »

1974. Valéry Giscard d'Estaing est élu président de la République. Une de ses premières décisions est d'abaisser l'âge de la majorité à dix-huit ans.

Gérard et Joséfa se marient en 1975. Désormais, l'objet de la plainte maternelle tombe. Ils peuvent se promener au grand jour, et peut-être enfin donner signe de vie à Mercedes.

« Je ne l'ai pas appelée cette année-là, dit Joséfa, ni les suivantes. Pourtant chaque fois que j'ai mis un enfant au monde – et j'en ai trois – j'ai eu envie d'avoir ma mère près de moi ! Mais Gérard me suppliait de n'en rien faire, alors... »

Sur le plateau et, non loin de là, dans une chambre d'hôtel parisienne où Jean-Marie suit l'émission en compagnie de Mercedes que nous avons retrouvée, l'émotion laisse place à un vrai malaise. On ne comprend plus vraiment ce qui pouvait empêcher à ce point Joséfa de renouer le lien brisé avec sa mère. Jacques, lui-même insatisfait et conscient du sentiment général, demande d'une voix ferme :

« Et maintenant alors, pourquoi cette recherche publique? Pourquoi souhaitez-vous tant revoir Mercedes ? »

A son regard, on sent que Joséfa attendait cette question depuis le début de l'émission. La réponse vient, immédiate, sincère, émouvante : « Gérard est mort l'an dernier. Il a été emporté par la maladie en quelques semaines. Nous revenions d'un voyage en Espagne. Ce pays est le berceau de ma famille, ce sont mes origines. La langue, les chansons, tout m'a ramené à mon adolescence, à mon enfance.

Nous avions décidé enfin de faire la démarche mais... » Ici, sa voix se brise. Elle se reprend immédiatement et poursuit : « Il est mort. J'ai appelé notre ancien numéro de téléphone. Elle n'y était plus. J'ai écrit. La lettre est revenue : " Votre correspondant n'habite plus à cette adresse. " J'ai tout essayé, anciennes connaissances, oncles et tantes en Espagne, Minitel... Personne ne sait ce qu'elle est devenue depuis au moins cinq ans. Voilà pourquoi je me suis adressée à vous. » Joséfa marque un temps puis ajoute : « Je voudrais tant la retrouver pour qu'elle fasse connaissance de mes trois enfants à qui je voudrais maintenant donner une grand-mère. Eux-mêmes m'en parlent si souvent. »

Joséfa, comme tous ceux qui participent à cette séquence « Retrouvailles » de *Perdu de Vue*, sait que, si nous l'avons fait venir sur notre plateau il y a de fortes chances pour que nous ayons retrouvé sa mère.

Nous l'avions retrouvée, en effet, quelques semaines avant l'émission, dans les environs de Bruxelles, patronne d'un bar chic, lieu de rendez-vous pour notables aisés dans cette banlieue résidentielle de la capitale belge.

La première chose que Jean-Marie Perthuis, venu prendre contact, aperçoit est une grande photo d'une belle jeune fille brune au sourire éclatant posant fièrement devant la tour Eiffel : Joséfa ! La photo est abîmée, les couleurs passées, elle est collée, sous le comptoir, face à la place que Mercedes occupe plusieurs heures par jour !

« Je ne l'ai jamais oubliée », confie-t-elle à Jean-Marie. Parfois je crois la reconnaître parmi mes jeunes clients. Mais je me dis que c'est impossible! J'ai quitté Paris avec mon fils en 1975 [1]. Je n'ai jamais repris contact avec mes amis de l'époque, ni avec ma famille. Je voulais changer de vie, prendre un nouveau départ après le choc de sa disparition. Vous comprenez, c'est comme si elle était morte! » et Mercedes avait fondu en larmes sur l'épaule de Jean-Marie.

Le soir de l'émission, Mercedes a voulu venir à Paris pour être plus près de sa fille et la voir dès la fin de la soirée. Elle écoute les confidences de sa fille dans une chambre de l'hôtel où elle est descendue avec Eduardo, bouleversé également par le retour de cette sœur qu'il aimait tant et qu'il n'a jamais revue depuis l'âge de douze ans.

Duplex. Première conversation entre mère et fille avec une gaucherie et une gêne bien compréhensible après vingt années de silence. Moment intense, lorsque Joséfa demande à sa mère : « Tu me pardonnes? » et que celle-ci, sans répondre, fait « oui » de la tête, incapable de prononcer un mot.

La séquence comporte comme toujours une forte charge émotionnelle, mais nous ressentons, ce soir-là, un sentiment inhabituel de malaise. Comme si Joséfa et Mercedes avaient gardé par-devers elles quelque chose, un non-dit, comme s'il y avait entre ces deux femmes plus que de simples liens mère-fille.

Cette impression fugitive est vite chassée par l'action, car quelques minutes avant la fin de l'émission, Mercedes

1. L'année du mariage de Joséfa!

arrive sur le plateau en compagnie d'Eduardo. Celui-ci est un grand et beau garçon, brun, athlétique. Il se précipite sur sa sœur qu'il serre dans ses bras, puis, surprenant tout le monde, se tourne vers les caméras et dit à Joséfa : « Tu sais, je ne t'ai jamais oubliée. D'ailleurs, un jour, j'ai fait quelque chose pour que ton souvenir ne s'efface jamais de ma mémoire ! » Eduardo déboutonne le poignet gauche de sa chemise qu'il roule soigneusement sur son avant-bras, et dit à sa sœur : « Regarde, vois-tu ce qui est écrit ici ? »

La caméra de Françoise Boulain opère immédiatement un gros plan et nous lisons tous, incrédules, les six lettres de J-O-S-E-F-A que le jeune homme s'est fait tatouer à l'encre de Chine !

Générique de fin, le public présent envahit le plateau et entoure comme chaque fois tel ou tel de nos invités.

Joséfa et Mercedes se tiennent la main assises dans le canapé du studio, elles échangent quelques phrases banales, prenant rendez-vous pour le week-end suivant en Belgique. Joséfa emmènera ses trois enfants pour les présenter à cette grand-mère inconnue.

Avant de quitter les studios, nous allons retrouver Joséfa qui s'est isolée dans la loge pour se changer.

Au lieu des congratulations habituelles, la question retenue qui s'est imposée peu à peu au fil de l'émission fuse, directe :

« Joséfa, qu'est-ce que vous ne nous avez pas dit ce soir ? »

Joséfa accuse le coup. Puis elle avoue :

« Gérard a été le premier et le seul homme de ma vie. Il n'était pas surveillant au lycée comme je vous l'ai dit. Il était l'amant de ma mère. Voilà pourquoi, Gérard vivant, j'étais prisonnière de cette épouvantable situation! On ne peut pas s'excuser d'avoir fait cela, vous comprenez? Je pense que j'ai brisé sa vie, d'une certaine manière, mais l'amour a été le plus fort. Nous n'avons pas pu résister l'un à l'autre. Nous avons vécu ensemble quinze ans. Il m'a donné trois enfants. Maintenant qu'il est mort, je voulais la retrouver pour qu'elle sache que c'était une véritable histoire d'amour. »

Au cours de notre enquête, jamais Mercedes n'avait évoqué la véritable raison du départ de sa fille.

Pendant toute l'émission, elle n'en a pas dit un mot non plus.

Rétrospectivement, nous avons frémi de ce qui aurait pu arriver si, dominée par l'émotion et la rancune, cette femme avait publiquement accusé sa fille de lui avoir volé son amant.

Par la suite, lorsque nous avons évoqué avec elle cette éventualité, Mercedes nous a simplement répondu :

« J'avais eu vingt ans pour la maudire, puis pour la regretter, et enfin lui pardonner. Je m'en étais remise au hasard. J'étais sûre que nous nous retrouverions un jour ou l'autre... Maintenant, c'est vers l'avenir qu'il faut se tourner. »

Et elle ajouta : « Quand je regarde mes petits-enfants, je me dis qu'il n'est pas tout à fait sorti de ma vie. »

Mulhouse : l'enfant volé

1955

> *« Félicitations, vous êtes enceinte, madame. »*

« Monsieur Pradel, je recherche mon fils Robert qui a aujourd'hui trente-deux ans, je ne l'ai pas revu depuis vingt-sept ans. La nourrice me l'a volé. »

Pourquoi avait-elle décidé de venir vers nous?

Derrière ces phrases, signées Mathilde, se profilaient bon nombre de mystères et d'interrogations. Sa situation correspondait à celles, typiques où un enchaînement de circonstances, une suite de hasards modifient la trajectoire d'une ou de plusieurs vies de manière inexorable, irrémédiable.

La demande de Mathilde semblait soumise à cette loi. Que s'était-il vraiment passé vingt-sept ans auparavant? Qu'était devenu l'enfant? Était-il resté en France, parti à l'étranger? Tout était possible. Nous nous attendions donc à de nombreux renversements surprises, revirements, mais certainement pas à rencontrer une double vérité, celle de la mère, celle du fils, face à face, chacun avec sa version et chaque version irréductible à l'autre.

« Je ne t'ai jamais abandonné, affirmera Mathilde à son fils, au cours de l'émission, je n'ai signé aucun document légal à ce sujet. » Pourtant Robert a été légalement adopté à quinze ans, une adoption plénière, après abandon certifié des deux parents. Mathilde persiste, répète qu'elle n'était pas au courant, qu'elle n'a rien signé; elle en est sûre.

De fait, lors du premier entretien que nous avons eu avec elle, elle ignorait apparemment que Robert avait été adopté puisqu'elle nous parlait de lui comme étant Robert S. et non Robert B. qui est son actuel patronyme. Lors de l'émission, bien d'autres sujets de controverses vont naître, entre la mère et le fils, rendant ces retrouvailles amères, difficiles.

Mensonge, vérité? Qui a raison, qui a tort? Notre rôle n'est pas de trancher. Mais dans pareille histoire il ne peut y avoir dilemme; quelqu'un se trompe forcément même si c'est de bonne foi.

Notre dossier, péniblement constitué, paraît anormalement mince; les seuls éléments concrets dont nous disposons remontent à la fin des années 1950 :

1955 : naissance de Robert, mis en nourrice chez Mme B. à Mulhouse où cette dernière exerce la profession de concierge au 15 rue L.

1960 : disparition de Robert. Mme B. est partie sans laisser d'adresse.

Depuis plus rien.

Mathilde, âgée de soixante ans, a conservé de sa jeunesse une volonté de se battre et une grande force de conviction : « Vous êtes ma dernière chance, nous dit-elle. J'ai tout fait pour retrouver mon enfant. Quand mon mari est mort, nous l'avons fait rechercher. Sans résultat. Je ne sais plus vers qui me tourner. »

La sincérité du regard, la droiture des mots traduisent son désarroi. « Je ne comprends pas, dit-elle, ce qui a pu se passer. J'allais voir Robert tous les jours, Je l'aimais. Je savais qu'il était bien chez Mme B. Un matin, je suis arrivée, la loge était fermée à clé et les rideaux tirés. Je me suis renseignée, les gens de l'immeuble m'ont dit qu'elle était partie. Ils ne savaient rien de plus. Depuis ce jour, je n'ai plus revu Robert. Il avait alors cinq ans. Après, je suis retournée plusieurs fois au 15 de la rue L. J'ai dû me faire une raison, Mme B. avait disparu en emmenant mon fils. Puis, petit à petit, la vie a repris le dessus; il le fallait bien. »

Mathilde a un mari et des enfants dont elle doit s'occuper, les deux frères aînés de Robert et les plus petits, sept au total. Dans cette vaste famille, Robert tient une place à part, singulière. Il porte le même patronyme que tous les autres mais lui n'est pas autorisé à vivre sous le toit familial. « Mon mari ne voulait pas, confie Mathilde, il savait que ce n'était pas son fils. »

A l'origine de ce drame, se trouve un entrelacs de fatalités en cercles concentriques : un mariage précipité; une épouse très jeune, trop jeune; deux premiers enfants vite venus et surtout un mari immature bientôt gagné par la passion du jeu. Car Gaston S. joue. Mal et plus qu'il ne devrait. Il flambe, à se retrouver couvert de dettes.

Face aux huissiers et aux tracasseries de toutes sortes, il continue à fuir et décide de s'engager dans l'armée. Destination : l'Algérie. Là-bas, c'est la guerre, on a besoin de soldats, toutes les bonnes volontés sont bienvenues.

Mathilde, elle, se débrouille comme elle peut. Expulsée de son logement, avec ses deux enfants, elle se réfugie à l'hôtel. Pas pour longtemps car ses maigres économies s'épuisent. Elle sympathise avec une femme de chambre originaire de Strasbourg, comme son mari. Ce fait les rapproche et les deux jeunes femmes se font bientôt des confidences.

Mathilde s'inquiète : il ne lui reste plus grand-chose pour vivre. Elle ne voudrait surtout pas être obligée de mettre ses enfants à l'Assistance Publique. La femme de chambre trouve une solution. Elle a une amie qui accepterait d'héberger Mathilde et les enfants. En trouvant un petit boulot, elle pourrait s'en sortir.

Mathilde décide donc de suivre ce conseil : Je n'avais pas le choix, dit-elle. Jeannette, l'amie de la femme de chambre, garde Pierre et Claude tandis que Mathilde travaille comme serveuse dans un petit café du centre-ville.

Jeune, jolie, abandonnée par un mari qui se bat certes pour la patrie, mais qui la laisse sans nouvelles et surtout sans argent – une première intervention auprès des autorités militaires se soldera par un échec –, Mathilde se sent très lasse.

Rien de surprenant donc qu'elle accepte volontiers les avances d'un client du café, un habitué, jeune, sympathique et célibataire, Christian G. Ils passent de plus en plus de temps ensemble, prennent l'habitude de sortir, vont au cinéma seuls ou avec les enfants. C'est un peu de bonheur qui revient dans la vie de Mathilde. « Je commençais à tomber vraiment amoureuse », dira-t-elle.

Un soir, alors que Jeannette garde les garçons, Mathilde cède à la tendresse. « Il m'a emmenée chez lui et là, j'ai fauté », avoue-t-elle. Quelques semaines plus tard, elle éprouve des nausées qui ne trompent pas. Le médecin confirmera d'ailleurs ce qu'elle pressentait en lançant un joyeux et tonitruant : « Félicitations, vous êtes enceinte, madame ! »

Ce diagnostic, généralement reçu avec joie, laisse Mathilde perplexe : « D'un côté j'étais heureuse, explique-t-elle, de l'autre je me sentais coupable. Je pensais à mon mari. J'étais mal à l'aise de l'avoir trompé. Même s'il me donnait peu de nouvelles, il restait mon mari. » En désespoir de cause, Mathilde se confie à Christian : « Et, maintenant, que faisons-nous ? » Lui n'hésite pas : « C'est mon enfant, j'y tiens. On le garde ! »

« J'étais contente, moi aussi, je voulais le garder. »

Que Robert ait été au départ un enfant désiré semble incontestable, un enfant de l'amour, comme on dit parfois. De cette version des faits, aucun élément ne permet de douter. La suite restera plus énigmatique.

Christian est un futur père attentionné. Il veut que Mathilde se repose : « Mes parents sont prêts à t'accueillir, tu verras, ça se passera bien. » Pour elle peut-être, mais pas pour les enfants, fraîchement reçus. Mathilde, qui n'a jamais accepté de s'en séparer, préfère revenir avec eux à Mulhouse. Tant pis pour la campagne!

C'est à cette période qu'elle reçoit de l'armée, qui a enfin consenti à répondre à sa demande, une somme rondelette prélevée sur la solde de son mari. Cette rentrée d'argent tombe à point pour prendre un petit appartement, afin d'attendre tranquillement le bébé.

Le grand jour approche et Mathilde commence à s'inquiéter de faire garder les deux aînés pour le temps où elle sera à l'hôpital. Elle contacte alors Mme B., une voisine qui connaît la famille de son mari et lui explique la situation.

Mme B. a une trentaine d'années. C'est une brave femme qui ne porte pas de jugement sur l'attitude de Mathilde. Mieux, elle l'apaise. Car Mathilde pense toujours à son mari, à qui elle n'a encore rien dit, et qui va revenir un jour ou l'autre. Blessé, Gaston sera effectivement rapatrié.

« Pas d'affolement, conseille Mme B. D'ailleurs vous n'êtes pas si coupable que cela, n'oubliez pas qu'il vous a laissée seule et sans argent! Ne vous faites pas de souci. Pendant que vous serez à la maternité, je garderai les deux grands et, quand le bébé naîtra, je m'en occuperai. »

Elle va d'ailleurs s'en occuper plus tôt que prévu. Mathilde, tourmentée par le remords, a un accouchement difficile. Elle en sort épuisée. De surcroît, elle attrape une broncho-pneumonie qui l'oblige à rester à l'hôpital pendant plus de trois mois. Pas question de voir son fils pendant cette période par crainte de la contagion! La présence de Christian et surtout de Mme B., qui a tenu parole et s'occupe du bébé, aide Mathilde à surmonter l'épreuve. Elle sait que Robert va bien et cela la rassure.

A la sortie de l'hôpital, la première visite de Mathilde sera pour son fils qui a déjà trois mois. Comme il a changé! C'est presque un enfant étranger qu'elle tient dans ses bras. Une impression renforcée par l'attitude de Mme B. qui a pour Robert les gestes et la fierté d'une mère. « Il a bien poussé, n'est-ce pas? C'est qu'il est heureux avec Maman! »

« Maman! Elle se faisait appeler " Maman "! Mais c'était moi la mère. J'ai été choquée par cette attitude, nous confie Mathilde, je lui en ai fait la remarque. Mme B. m'a alors expliqué qu'elle disait cela par facilité. C'était normal pour un bébé. Et puis, il ne comprenait pas encore. C'est vrai qu'à ce moment, ce n'était pas très important. Mais j'aurais quand même dû réagir immédiatement. J'ai accepté naïvement de laisser s'installer ce détournement. Je le regrette aujourd'hui. »

Effectivement, le temps passant, rien ne va s'arranger, bien au contraire, puisqu'au fil des ans, Mathilde ira jusqu'à accepter de se faire appeler Tata, Maman restant l'apanage de Mme B.

Ce sera là un autre point de discorde entre Robert et sa mère. Comment a-t-elle pu accepter de se faire appeler Tata sinon en démissionnant de son rôle, en renonçant à sa maternité?

« Jamais personne ne pourra me forcer à me faire appeler Tonton par un de mes enfants », affirme-t-il catégoriquement au cours de l'émission.

Mathilde le reconnaît une fois de plus : elle a eu tort. C'était une bêtise, l'effet de la naïveté : « Mais il faut tâcher de me comprendre. Je l'ai fait pour toi, je ne voulais pas que tu te sentes anormal. C'était plus simple que tu appelles Mme B. Maman, c'est elle qui s'occupait de toi tout le temps. Moi, qui ne venais qu'en passant, même si c'était quotidiennement, il valait mieux que je sois Tata. »

Venait-elle tous les jours comme elle le prétend ? Difficile à dire. Robert, lui, affirme qu'il ne garde de son enfance aucun souvenir de cette Tata. Il n'est pas du tout convaincu par les explications de Mathilde et ne s'en cache pas. Elle s'écrie : « Vu les circonstances, n'était-ce pas la meilleure solution ? » Lui ne répond pas.

Que disent les faits à défaut des circonstances ? En cette année 1955, Mathilde est tiraillée entre l'amour qu'elle éprouve pour son amant et la fidélité qui la lie à son mari. Au mois de mars, le petit Robert vient de naître à l'hôpital de Mulhouse. Christian, le père, est là, bien sûr, amoureux de Mathilde et décidé à garder pour la vie la mère et l'enfant. Une ombre au tableau cependant : il voudrait que l'enfant porte son nom. Impossible. La loi est alors telle que l'enfant d'une femme mariée est, sauf opposition formelle, automatiquement enregistré sous le nom de son géniteur supposé, c'est-à-dire le mari de sa mère.

C'est pourquoi Robert va dès la naissance porter le patronyme de Gaston. Pour que Christian puisse lui donner son nom, il faudrait que Gaston entame une procédure en désaveu de paternité, ce qui serait assez simple à obtenir eu égard à son absence avérée. Or Mathilde ne l'a encore informé de rien. Maintenant que le bébé est là, elle ne peut plus reculer. Poussée par Christian, elle se décide à lui envoyer une lettre.

Deux semaines plus tard, la réponse arrive d'Oran. Gaston a tranché. Au sujet du bébé sa position est catégorique : « Pas question que Robert porte le nom de son père, il portera le mien. En revanche, j'interdis qu'il vive sous mon toit, au sein de notre famille. » Christian réagit violemment : « Cet enfant est le mien, j'y tiens. Je l'élèverai. Je tiens aussi à toi, Mathilde. Il faut que tu quittes ton mari. »

L'idée du divorce fait son chemin et lorsque, quelques semaines après sa sortie de l'hôpital, Mathilde va accueillir son mari, démobilisé, à la gare de Mulhouse, elle ne met guère d'enthousiasme à fêter leurs retrouvailles. Comme pour se débarrasser d'un poids trop lourd, elle lui annonce, tout de go : « Gaston, je veux te quitter, divorcer, pour épouser Christian. »

Gaston, appuyé sur ses béquilles, interloqué, se met à plaider sa cause. Ce n'est pas possible! Je sais, j'ai des torts, mais j'ai changé, je suis devenu un autre homme. La guerre est finie pour moi. Tout comme mes folies d'antan; on va trouver une solution pour redémarrer de zéro.

« Il avait l'air sincère, soupire Mathilde. Pourquoi lui aurais-je refusé une seconde chance? » D'autant que la belle-famille entre dans la ronde pour convaincre la jeune femme : « Gaston a promis de mettre de l'eau dans son vin... Il s'est montré gentil avec l'enfant.... » Pressée de toutes parts, Mathilde cédera : « J'ai décidé de voir venir et de ne pas le quitter tout de suite. »

Un provisoire qui dure. Christian, lassé d'attendre, va bientôt disparaître de la vie de Mathilde, conscient qu'elle ne quittera jamais son mari.

Il n'a pas tort. Mathilde et Gaston se retrouvent. Le couple tiendra, bon an, mal an, coûte que coûte. Mathilde aura même quatre autres enfants de son époux légitime.

Conformément aux dispositions décrétées par Gaston, le petit Robert, qui pourtant porte son nom, vit hors du foyer. Il grandit chez Mme B. entouré de soins attentifs, choyé par celle qui sera toujours « Maman » et dont la disparition, voilà quelques années, le laissera orphelin.

Mathilde, avec l'accord de son mari, passe le voir chaque fois qu'elle peut. « Tous les jours, répète-t-elle. Je lui apportais des vêtements, des bonbons. J'étais contente de voir qu'il était bien tenu et qu'il ne manquait de rien. »

Les deux familles ne vivent pas très loin l'une de l'autre. Et puis il y a ce fameux jour où elle trouve porte close, la nourrice et l'enfant disparus.

Là encore, Robert s'étonne : « Comment puis-je te croire puisque je n'ai jamais bougé de cette rue. J'y ai passé mon enfance, je suis allé à l'école du quartier. Si tu avais vraiment voulu me retrouver, tu aurais pu. » Mathilde écoute sans broncher et maintient sa version : « Tu étais parti, je t'ai cherché partout sans te retrouver. »

Même désaccord en ce qui concerne l'adoption. « Je ne t'ai pas abandonné, répète Mathilde. Je ne savais pas que tu avais été adopté, que tu avais changé de nom.

– Pourtant j'ai été adopté de façon plénière en 1972. A partir de ce moment-là, je me suis appelé B. et non plus S. Mme B. m'a dit que j'avais été abandonné par ma mère. J'ai vu les documents avec les signatures.

– C'est impossible, je n'ai jamais signé. »

Difficile de faire la part des choses. Aujourd'hui celui qui aurait peut-être pu donner le fin mot de l'énigme, Gaston S., est mort.

Robert pour sa part reste ferme.

A parler franc, l'idée de retrouver sa mère ne l'enchantait guère. Suite à trois mois de recherches, nous l'avions localisé à Mulhouse où il avait fini par revenir. D'emblée, il s'était montré réticent : « Ma mère naturelle, je n'ai rien à lui dire. Maman, pour moi, c'est Mme B. Elle ne m'a jamais parlé d'une autre mère qui s'inquiétait de moi. »

A force de persuasion, il accepta néanmoins que nous venions faire le duplex en direct de chez lui à Mulhouse.

Au cours de l'émission, il lâcha : « Quand *Perdu de Vue* a démarré, j'ai pensé à vous écrire pour rechercher ma mère naturelle et puis j'ai renoncé. A quoi bon, puisqu'elle m'avait abandonné ! » Preuve que pour Robert les choses n'étaient pas évidentes.

Notre intervention pouvait-elle aider à une clarification ?

Selon un principe maintenant bien acquis, pour la séquence des « Retrouvailles », nous organisons toujours une rencontre à la suite de l'émission. Ainsi Jean-Marie resta le lendemain à Mulhouse avec Robert. Mathilde, accompagnée de Jacques, vint les rejoindre. A la vue de son fils, elle éclata en sanglots et se précipita dans ses bras. Lui, ne semblait guère ému.

Un tel déplacement et la présence de membres de *Perdu de Vue* représentaient toutefois un effort exceptionnel. Mais, afin d'élucider l'énigme des deux versions, il avait été décidé de se rendre avec Mathilde et Robert, rue L. Et là, surprise, ils ne furent pas d'accord sur les numéros.

« J'habitais au 7 », affirma Robert, alors que Mathilde soutenait que c'était le 15. Que s'était-il passé?

En y regardant de plus près, nous nous aperçûmes que les deux loges étaient assez semblables : porte vitrée, rideau rouge, courette plantée de poubelles. Pouvait-on s'y tromper? Difficile, tout de même. Robert y avait vécu trop longtemps et Mathilde n'avait pu du jour au lendemain oublier le numéro de l'immeuble. Il est loisible d'imaginer que Mme B., effectivement partie pendant un temps, revint et reprit une loge dans la même rue mais pas dans le même immeuble.

Or, Mathilde avait-elle vraiment enquêté, cherché partout, comme elle le prétendait? N'aurait-elle pas dû porter plainte? Autant de questions qui restent en suspens.

Robert, lui, a forgé sa conviction.

Quelques jours après, il nous a téléphoné pour nous apprendre qu'il avait été reçu par ses demi-frères et sœurs, « bien reçu », dit-il. Au sujet de sa mère, il est beaucoup plus réservé : « J'ai bien réfléchi et vous avez pu voir lors de la visite rue L. qu'elle n'était pas claire. Je crois qu'elle a menti. J'aurais pu comprendre tout ce qui est arrivé. J'aurais pu lui pardonner. Mais elle aurait dû me dire la vérité, qu'elle m'a abandonné... »

Il conclut sans regret et sans amertume : « Je vous remercie de nous avoir permis de confronter nos deux versions. Dans le fond, j'avais envie de connaître ma mère. C'est fait, je me sens bien, mais aujourd'hui je sais que c'est fini, je ne veux plus la revoir. »

IV

LES SECRETS DE *PERDU DE VUE*

Depuis deux ans, nos interlocuteurs nous demandent toujours, en privé, de leur « révéler » les secrets de Perdu de Vue, *comme s'il était impossible de concevoir qu'une émission puisse être réalisée, à l'image de toutes les autres, grâce au travail normal d'une équipe motivée et aguerrie.*

On nous suppose des pouvoirs occultes dignes des services secrets, on imagine que nous bénéficions d'informations privilégiées fournies par la police ou la justice. On nous compare, inconsciemment, à une officine de détectives privés !

Au risque de décevoir certains lecteurs – et d'en conforter d'autres dans leur certitude que nous leur cachons quand même quelque chose – nous avons décidé de vous offrir un petit tour dans les bureaux de Perdu de Vue, *de vous présenter notre équipe et de vous dire presque tout sur nos méthodes de travail.*

Une équipe réduite.

L'équipe de *Perdu de Vue*, composée de journalistes et d'assistants de production, comprend des collaborateurs permanents ainsi que des stagiaires qui nous rejoignent pour quelques mois avant de repartir compléter leur formation dans d'autres équipes de TF1. La moyenne d'âge est de vingt-huit ans; le dénominateur commun : une entière disponibilité, un tempérament accrocheur et un respect à toute épreuve du public. Les horaires de travail sont élastiques et chacun est à son poste, si l'émission le nécessite, dimanches et jours de fêtes inclus. Et surtout, il n'est pas interdit d'avoir de l'humour!

D'ailleurs, les qualificatifs qui suivent ont été affichés au mur de notre bureau, une nuit, par une main anonyme que nous avons eu la charité de ne pas reconnaître. Nous vous livrons ce document en déclinant toute responsabilité auprès de nos collaborateurs qui n'apprécieraient pas! Qu'ils fassent leur propre enquête de proximité... ils ont l'habitude : « Hélène – " J'ai tout pensé! " (Coordinatrice, le bras droit de l'équipe des producteurs, notre mémoire vive); Félicie – " J'ai tout organisé! " (Assistante de production, surveillante du budget); Isabelle – " J'ai tout suivi! " (enquêtes-fugues et la voix de SVP); Laurent – " J'ai tout trouvé! " (enquêtes); Jean-Pierre (dit Dadoon) – " J'ai tout tenté! " (enquêtes); Stéphane – " J'ai tout cherché! " (enquêtes); Patricia – " J'ai tout dit! " (enquêtes); Christophe – " J'ai tout vu! " (rubrique : Es-tu toujours vivant?); Véronique – " J'ai tout vérifié! " (rubrique : J'ai tout perdu); Nicolas – " J'ai tout fini! " (stagiaire-enquêtes); Nathalie – " J'ai tout tapé! " et Laurence – " J'ai tout écrit! " (Secrétaires); Jean-Marie Perthuis – “ J’ai tout prévu ! ” (Producteur) ; Bernard Bouthier – “ J’ai tout coupé ! ” (Producteur) ; Jacques Pradel – “ J’ai tout compris ! ” (Présentateur) ; Pascale Breugnot – “ J’ai tout changé ! ” (Responsable de l’Unité des Programmes). »

2 200 lettres par mois !

A cette équipe de base s’ajoutent un certain nombre de « lecteurs » car nous recevons, en moyenne, 2 200 lettres par mois et un grand nombre de messages par l’intermédiaire du Minitel. Le courrier a considérablement augmenté depuis que l’émission est diffusée en *Prime Time*, comme disent les professionnels, c’est-à-dire en début de soirée. On nous écrit de partout, de toutes les régions de France bien sûr, mais aussi de Belgique, de Suisse, des pays du Maghreb, Algérie, Tunisie, Maroc.

Les adresses sont parfois fantaisistes, du genre :

« Perdu-Retrouvé, TF1 Paris » ou encore : « Je veux retrouver quelqu’un – ORTF Paris ». « Avis de recherches télévision Paris » Nous avons même à notre collection un « ORTF1, un Antenne 1 et un FR1 ». C’est parfois difficile à croire, mais toutes ces lettres nous parviennent finalement au 17, rue de l’Arrivée. Un coup de chapeau à la Poste !

Chaque matin, nos collaborateurs lisent soigneusement le courrier du jour. On appose ensuite sur chaque lettre un sticker mentionnant la catégorie dans laquelle il faut la classer : allô pour plus d’informations, service urgent à rendre, hors attente, cri, retrouvailles, etc.

Théoriquement nous pourrions traiter la majeure partie des demandes qui nous parviennent si nous disposions de temps et de moyens illimités. Ce n'est malheureusement pas le cas et il faut donc effectuer un premier tri tenant compte des possibilités réelles d'intervention. Nous ne voulons jamais donner à nos correspondants un faux espoir de réussite et, si nous considérons que trop d'éléments manquent pour entamer une enquête, nous envoyons immédiatement une réponse explicative.

Ont été établies pour ce faire, au fur et à mesure des besoins, une cinquantaine de lettres-types adaptées à toutes les situations rencontrées depuis le début de l'émission. Ce formulaire est souvent accompagné de quelques conseils, directions à suivre pour réunir de nouvelles informations, coordonnées de diverses filières administratives afin d'obtenir certains documents indispensables, adresses de différents services administratifs comme la DDASS, le R.I.F. (recherche dans l'intérêt des familles) etc.

Nous fournissons ainsi à nos correspondants des éléments pour agir par eux-mêmes, en espérant qu'un jour il pourront nous écrire à nouveau et nous donner cette fois une vraie chance de faire aboutir leur demande. Sur les 2 200 lettres mensuelles, environ 300 sont retenues pour un examen plus approfondi.

Les seules demandes auxquelles, par principe, nous refusons de nous livrer, sont celles guidées par l'intérêt; par exemple, les nombreuses lettres adressées par des héritiers potentiels et pressés de régler en leur faveur une succession qui traîne du fait de l'absence d'un membre de la famille.

La rigueur extrême avec laquelle est traité ce courrier représente une des clés de la réussite de l'émission. C'est parce que rien n'est laissé au hasard que nous parvenons à la mener à bien. Parce qu'est géré de la même façon, avec le même sérieux, le plus important comme le moindre détail, que nous parvenons à être crédibles. Nous tenons à dominer entièrement les rouages de la machine que nous avons mise en place.

En moyenne 300 demandes triées chaque mois font l'objet d'un examen complémentaire. Nous entrons tout d'abord en contact téléphonique avec les demandeurs, afin d'étudier plus avant le dossier. Il s'agit notamment d'évaluer si nous pouvons travailler avec ces personnes, de tester leur sérieux, de vérifier aussi le réel besoin qu'elles éprouvent de retrouver celui ou celle qu'elles recherchent, car nous ne voulons traiter aucune demande de confort. Il n'est pas question de retrouver « parce que ça fait plaisir » un vieux copain de régiment ou une amie de classe, comme on nous le réclame parfois !

A ce stade s'effectue donc un nouveau tri, qui aboutira à une lettre personnalisée pour environ 200 cas, ou à l'ouverture officielle d'un « dossier PDV » avec une poursuite d'enquête pour les 100 restants. Le récit doit être fort, authentique, mettre en valeur une tranche de vie. Nous privilégions l'original sur le banal, sans tomber cependant dans le fantastique ou l'extraordinaire à tout prix. Il nous paraît très important d'être assurés que la demande de notre correspondant a bien un sens dans sa vie, que les retrouvailles constitueront vraiment l'occasion de tourner une page et d'entamer un nouveau chapitre de sa destinée.

Le dernier des critères porte, comme dans les autres émissions de télévision, sur la personnalité du candidat, ses motivations, sa sincérité, son humour, sa façon de s'exprimer, compte tenu du fait que demandeurs et personnes recherchées devront apparaître à l'antenne.

Cette nouvelle étape de sélection franchie, il reste

une cinquantaine de dossiers, à partir desquels nous effectuons une enquête complète et dont nous recevons systématiquement et personnellement les demandeurs. Ces rencontres ont, en général, lieu à Paris, dans les bureaux de TF1. Mais il arrive parfois, dans certains cas de force majeure, qu'un collaborateur de *Perdu de Vue* se rende directement chez la personne concernée.

Ces cinquante dossiers alimentent en fin de compte les six séquences mensuelles de l'émission : « Disparition », « Retrouvailles », « Cri », « Es-tu toujours vivant », « J'ai tout perdu » et les « Messages personnels ».

Les affaires ne passant pas à l'antenne sont réglées directement, hors caméras, souvent à la demande des intéressés, qui ne désirent pas affronter les feux du direct. Nous respectons toujours ce choix, même si, parfois, nous regrettons pour les téléspectateurs de ne pas pouvoir raconter, en présence des protagonistes, certaines histoires extraordinaires.

Ce livre nous donne l'occasion de lever enfin le voile sur les coulisses de l'émission.

Le bilan de deux années

En deux ans d'existence, nous sommes fiers d'avoir fait aboutir quatre cent cinquante dossiers qui ont permis à plus de deux mille personnes de renouer le contact, hors antenne mais par notre intermédiaire, après des disparitions dont certaines remontent à cinquante ans!

Il faut ajouter à ce chiffre le bilan « officiel » de *Perdu de Vue* : vingt fugueurs retrouvés en vingt mois d'émissions; une centaine de familles, comprenant parfois plusieurs dizaines de membres, enfin réunies après des coups du sort ou des hasards extraordinaires; une autre centaine de liens renoués entre des hommes et des femmes divorcés depuis des années – au nom de l'affection qu'ils portent toujours à leurs enfants –, entre des amoureux séparés par des guerres ou des catastrophes naturelles, ou entre des enfants et leur père ou mère disparus il y a des décennies sans laisser de trace; enfin, plusieurs dizaines de retrouvailles « sauvages » par l'intermédiaire du pur hasard, les personnes concernées regardant tout simplement la télévision un lundi soir et s'apercevant que l'un des « messages personnels » de l'émission s'adresse directement à elles!

Enquête mode d'emploi

Le terme d'enquêteur correspond parfaitement au travail quotidien qui est le nôtre depuis le début de cette aventure, mais il peut prêter à confusion. Il y a enquête et enquête : nos méthodes relèvent avant tout du journalisme d'investigation.

Nous n'utilisons pas de moyens particuliers, pas de passe-droits, pas de statut privilégié ou d'accès systématique à des sources occultes pour mener à bien les dossiers qu'on nous confie.

Nos atouts sont ceux de chaque journaliste professionnel : un savoir-faire acquis avec l'expérience, un bon carnet d'adresses et souvent aussi une certaine dose de culot.

Ces dernières années, il nous a fallu apprendre à travailler dans ce domaine particulier et en fait le découvrir patiemment. Comme tous les journalistes, nous avons activé certains réseaux de renseignements confidentiels que, bien entendu, nous gardons secrets. Ces légers « coups de pouce », obtenus au cours de certaines enquêtes, sont beaucoup plus rares qu'on pourrait le penser.

Ils sont toujours spontanément donnés par nos interlocuteurs, auprès de qui il n'est jamais exercé de « chantage à l'amitié », et à qui, par principe, nous ne mentons jamais.

Sans déroger à la loi, la règle et la filière officielle, il nous est parfois possible de faire accélérer les procédures ou de pousser quelques portes généralement hermétiquement closes. Comme on l'a vu, l'administration de la DDASS a accepté d'ouvrir, à titre exceptionnel, l'un de ses dossiers, pour permettre à une jeune femme, dont l'état de santé nécessitait une greffe de moelle osseuse, de retrouver ses parents naturels. Et le directeur d'une grande administration d'État nous a un jour facilité la tâche pour l'obtention, dans un délai record – quelques heures – d'un passeport et d'un visa pour les États-Unis (merci le consulat américain !) afin de permettre à une jeune femme d'aller rejoindre un père qu'elle n'avait pas vu depuis près de trente ans.

D'une manière générale, il n'est jamais question de sortir des chemins de la stricte légalité, en particulier pour tout ce qui concerne la protection du secret professionnel ou l'accès aux fichiers informatiques.

La popularité grandissante de l'émission est un de nos meilleurs atouts. Les gens nous connaissent à travers l'émission et acceptent, plus facilement qu'ils ne le feraient avec les membres d'une administration, de dialoguer avec nous ou de nous aider.

Le succès et le « capital confiance » de *Perdu de Vue*, jamais mis en défaut, rendent assurément les choses plus faciles.

Nos interlocuteurs savent, sans qu'il soit nécessaire de leur signer un engagement écrit, qu'ils peuvent parler sans risque d'être trahis. Ils savent aussi que nous respectons toujours la parole donnée et que la seule mission qui soit nôtre est « d'opérer quelque bien », même si, pour certains, ce genre de valeur peut être jugée « ringarde ».

C'est une mission que nous assumons avec fierté. C'est un privilège que d'exercer un métier qui permet de rendre véritablement et concrètement service aux autres, tout en apportant la satisfaction propre à toute activité publique : une notoriété que nous recevons avec humilité, sachant qu'elle résulte d'un véritable travail d'équipe et de la réputation légitime de TF1.

Nos enquêtes ne sont jamais policières. A *Perdu de Vue*, il n'y a ni coupables ni victimes. L'émission n'est pas un tribunal, et nous laissons toujours aux protagonistes la liberté et le soin de s'arranger avec leur conscience, ce qui n'empêche pas d'avoir une opinion personnelle qui transparaît forcément à l'antenne. Mais le but de l'entreprise est avant tout de créer les conditions nécessaires à la reprise d'un dialogue interrompu. Nous savons qu'il est souvent plus facile de partir que de revenir et, la plupart du temps, les personnes que nous contactons, le premier étonnement passé (« Comment avez-vous fait pour me retrouver? ») saisissent la perche tendue. L'émission leur donne ainsi l'occasion de s'en tirer « avec les honneurs » et de donner un coup d'éponge providentiel sur le passé!

Cela dit, nous sommes régulièrement en rapport avec les organismes officiels et les grandes administrations comme la police ou la justice. Mais il s'agit toujours de compléter notre connaissance d'un dossier et d'envisager les dangers d'une médiatisation brutale de certaines situations ou les conséquences psychologiques du passage à l'antenne pour des personnalités fragiles.

Il nous est arrivé de renoncer à certaines séquences après discussion avec des juges et des avocats, mais en toute liberté et en toute responsabilité.

Jamais nous n'avons été transformés involontairement en auxiliaires des autorités, mais jamais non plus nous n'avons été manipulés par un interlocuteur indélicat.

Ces relations, à titre consultatif, avec les services officiels nous ont, en revanche, permis à plusieurs reprises d'aviser le public sur ses droits et ses devoirs, sur la marche à suivre en cas de disparition de mineur. Il nous est arrivé aussi d'éclairer les raisons d'une certaine lenteur de la police, après le signalement d'une disparition ; attitude le plus souvent volontaire et fondée sur l'expérience, mais mal comprise et jugée par les parents comme un signe d'indifférence à leur détresse.

Ainsi, lors d'une fugue de mineur, il est évident que le souci de la gendarmerie n'est pas de se lancer aux trousses d'un adolescent. Le juge pour enfant, saisi du dossier après une période qui peut aller de quelques semaines à quelques mois, aura toute latitude, s'il considère que la santé morale ou l'intégrité physique de ce jeune est réellement menacée, de diligenter une véritable enquête de police ; en quelques heures s'il le faut, et avec des moyens considérables. Mais il n'est pas question pour autant de jeter toutes les polices de France sur la trace d'un gamin mal dans sa peau et de le ramener chez lui, pieds et poings liés !

Dans la majorité des cas, une fugue est un avertissement lancé par un jeune en rupture de dialogue, une manière d'attirer l'attention des adultes parfois inconscients d'un malaise grandissant, envahissant.

La disparition agit alors comme un électrochoc. Elle met brutalement adultes et enfants face au problème à résoudre, en les sommant d'en trouver rapidement la bonne solution.

Cette « bonne solution » crève souvent les yeux d'un observateur amical : mettre en mots les problèmes, ne pas fuir ses responsabilités comme le font trop de parents qui considèrent qu'un enfant s'élève comme un petit animal, à qui il suffit d'apporter à boire et à manger, de donner un confort matériel, pour qu'il se sente bien.

Il manque souvent un simple regard, une petite attention, un mot d'amour ! Mais comme il est difficile parfois d'obtenir ce mot malgré notre fameuse « société de communication » !

A ce titre, *Perdu de Vue* a toujours permis de renouer le dialogue, même si à plusieurs reprises les jeunes fugueurs ont refusé de réintégrer le domicile familial. Nous pensons toujours à la vertu d'exemplarité de cette séquence-vedette de l'émission et nous savons qu'au-delà du drame qui se déroule à l'écran, des dizaines de milliers de familles en difficulté trouvent dans ce qui se passe à l'antenne matière à réflexion.

Ces affaires, exposées et résolues à vif, dans l'urgence, servent à tant d'autres, leur montrent ce qu'il ne faut pas faire pour en arriver là.

Tout le paradoxe de *Perdu de Vue* est là, dans ces mots qu'on ne dit pas dans l'intimité et que la présence invisible d'un public chaleureux et solidaire vient comme sacraliser.

La télévision donne du poids aux mots et de la valeur aux engagements !

C'était une de nos intuitions, ce fut la grande découverte de l'émission et, peut-être en même temps, la raison de son succès comme des polémiques qui se développèrent dès ses débuts.

Le crime était presque parfait

Hasard est un mot qui n'existe pas dans certaines langues, paraît-il, comme le chinois. Nous avons bénéficié à plusieurs reprises depuis les débuts de *Perdu de Vue* de circonstances parfois extraordinaires que nous vous laissons le soin de baptiser comme il vous plaira!

Christophe Sauveterre et Jean-Pierre « Dadoon » Petit se souviendront longtemps, pour des raisons différentes, de leur baptême du feu.

Christophe Sauveterre fut engagé à la fin de l'année 1991 pour préparer la mise sur pied d'une nouvelle séquence de l'émission : « Es-tu toujours vivant? »

A l'origine de cette idée, une lettre particulièrement touchante reçue en mai, que nous avions soigneusement archivée en espérant avoir un jour les moyens de consacrer du temps à l'enquête de fond que nécessitait la disparition mystérieuse dont elle faisait état :

« Messieurs, je suis une jeune maman de vingt-huit ans. Mon père, garagiste en retraite, a disparu en février dernier dans des conditions inexplicables. Il avait rendez-vous avec un ami chasseur pour faire la " fermeture ". Cet ami est passé chez lui à l'heure dite, a sonné à sa porte, l'a appelé en vain et a fini par s'en retourner chez lui. Depuis ce jour personne n'a plus revu ni mon père, ni son chien. Ils étaient pourtant inséparables. Le mari de ma sœur, qui vit sur place, pense qu'il s'agit d'une disparition volontaire. J'ai un terrible pressentiment... La gendarmerie n'a trouvé aucune piste sérieuse. Plusieurs battues ont été organisées, sans succès. Tout le monde penche pour la thèse de la fugue ou de l'accident de chasse. Je n'en crois rien. Ça ne lui ressemble pas. S'il vous plaît, aidez-moi, vous êtes mon seul espoir. Vous réussissez tant d'enquêtes que j'ai décidé de m'adresser à vous... »

La signataire de la lettre avait joint une photo sur laquelle on voyait un « papy » jovial, en bleu de travail, faisant sauter sur ses genoux un de ses petits-enfants. L'homme n'avait pas l'air dépressif, en tout cas sur cette photo, prise quelques semaines avant sa brutale disparition.

A l'époque, nous avions donc classé ce dossier sans suite, car nous n'avions pas les moyens de procéder à une enquête sérieuse qui aurait nécessité, à l'évidence, l'envoi d'un collaborateur sur le terrain.

Mais quelques mois plus tard, début décembre 1991, lorsque l'émission passa en *Prime Time* avec, à la clé, une extension d'une vingtaine de minutes, il nous fut possible d'imaginer deux nouvelles séquences. Cette lettre du mois de mai et son pesant de mystère provoquèrent alors la naissance de la rubrique : « Es-tu toujours vivant ? »

Un coup de téléphone à notre correspondante confirma que son père, André B., n'avait toujours pas donné de ses nouvelles et que le mystère demeurait entier.

Tout naturellement Christophe se retrouva quelques semaines plus tard dans le village du disparu, où ses nombreux enfants s'étaient réunis à la faveur des fêtes de fin d'année.

Christophe avait pour mission de recueillir les témoignages des gens du cru sur le jour de la disparition de l'ancien garagiste, de retrouver le collègue chasseur qui était venu au rendez-vous manqué, de suivre si possible avec les gendarmes l'itinéraire supposé du fugueur et, enfin, de montrer à la caméra le cadre de vie de l'homme en espérant que ces images et les appels de ses proches le pousseraient peut-être à se manifester en direct le soir de l'émission dont la première était fixée au lundi 6 janvier 1992.

La première partie de l'enquête se déroula sans encombre. Au cours des différentes rencontres, on évoqua même une nouvelle hypothèse, selon laquelle le disparu, victime d'une brutale crise d'amnésie au cours d'une banale promenade et devenu errant, pourrait se trouver à des dizaines ou même des centaines de kilomètres de là dans un asile où il aurait été recueilli.

Il ne restait plus qu'à enregistrer une dernière interview – celle du gendre qui avait repris le garage, après le départ en retraite d'André B. – et à filmer l'intérieur de la maison.

Christophe décida de filmer d'abord le décor pour profiter au maximum de la lumière naturelle du jour et demanda au gendre de lui servir de guide, avant d'enregistrer son propre témoignage.

Dans la maison, l'atmosphère était un peu plus pesante qu'au-dehors. Tous les enfants étaient réunis, ce qui faisait beaucoup de monde dans l'antre manifeste d'un célibataire endurci, « ours » véritable depuis qu'il s'était séparé de sa femme quelques années auparavant.

Christophe commence la visite, caméra sur l'épaule, tandis que le gendre lui fait les honneurs des lieux. « Ici vous avez la porte qui donne sur le garage... voici la cuisine où il mangeait souvent seul en regardant la télé... le salon... »

Au premier étage deux portes : l'une donne sur un débarras empli d'un bric-à-brac d'objets dépareillés. Christophe se dirige alors vers la seconde porte et demande au gendre : « Et là, qu'est-ce que c'est?

– Là, c'est personnel... enfin, c'est sa chambre, répond l'autre.

– Vous pouvez m'ouvrir la porte, s'il vous plaît sans pénétrer vous-même à l'intérieur », dit alors Christophe, qui voulait, d'un coup de caméra subjective, balayer l'intérieur pour voir si le disparu avait par exemple fait ou non son lit, vidé ses armoires ou la penderie, pris des vêtements, autrement dit organisé son départ... Mais le gendre durcit le ton : « Écoutez, maintenant ça suffit cette plaisanterie, j'ai été patient jusqu'à présent mais, là, vous en demandez trop! Ici c'est chez lui, s'il revient un jour et qu'il apprend que j'ai laissé pénétrer un étranger dans sa chambre, il ne sera pas content... D'ailleurs j'ai fermé à clé, et ne discutez pas sinon, moi, je ne fais pas non plus l'interview que vous avez prévue! »

Christophe applique alors notre règle d'or : dire quel rôle tiendra la séquence dans l'émission. Il explique donc au gendre la raison de son apparente indiscrétion, insiste sur l'élément dramatique que constitue le panoramique-caméra qu'il projetait, et tente une seconde fois de se faire ouvrir la fameuse porte en précisant : « Je n'entrerai pas moi-même, je ne toucherai à rien, il me suffit de quelques secondes, vous ouvrez, je filme d'ici et vous refermez! »

Refus catégorique du gendre qui s'énerve à nouveau.

Christophe abandonne alors son idée, en se promettant de faire une dernière tentative plus tard. Il propose donc de poursuivre le tournage au rez-de-chaussée.

On s'assied et l'interview commence... « A quelle heure vous êtes-vous inquiété... que pensez-vous de ce départ... avait-il des problèmes d'argent... de cœur... des relations difficiles avec quelqu'un du village... »

Pendant que le gendre répond d'un ton calme aux multiples questions de Christophe, l'un des fils du disparu, qui a assisté à l'incident précédent, quitte la pièce discrètement et monte à l'étage. On entend une clé tourner dans une serrure, une porte qui frotte sur le plancher et qu'on pousse avec effort, quelques pas lents et pesants au plafond... une exclamation étouffée, puis plus rien.

A peine une minute plus tard, les pas reviennent, descendent lentement l'escalier. Le fils est là, il s'approche de la table du salon autour de laquelle tous se sont installés pour suivre l'entretien.

Le garçon est d'une pâleur telle que tout le monde a compris, avant qu'il n'ouvre la bouche : « Ne cherchez plus, murmure-t-il, il est là-haut ! » Puis, il s'assoit près d'un de ses frères, se cache le visage dans les mains et se met à sangloter silencieusement.

Instinctivement, Christophe a fixé toute la scène par l'intermédiaire de sa caméra qui enregistre tout : la déclaration du fils, les visages des autres enfants et l'expression douloureuse qui s'inscrit sur le masque du gendre, et il se dit : « C'est une crise cardiaque ! Personne n'a eu l'idée d'aller voir dans sa chambre puisque tout le monde l'a cru parti à la chasse. »

Mais le fils qui vient de s'effondrer en sanglots se relève et se dirige vers la porte en précisant : « Je vais téléphoner au café, j'appelle les gendarmes ! »

Dans la pièce, ces paroles sont tombées dans un silence complet. Toutes les personnages présents sont frappées de stupeur. Personne ne bouge. Plusieurs minutes s'écoulent, interminables, le silence est dérangé par le discret « ron-ron » de la caméra que Christophe a reposée sur la table en oubliant de déverrouiller le mécanisme de prise de vue automatique.

Le fils est de retour dans la pièce. Il s'approche de la table, vient à toucher le gendre. Ses yeux sont secs. Il dit d'une voix ferme : « J'ai vu le fusil, à terre, près de la porte, ça n'est pas un suicide! »

Chacun comprend alors que le garagiste n'est pas mort de mort naturelle. Celui qui a, de son propre aveu, fermé la porte à clé après le « départ » d'André B., s'est en quelque sorte accusé lui-même dix minutes auparavant, face à la caméra de *Perdu de Vue.*

Personne ne verra ces images car la cassette du film a été saisie par la justice après l'audition par les gendarmes du gendre et de tous les témoins présents sur les lieux du drame.

André a été tué d'une décharge de chevrotines en pleine tête. Son cadavre reposait dans cette chambre depuis dix mois. Un phénomène rarissime, mais naturel et parfaitement explicable, a empêché la putréfaction cadavérique. Aucune odeur suspecte n'avait donc attiré l'attention des passants et personne, sauf l'assassin n'avait depuis pénétré dans la maison. André B. était comme momifié.

Le crime était presque parfait!

Tout le monde avait cru à l'hypothèse de la fugue d'un adulte désireux de refaire sa vie ailleurs. Devant l'absence de mouvements sur le compte en banque de la victime et l'apparente décontraction du gendre, les gendarmes envisageaient cependant de relancer discrètement leurs investigations.

Le hasard a voulu qu'un jour de mai, une jeune femme prenne la plume pour confier son angoisse à notre équipe et que sept mois plus tard l'émission passe à 20 h 30, rendant possible ce qui ne devait être qu'une banale enquête de voisinage.

Le secret de l'instruction n'a pas permis de révéler les circonstances invoquées par l'assassin lorsqu'il a avoué son crime aux gendarmes en conclusion de cette tragique journée, ni pourquoi il n'a pas tenté de faire disparaître le corps.

Le procès, à son heure, permettra surtout de répondre à la question que se posent encore tous les enfants d'André B.

« Pourquoi donc a-t-il fait cela? »

De l'OAS à l'Agence juive

L'histoire de Jean-Pierre « Dadoon » Petit est beaucoup moins dramatique. Elle remonte aux débuts de *Perdu de Vue*, lorsque nous passions en deuxième partie de soirée. Le hasard y a aussi joué un rôle important. Il nous a même pris, si l'on peut dire, de vitesse. Mais il est resté à Jean-Pierre un surnom que beaucoup attribuent à une lointaine origine américaine! La réalité est bien plus étrange. Dadoon s'écrit en réalité Dadoune. C'est un nom juif sépharade, assez répandu. Suffisamment, en tout cas, pour que Jean-Pierre, dont c'était aussi la première enquête pour l'émission, en devienne totalement obsédé jusqu'à le répéter plusieurs dizaines de fois par jour.

Une de nos correspondantes avait écrit dès le début des émissions pour nous demander de retrouver une partie de sa famille, les Dadoune, dont elle avait été brutalement séparée à la suite des Événements d'Algérie.

Cette femme, Rose, avait épousé un catholique alors qu'elle était de confession israélite. Très amoureuse, elle avait réussi à obtenir l'accord de sa mère et de ses trois frères ainsi que son émancipation car elle avait, à l'époque, à peine dix-sept ans. C'était en 1953.

Peu après leur mariage, les nouveaux époux quittaient l'Algérie pour la France.

1958, en pleine guerre d'Algérie, l'un des frères de Rose devient membre actif de l'OAS tandis que le second continue à exercer son métier de tailleur. Le cadet poursuit ses études dans un lycée d'Alger.

1962. La famille Dadoune est rapatriée en métropole. Rose est, au fond d'elle-même, ravie de retrouver une famille qui lui manquait depuis près de dix ans.

Mais le passé politique, les actions clandestines de l'un des frères conduisent brutalement les quatre personnes finalement retrouvées, à disparaître sans laisser d'adresse.

Lorsqu'elle prend contact avec nous, Rose n'a plus aucune nouvelle d'eux depuis 1962, c'est-à-dire près de trente ans.

Que sont devenus les frères Dadoune, pourquoi la mère a-t-elle disparu sans un mot d'adieu. Où sont-ils allés? Ont-ils été les victimes de quelque guerre secrète? A-t-on caché à Rose d'autres éléments?

Elle joignait à sa lettre quelques détails plus personnels sur son histoire, ainsi qu'un certain nombre d'hypothèses formulées à l'époque par des proches. Mais la piste potentielle s'interrompait quelques mois plus tard; les personnes ayant appartenu au même réseau OAS étaient rares. Et pas du tout coopératives!...

Personne n'avait connu de « Dadoune », ce qui en soi, étant donné les circonstances, n'était pas très étonnant. Dans l'OAS, la sécurité de tous était en général assurée par l'utilisation de pseudonymes.

Nous tenions beaucoup à mener cette enquête à son terme, à cause de la personnalité attachante de cette femme. Elle aussi était victime de ces tragiques événements auxquels pourtant elle n'avait pas participé.

Jean-Pierre, conscient de l'intérêt de cette affaire, multipliait les contacts. Il avait alerté toutes les associations religieuses ou politiques susceptibles de nous fournir une information sur le destin de « notre » Dadoune.

Ajoutez à cela un nombre assez impressionnant de personnes portant ce nom dans toute l'Europe jusqu'en Afrique du Nord, et vous comprendrez que « Dadoune » soit devenu pour nous, en l'espace de quelques semaines, synonyme de Jean-Pierre. Il avait littéralement inondé de télégrammes tous les Dadoune qu'il avait pu trouver au cours de ses multiples contacts et, recevant un texte généralement laconique : « Rappeler TF1 de toute urgence », les Dadoune rappelaient chaque jour de 8 heures du matin à 8 heures du soir !

A plusieurs reprises « Dadoon », pardon Jean-Pierre, fit irruption dans le bureau de la production avec des airs de conspirateur ravi, nous disant : « Cette fois, je crois que c'est le bon ! » Mais ça n'était malheureusement jamais le bon !

Jusqu'au jour où, d'un commun accord, il fut demandé à Jean-Pierre de prendre en main une autre affaire. Le temps passant, nous ne pouvions nous permettre de dilapider les forces d'une équipe peu nombreuse au risque de rater d'autres retrouvailles car nous avions une émission par mois qui, elle, tombait à date fixe et il n'était pas question de nous retrouver sans enquête aboutie à quelques jours du direct.

Mais « Dadoon » est tenace et nous le voyions rester au bureau encore plus tard qu'à l'habitude alors que l'enquête que nous lui avions confiée était bouclée depuis longtemps. « Qu'est-ce que tu fais ici à cette heure, Dadoon?

– Rien... ou plutôt si... j'attends un coup de fil de...

c'est une famille Dadoune que j'ai repérée dans tel pays... ou dans telle région... »

Les mois passèrent, Dadoune était devenu Dadoon... lorsque le téléphone sonna un matin... « Dadoon, c'est pour toi ! »

Jean-Pierre prit l'appareil, écouta quelques minutes sa correspondante, puis poussa un véritable hurlement de joie en esquissant, sans lâcher son téléphone, quelques pas de danse. Il se tourna vers nous et dit, aussi fier et ému que s'il avait lui-même vécu la chose : « C'est Rose, elle vient de recevoir un message mystérieux qui semble lui indiquer que son frère est en Israël et cherche à la retrouver. Il s'est adressé comme nous, à l'Agence juive, un organisme qui, suite à l'holocauste, effectue des recherches en vue de faciliter les retrouvailles des survivants parfois isolés les uns des autres à des milliers de kilomètres de distance. »

Toute la famille de Rose avait émigré en Israël sans la mettre au courant, de peur qu'elle ne sache garder le secret, en raison des choix politiques de son frère. Puis, Rose avait déménagé et donc involontairement coupé les ponts avec les siens, bien que ces derniers aient décidé en vain, quelques mois plus tard de reprendre contact avec elle.

Ces retrouvailles se sont donc faites à des milliers de kilomètres de Paris, mais l'annonce de leur réussite a été vécue par toute l'équipe comme la manifestation d'un hasard extraordinaire : grâce à notre intervention, les coordonnées de Rose étaient parvenues à l'Agence juive qui, elle-même, la recherchait à la demande de ses frères et de sa mère, disparus vingt ans plus tôt.

Atmosphère, atmosphère

Parmi tous nos souvenirs, la première de *Perdu de Vue* sur l'antenne de TF1, le lundi 17 septembre 1990 à 23 heures, occupe, on le comprendra, une place à part.

Il faut imaginer le séisme intérieur que représente une première émission pour tous ceux qui y sont associés, de près comme de loin : que ce soit à la présentation, comme à la réalisation, pour l'ensemble des producteurs, « LA » chef d'unité (les regards(!) de Pascale Breugnot!!), comme pour le collaborateur le plus modeste, tous sont conscients que les efforts déployés depuis des semaines, voire des mois, vont aboutir dans un instant à soixante-dix minutes de bonheur ou de calvaire.

Car il n'y a pas de milieu. Sur le moment, on ne peut imaginer que deux issues : ou l'on passe l'examen avec succès, ou l'on est recalé! L'enfer ou le paradis!

Du côté du présentateur, on voudrait pouvoir annuler le temps, gagner ne serait-ce que quelques malheureuses minutes afin de jeter une dernière fois un œil sur les fiches qu'on a mis des heures à mettre au point et qui semblent maintenant mal conçues, illisibles, trop complexes, oubliées...

« Encore une minute, monsieur le bourreau », pour mémoriser le déplacement que la réalisatrice vous a indiqué, qu'il ne faut pas effectuer dans tel sens (mais lequel bon Dieu ?), sous peine de créer sur le plateau une collision de caméras, certes moins dangereuse qu'un accident de la circulation, mais assurément fatale pour cette première qu'on espère tant ne pas rater.

Sur un plateau de télévision, il y a autant de possibilités objectives de catastrophe qu'il y a de personnes présentes! Car l'erreur est humaine. Chacun maîtrise une parcelle de l'ensemble, cette sorte de monstre que constitue un grand direct de télévision où tout doit avoir été prévu, y compris l'imprévisible, où l'improvisation apparente vient d'une préparation sans laquelle il serait impossible de réussir l'aventure. Chacun, dans les équipes techniques, marque le trac qu'il partage avec vous par une petite attention, une vérification de dernière minute, une pile qu'on change au micro, une caméra qui modifie sa position de quelques centimètres.

Et le temps court...

« Les pubs! Antenne dans trois minutes! » hurle le chef de plateau, pour que chacun reçoive bien l'information.

A trois minutes, c'est la respiration qui s'accélère, le souffle qui brûle soudainement les poumons, la tête qui se vide...

A deux minutes c'est le dernier coup d'œil sur la première fiche, celle qui va servir de pense-bête pour donner le sommaire du nouveau programme, et qu'on a soigneusement égarée en croyant la mettre de côté dans une poche de la veste, mais laquelle?

A une minute, on s'aperçoit que tout le monde sur le plateau vous regarde avoir peur! Et vous constatez alors que vos invités sont pétrifiés, cloués sur leurs sièges comme des insectes épinglés vivants par un entomologiste sadique.

Jamais ils ne pourront, tout à l'heure, vous raconter avec humour ou émotion comme ils l'ont fait il y a une semaine, dans le cadre rassurant de votre bureau, l'histoire extraordinaire dont ils sont les héros. Il faut les rassurer d'urgence! Sourire, ne pas avoir l'air malade, sortir une énorme bêtise qui va au moins détendre l'atmosphère, et les amuser comme les enfants qu'on trompe en leur disant : « Ne t'inquiète pas, le docteur est un gentil monsieur, il ne te fera pas mal ! Regarde le livre comme il est drôle ! »

« Est-ce que ma braguette est bien fermée ? »

C'est gagné ! Pris à contre-pied, leur trac s'est échappé d'eux, comme l'air qui fuse d'un ballon crevé, à la faveur du rire automatique que vous avez provoqué. Leurs visages se sont éclairés ; ils doivent penser : « Bon ! si le présentateur dit des bêtises à deux minutes de l'antenne, c'est que tout va bien ! »

Les pauvres, s'ils savaient... On a envie de tout sauf d'être drôle. En fait, on se dit encore une fois : « Mais pourquoi je fais ce métier de malade ? Pourquoi je n'ai pas choisi un boulot bien " pépère ", où on ne passe pas un examen chaque année sous peine de voir son salaire divisé par deux ou sa notoriété s'effondrer en quelques secondes, comme une mauvaise action dont la cote plonge en Bourse, un certain lundi noir [1] en plus(!), faute de confiance des investisseurs. »

Vos investisseurs sont tous là, ce soir ! Il n'en manque pas un, même ceux qui payent d'habitude avec des chèques en bois ! Ceux dont le pouvoir tient en un jugement généralement sans appel et qui savent dans quelle oreille ils peuvent hurler bien fort leur définitive condamnation.

Il y a aussi tous ceux dont le métier est de vous regarder tranquillement chez eux, en buvant peut-être lentement la bière dont vous crevez précisément d'envie en ce moment. Ceux qui tueraient père et mère pour un bon mot. Ceux dont le verbe touche et blesse aussi sûrement que des balles de fusil.

1. *Perdu de Vue* était déjà diffusée le lundi.

« L'antenne dans 30 secondes ! »

Alors, il va falloir gagner une fois encore, pour continuer à vivre la vie que vous avez choisie : celle d'un galérien paresseux, d'un forçat « qui préfère boire du champagne à Cayenne que casser des cailloux à Épernay ». Avec l'illusion d'être, en toutes circonstances, votre propre patron, car vous avez en plus décidé un jour de créer vous-même les clients qui achèteront votre produit favori : vous!

Et puis, vous vous dites, à temps, qu'il y a aussi ceux qui vous font confiance, qui pensent que vous avez mis longtemps « à percer », comme on dit chez eux, et qui sont là ce soir parce que, intuitivement, ils savent que vous ne les menez pas en bateau, et que vous êtes quelqu'un de sincère... ils vous « suivent » depuis si longtemps.

Vous pensez aussi à ceux qui vous ont fait confiance, aux professionnels qui vous ont donné la chance de devenir ce que vous étiez, sans le savoir vraiment. Et vous ne pouvez pas les décevoir ceux-là. Car ils vous ont accueilli dans leur famille.

« Top générique ! »

« Bonsoir, merci d'être là pour cette nouvelle émission sur TF1... »

Le type qui parle a l'air de cet autre vous-même, celui que vous commencez à connaître par cœur depuis le temps ! Dès demain vous allez d'ailleurs le voir de près et le revoir encore sur la VHS qui tourne en ce moment au bureau.

Demain il faudra analyser chaque seconde de cette première.

Vous la regarderez et l'écouterez encore plus férocement que n'importe quel critique car vous, vous savez ce qu'il aurait pu dire et qu'il a oublié dans le feu de l'action, cet abruti! La question, que vous aviez mis si longtemps à mettre au point... envolée! C'est une autre émission qui se déroule là tout à côté de vous.

Mais pour l'heure il n'est pas encore temps de régler vos comptes avec vous-même, il y a une émission à faire... le reste, on verra demain.

Yannis

Il y avait ce soir-là, lors de la première de *Perdu de Vue*, les parents de Yannis, ce petit garçon disparu seize mois plus tôt, à l'âge de trois ans, dans des circonstances troublantes. A l'époque, on nous a beaucoup critiqués d'avoir « profité d'un malheur pour vendre de la télévision-spectacle ».

Il se trouve que nous n'avons pas voulu mêler, à l'époque, ce couple admirable à la polémique détestable qui a suivi la diffusion de l'émission. Nous avions ouvert l'antenne à des parents qui continuent encore aujourd'hui à espérer contre vents et marée et qui cherchent, par tous les moyens, à obtenir une infime raison de continuer à croire que leur petit garçon est quelque part, bien vivant.

Pascaline et Gérard Moré nous écriront après leur passage dans *Perdu de Vue* : « Vous n'avez pas retrouvé Yannis, mais vous nous avez offert quelque chose qui a une grande valeur pour nous. Vous avez empêché l'oubli de faire son œuvre, vous nous avez sortis de la solitude dans laquelle nous étions depuis ce mois de mai 1989... »

Deux ans plus tard, lors de la dix-huitième édition de *Perdu de Vue*, les parents de Yannis seront à nouveau les invités de notre émission, et il nous plaît de penser que, si quelque chose de positif advient un jour dans cette affaire, nous y aurons été pour quelque chose. Nous ne cherchions pas à « vendre » de la télé-spectacle, nous voulions mettre la télé au service des gens qui désireraient s'en servir! L'exemple de ce qui s'est passé à deux ans de distance nous semble significatif de ce que nous désirions faire dès le début. C'est pourquoi, sans revenir trop en détail sur cette toute première émission, il est bon de rappeler les faits de mai 1989 et l'événement qui a pris place, quelques semaines seulement avant la parution de ce livre, sur TF1 dans *Perdu de Vue*, très exactement en avril 1992.

« Mes bras sont vides », disait en été 1989 Pascaline Moré sur une affiche montrant la photo d'un petit garçon de trois ans disparu depuis le mois de mai à Ganagobie, un petit village des Alpes de Haute-Provence : son fils, Yannis.

Que s'est-il passé?

Nous sommes le 2 mai 1989. C'est le jour du maire dans cette petite commune située entre Manosque et Sisteron. Les enfants sont donc en vacances.

Ce matin-là, le petit Yannis Moré aide ses frères aînés, Jean-Baptiste (dix ans), Florian (huit ans) et Bastien (six ans), à construire une cabane sur un terrain qui surplombe la maison. Pascaline, leur mère, peut les voir jouer de sa fenêtre. Vers dix heures, les grands-parents des enfants arrivent, comme prévu, pour passer la journée en famille.

Yannis est toujours là.

Quelques instants plus tard, deux des enfants reviennent vers la maison pour chercher des outils qui leur permettront d'achever leur construction. Yannis les suit, mais ils vont trop vite pour lui et il part en direction de la maison voisine pour, dit-il, aller voir les petits chiots qui viennent de naître quelque heures plus tôt chez les voisins immédiats des Moré.

Une vingtaine de minutes s'écoulent.

Les grands-parents et Pascaline appellent Yannis. Il est 10 h 45.

Yannis ne répond pas. On s'aperçoit très rapidement qu'il n'est jamais allé chez les voisins, et personne ne l'a vu dans le village composé de quelques dizaines de maisons seulement (cent habitants).

L'enfant s'est volatilisé sans laisser de traces.

Que s'est-il donc passé entre 10 h 15 et 10 h 45?

Personne, jusqu'à présent, n'a pu répondre à cette angoissante question.

L'alerte a été donnée vers 11 heures par le père de l'enfant, Gérard Moré, cadre commercial, mis au courant de la disparition de Yannis dès son arrivée à la maison. Les gendarmes étaient là à 13 heures.

Tout au long de la semaine qui a suivi, près de six cents personnes, gendarmes, militaires, sapeurs-pompiers, chasseurs-alpins de Briançon et bénévoles venus de toute la région, ont passé tout le territoire de la commune au peigne fin. Sans succès.

Chiens policiers, hélicoptères, tous les moyens mis en œuvre n'ont pas permis de retrouver un seul indice qui aurait pu mettre les enquêteurs sur une piste sérieuse. L'odorat des chiens a malheureusement été perturbé par les diverses senteurs naturelles, en particulier le thym sauvage dont l'odeur est très forte à cette époque de l'année...

On sait simplement qu'un enfant de trois ans ne peut pas se déplacer à plus de 3 kilomètres par heure. Si l'on compte largement, de 10 heures à 14 heures, par exemple,

Yannis ne pouvait pas, compte tenu du terrain accidenté, s'être éloigné de plus d'une dizaine de kilomètres de Ganagobie. Une zone beaucoup plus large a été fouillée systématiquement, on peut dire presque centimètre carré par centimètre carré.

L'hypothèse la plus vraisemblable, celle de l'accident, a été écartée par les parents de Yannis après plusieurs semaines de recherches minutieuses.

Difficile de croire en effet, même s'il y a une falaise située à 900 mètres du village, que le petit garçon ait pu tomber dans un endroit que ni hommes ni chiens n'auraient réussi à trouver à l'issue de dizaines de battues organisées avec la participation d'anciens du village, connaissant parfaitement la région.

Reste la thèse de l'enlèvement ou du meurtre commis par un fou. Mais qu'aurait-il fait de Yannis?

Cette thèse de l'enlèvement s'appuie sur un certain nombre d'éléments qu'il est bon de rappeler. D'abord, Yannis n'est pas un petit garçon casse-cou ou aventurier, on ne l'imagine pas allant seul explorer les alentours.

Ganagobie est un village calme, partiellement vidé de ses habitants par le pont du 1er mai. Près de la maison passe un sentier qui conduit à un site touristique réputé : un prieuré qui attire vingt-cinq à trente mille visiteurs par an.

Le village est une sorte de cul-de-sac, peu de voitures étrangères y passent, excepté parfois celles qui se trompent de route pour aller au prieuré.

D'ailleurs, Tiphaine, la fille aînée des Moré, affirmera avoir vu une voiture de marque Peugeot, grise, immatriculée dans le département à l'heure où aurait disparu Yannis. Les recherches menées dans cette direction n'ont rien donné.

Pendant trois semaines, une femme inconnue a téléphoné chaque jour aux Moré pour leur dire : « C'est moi qui ai Yannis, vous ne le reverrez plus mais je m'en occupe bien. » Appel d'une déséquilibrée? Méprisable plaisanterie?

Seize mois plus tard, l'enquête s'enlise, les battues n'ont pas été concluantes, aucun témoignage significatif n'est parvenu aux parents malgré les milliers d'affiches apposées dans toute la région. Mais on n'a pas retrouvé le corps de l'enfant. Il faudrait imaginer un moyen de susciter de nouveaux témoignages car, si Yannis est encore vivant, son ou ses ravisseurs se manifesteront peut-être d'une manière ou d'une autre...

C'est cette intime conviction qui a mené les parents Moré sur le plateau de *Perdu de Vue* dès notre première émission, le 17 septembre 1990.

Les témoignages parvenus ce soir-là, par le canal de SVP, ont tous été vérifiés, sans succès.

Mais, un fait nouveau et particulièrement troublant est survenu quelques semaines plus tard : à deux kilomètres du village, un chasseur découvre les petites chaussures, bicolores (gris clair et gris foncé) que portait Yannis le jour de sa disparition. « Les lacets étaient défaits », dit Gérard Moré. Or Yannis était trop petit pour enlever et mettre des chaussures tout seul...

« Elles étaient toutes neuves, dit Pascaline, un coup de cirage dessus et elles auraient été impeccables ».

Or, les équipes de recherches sont passées des dizaines de fois à ce même endroit, sans jamais rien trouver.

Si l'on suit la route forestière au bord de laquelle on a retrouvé ces chaussures, on arrive au sommet d'une colline surplombant la route nationale qui passe en contrebas.

C'est d'ailleurs à cet endroit que de nouveaux enquêteurs trouvent successivement le blouson d'aviateur kaki et le pantalon de jogging rouge que portait Yannis le 2 mai 1989. La chaîne de baptême de l'enfant sera également retrouvée sur place.

L'analyse des vêtements, effectuée par un laboratoire de police scientifique, précise, selon M. et Mme Moré, qu'il a été impossible de mettre en évidence une trace de moisissure ou de décomposition.

Les vêtements sembleraient avoir été « déposés » récemment, et donc intentionnellement, sur le lieu de leur découverte.

Ces faits nouveaux confortent les parents de Yannis dans l'hypothèse de l'enlèvement.

C'est à cette découverte tardive, ayant suivi de peu l'émission de septembre 1990, qu'ils se raccrochent pour considérer que leur fils est toujours vivant aujourd'hui.

Mais alors pourquoi cette malsaine et macabre mise en scène, un an et demi après la disparition de l'enfant?

S'il est toujours vivant, ce que Gérard et Pascaline Moré veulent continuer à croire de toutes leurs forces, Yannis aurait eu six ans le 13 mai 1992.

Un enfant de cet âge va à l'école, il a besoin parfois d'un médecin... Quelqu'un, quelque part l'a certainement vu.

Enfants perdus : L'espoir

C'est dans le but de relancer les recherches que, le 13 avril 1992, les parents de Yannis sont à nouveau sur le plateau de *Perdu de Vue*. Nous les y avons invités car, pour la première fois en Europe, un procédé informatique révolutionnaire, expérimenté aux États-Unis, va être mis au service de jeunes disparus français : Yannis mais aussi Alain Gaudry dont on est sans nouvelles depuis sa disparition en 1984, à l'âge de seize ans.

Ce logiciel mis au point par l'association américaine *National Center for Missing and Exploited Children* permet de « vieillir » scientifiquement les traits d'un enfant disparu et lui donne ainsi le visage qu'il aurait aujourd'hui. Horace Haeffner, ancien membre du FBI, spécialiste de l'informatique en matière criminelle, est venu en personne sur le plateau de TF1 pour expliquer comment il a mis au point cette technologie. Ernie Allen, le président de l'association, était également présent en compagnie d'une famille américaine ayant retrouvé son petit garçon grâce à ce procédé.

L'histoire de Julian Galbraith, vaut d'être racontée car elle montre l'utilité – et les limites – du procédé photographique permettant de faire imaginer « scientifiquement » par un ordinateur la modification des traits qui a pu s'opérer en quelques années sur le visage d'un jeune enfant.

Julian est né le 28 avril 1984. En mars 1986, Cynthia, sa mère, annonce à son mari qu'elle a l'intention de divorcer. A plusieurs reprises celui-ci essaye de la dissuader, tout en la menaçant, au passage, si elle persiste, de quitter leur ville de Kurland (État de Washington) en compagnie de leurs fils, et il ajoute : « Tu ne le reverras plus jamais ! »

Le 24 mai de la même année, Cynthia rentre chez elle vers 17 h 15 après sa journée de travail. Elle appelle, comme elle le fait chaque jour, l'étudiante qui garde Julian pendant la journée. Pas de réponse. Il n'y a personne à la maison. La chambre de son fils, où elle se précipite immédiatement, est vide. Toutes ses affaires, sans exception, ont été emportées. Son mari a mis sa menace à exécution.

Cynthia alerte la police qui ouvre aussitôt une enquête. On découvrira en quelques jours, mais trop tard, que M. Galbraith avait tout soigneusement préparé de longue date. Il avait quitté, avec l'enfant, l'État de Washington le jour même de l'enlèvement, pour aller en Arkansas se faire établir un nouveau passeport sur lequel Julian avait été enregistré. Puis, il avait quitté, dès le lendemain, le territoire des États-Unis par un vol en direction de l'Europe.

Cynthia Galbraith n'aura aucune nouvelle de son fils pendant les cinq années suivantes!

Au cours de 1990, elle prend contact avec le *National Center* et obtient un portrait « vieilli » de son fils qui est diffusé sur tout le territoire des États-Unis. Les agents du FBI en reçoivent, pour leur part, plusieurs dizaines d'exemplaires.

Lorsque Cynthia Galbraith voit cette photo, elle a du mal à reconnaître son propre enfant, disparu bébé, à l'âge de deux ans. Le document représente un garçonnet de sept ans, souriant sous sa frange de cheveux blonds, qui semble la regarder comme un étranger.

C'est pourtant ce document qui permettra aux policiers de St Petersburg (Floride) d'identifier formellement Julian lorsque son père et lui se présentèrent en octobre 1991 au domicile d'un vieil ami de M. Galbraith.

Cet homme était sous surveillance depuis plusieurs semaines, régulièrement interrogé par la police locale. Menacé d'être aussi lourdement condamné que le kidnappeur s'il ne coopérait pas avec les autorités, il craqua et donna la date de leur prochain rendez-vous.

Comment la police a-t-elle su que M. Galbraith était

de retour sur le territoire des États-Unis? Vraisemblablement à cause de la photo très largement diffusée dans tout le pays. Plusieurs témoignages concordants auraient signalé la présence de l'enfant dans l'État de Floride où son père l'avait inscrit, deux mois plus tôt, dans une école privée. Cette information, traitée par le FBI, aurait conduit à une enquête sur les éventuelles connaissances de Galbraith dans cet État, et finalement au domicile de ce vieil ami qui devait craquer au bout de quelques interrogatoires.

Le conditionnel est de rigueur, dans la mesure où le FBI se montre toujours avare de renseignements quant à ses moyens précis d'investigation, surtout lorsque ce sont des journalistes qui posent les questions!

Après l'arrestation de son ex-mari, Cynthia est aussitôt prévenue par le FBI. Elle obtient l'autorisation d'aller immédiatement chercher son fils en Floride, en compagnie de son nouveau mari, William Smith.

Lors de son séjour à Paris avec Julian et William, elle nous confiait que la photo l'avait beaucoup aidée à se préparer aux retrouvailles avec son petit garçon. Lorsqu'ils ont été mis en présence, elle avait pu depuis près d'un an admettre comme celui de son fils ce visage d'enfant de sept ans, car la photo d'ordinateur était extraordinairement proche de l'aspect réel de Julian.

Depuis huit mois, Julian apprend donc petit à petit, la vie de famille avec sa mère et son beau-père qui l'a aussitôt adopté. Mais il lui faudra encore de longs mois avant de se sentir « comme tout le monde », en effet, Julian a passé cinq années à voyager à travers le monde presque sans interruption, car son père voulait brouiller les pistes et échapper au mandat de recherche international qui avait été lancé contre lui par la police des États-Unis.

En arrivant en Europe, en 1984, ils se sont d'abord installés quelques semaines en Italie, puis ce furent, successivement, l'Irlande, la Belgique, la France, l'île de Trinidad où ils passèrent près d'un an avant de reprendre la fuite vers le Canada, et enfin à l'été 1991 le retour aux États-Unis, dans l'État de Floride.

Au cours des dernières années, Julian n'a fréquenté aucune école. Des cours particuliers lui étaient donnés à domicile. Il n'a pas été éduqué comme un petit Américain normal : les fêtes nationales, par exemple, lui sont inconnues. Peu à peu, il découvre la Saint-Nicolas (l'équivalent américain du Père Noël), Hallowe'en (sorte de carnaval) et le Thanksgiving Day...

Mais il y a plus grave : son père lui a fait croire pendant cinq ans que sa mère était morte. Il lui a également appris à ne jamais s'approcher d'un policier, sous peine d'être frappé et emmené en prison !

Ce témoignage bouleversant nous permet de sensibiliser l'opinion française et, au cours de la même émission, Ernie Allen nous apprend qu'aux États-Unis une véritable chaîne nationale de solidarité réunit des dizaines de grandes entreprises, notamment dans le domaine de l'agro-alimentaire, qui diffusent sur les emballages de leurs produits les photos des enfants disparus.

C'est ainsi qu'on peut voir des photos imprimées sur des packs de lait, des sacs de jardinerie, des briquets, des boîtes de jouets, sans compter les dépliants publicitaires qui font une place au portrait d'un enfant dont on est sans nouvelles. Nous lançons alors aux téléspectateurs français un appel qui sera rapidement entendu, à en juger par le nombre de coups de téléphone à SVP.

Naissance d'une campagne

En quelques minutes, plusieurs dizaines d'appels de solidarité nous parviennent : des commerçants, des directeurs de journaux gratuits, des rédacteurs de bulletins professionnels, des employés de différentes administrations appellent le standard pour proposer de diffuser gratuitement la photo de Yannis.

Parmi ces appels, celui du publicitaire Jacques Séguéla qui propose généreusement de concevoir une affiche, puis de faire régulièrement une grande campagne au service des enfants disparus dans les couloirs du métro et à l'intérieur des bus, à Paris et en province.

Il a su convaincre, en quelques minutes, son client et ami, Gérard Gros, le patron de « Métrobus », agence propriétaire de ces espaces publicitaires qui assureront à chacune de ces photos plusieurs millions de regards solidaires. Des regards contre l'oubli, avec l'espoir que l'un d'entre eux pourra enfin faire sortir les parents d'un enfant disparu de leur cauchemar quotidien.

La publicité au service des enfants disparus!

Les esprits chagrins y verront, comme d'habitude, des arrière-pensées marchandes ou médiatiques. Qu'importe!

Un vieux philosophe, à qui de jeunes et brillants penseurs venaient de prouver, équations à l'appui, que le mouvement n'existait pas, avait trouvé pour toute réponse de se lever et de bouger sans cesse pendant toutes ces savantes démonstrations... Nous aussi, à travers *Perdu de Vue*, nous croyons avoir souvent prouvé le mouvement en marchant et nous comptons continuer à le faire le plus longtemps possible.

En réunissant sur le plateau de TF1 des parents d'enfants français disparus et les représentants de la plus puissante association américaine en matière de protection de l'enfance, nous souhaitions avant tout provoquer dans notre pays un véritable mouvement de solidarité et de prise de conscience.

Ce but semble atteint. Une première campagne diffusant la photo de Yannis est en cours de réalisation. Nous espérons qu'elle sera suivie d'autres dès l'automne 1992 avec l'appui d'une grande association française « Enfance et Partage ».

« Enfance et Partage » offre son réseau multidisciplinaire de spécialistes de la protection des enfants en danger moral ou physique et surtout un numéro vert qui permet de recevoir des appels gratuits 24 h sur 24 au 05-05-12-34.

Dans l'avenir, cette association pourrait constituer l'intermédiaire souhaité par les industriels qui redoutent d'être submergés par les demandes de familles en détresse à l'issue de la première campagne.

Après deux ans d'existence, *Perdu de Vue* atteint ainsi les limites de ce que peut faire une émission de télévision en matière d'action sociale, mais le mouvement est lancé, il est relayé par d'autres bonnes volontés, grâce à qui les idées nées à l'antenne vont pouvoir continuer à se développer. Cela aussi constitue pour l'équipe de notre émission une très grande fierté car cette solidarité née à l'antenne montre que la société française a changé, que les mentalités se sont modifiées en profondeur, que le public demande maintenant autre chose que du strass et des paillettes aux heures de grande écoute, et qu'il ne demande qu'à sortir de sa passivité habituelle devant le petit écran.

« J'ai tout perdu »

L'essor du projet concernant les enfants disparus, avec l'aide de publicitaires et d'une grande association, reproduit, en fait, une autre initiative prise par *Perdu de Vue* début 1992 : la mise à l'antenne de la nouvelle rubrique « J'ai tout perdu ».

Cette séquence s'est, en quelque sorte, imposée d'elle-même lorsque l'émission est passée en première partie de soirée.

Depuis de longs mois, nous trouvions dans le courrier de véritables appels au secours, souvent dits entre les lignes, par souci de dignité.

Certains nous exposaient des situations personnelles difficiles dont les conséquences seraient à terme le naufrage personnel et l'éclatement de la famille. Beaucoup de femmes élevant seules des enfants, sans travail, hébergées par des amis, dormant parfois par terre sur un simple matelas : il était impossible de rester insensibles devant l'expression pudique de telles détresses.

Nous avons donc décidé de venir en aide à ces « naufragés » sociaux, ces femmes et ces couples en voie de marginalisation. Ces futurs « nouveaux pauvres » manifestaient, dans leur grande majorité, leur désir de ne pas bénéficier de la pitié ou de la charité publique; bien au contraire, tous disaient être prêts à échanger un coup de pouce, un nouveau départ dans la vie contre leur seule richesse : l'envie de travailler.

Paradoxe, pour ces gens parvenus au seuil du dénuement extrême le poste de télévision constituait à la fois la trace de la vie « d'avant » (quand tout allait bien) et le seul contact avec l'extérieur. La plupart d'entre eux, en effet,

MESSAGES PERSONNELS

Retrouver ceux que l'on a perdus de vue : la télévision permet à des appels, des demandes, des cris anonymes d'être entendus, et leur donne un visage, une voix. En voici quelques-uns, tous tirés de l'émission, dans l'espoir que leur publication aidera à la rencontre désirée.
Les contacts établis, en dernière heure, au moment de l'impression, sont signalés car, pour toute l'équipe, sans nul doute... on n'abandonne jamais.

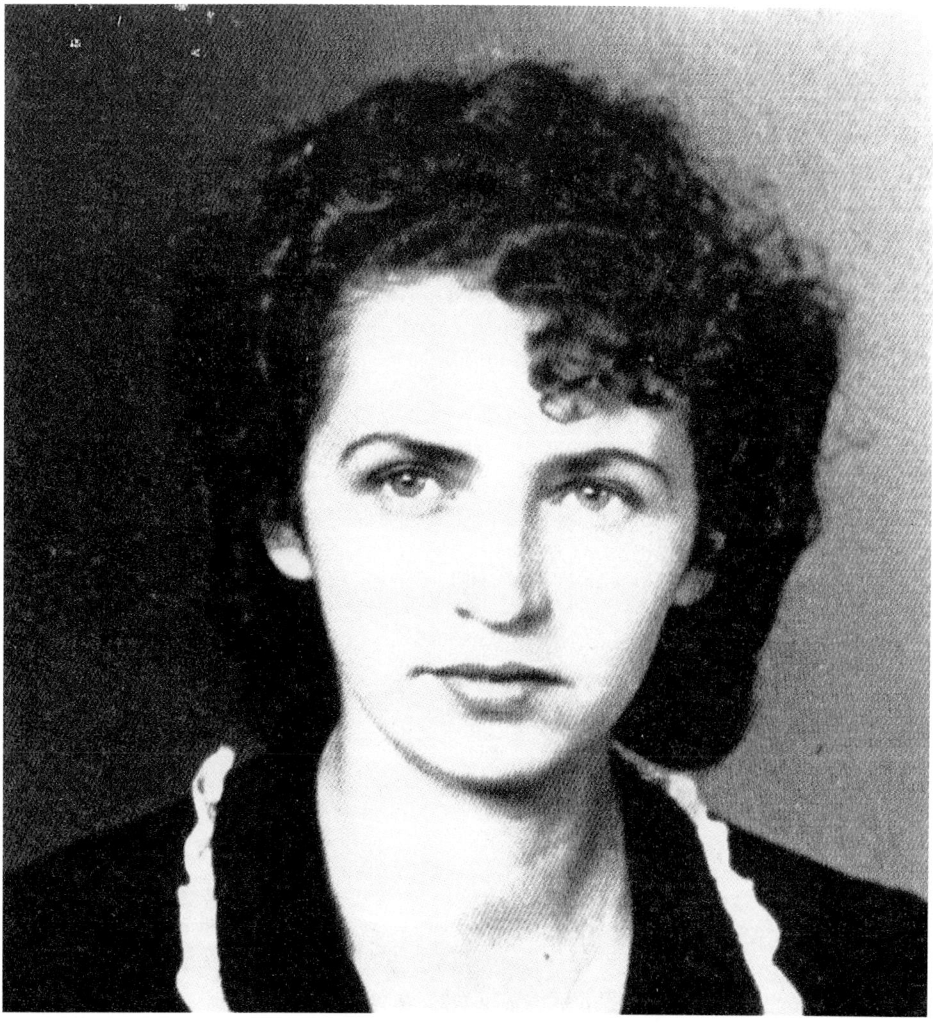

Jadwiga, la belle Polonaise.

De Jean A. à Norbert

Au cours de la bataille de Cassino durant l' hiver 1943-1944, j'ai fait un serment avec un de mes compagnons de combat, un ami. Nous étions tous deux soldats dans l'artillerie, et on s'est promis que si l'un de nous était tué, l'autre irait rencontrer la famille du défunt, pour témoigner de ses sentiments. Par chance, nous avons tous deux réchappés de la guerre, mais, le 8 mai 1945, une heure et demie après l'entrée en vigueur de l'armistice, André s'est noyé dans le Rhin.

J'ai naturellement honoré notre serment et je suis allé à Soissons - quartier Vert Muguet - embrasser la maman et rencontrer le petit frère, celui qu'André appelait "le Petit" quand nous combattions.

Je te recherche "le Petit".

Ton prénom, c'est Norbert et ton nom de famille c'est un prénom comme Pierre, Paul ou Jacques.

Tu avais environ douze ans en 1945. Aujourd'hui tu dois avoir une soixantaine d'années. Je veux te parler de ton frère qui t'amait tant. Il m'a tellement parlé de toi pendant la guerre

Diffusion le 9 septembre 1991. Quatre appels

CONTACT ÉTABLI

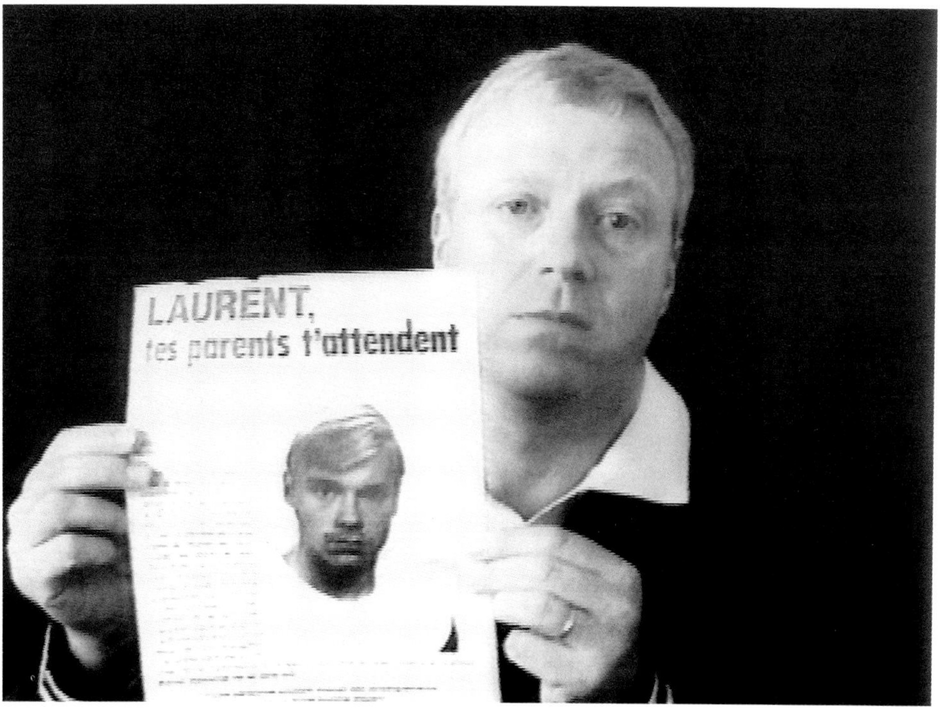

De Noël D... à son fils Laurent

Laurent,

Le 10 août 1987, tu étais en vacances à Gap et tu as disparu. Tu avais seize ans et demi. Aujourd'hui, tu as vingt ans et nous sommes toujours sans aucune nouvelle de toi.

Nous avons tout fait pour te retrouver. Nous avons envoyé ta photo à toutes les gendarmeries de France, et ton signalement a été transmis également en Allemagne et en Italie.

Es-tu vivant ?

Es-tu libre de tes mouvements ?

Si tu es parti volontairement, nous ne t'en voulons pas, mais fais-le nous savoir en nous donnant une certitude qu'il s'agit bien de toi. Réponds-nous.

Diffusion le 9 septembre 1991. Deux appels.
Recherche non aboutie.

De Hélène L… à Stéphane

Je m'appelle Hélène L…, j'ai quatre-vingt-un ans.

Il y a dix-neuf ans, je me suis brouillée très durement avec ma belle-fille. Mais voilà, elle avait un beau petit garçon, Stéphane, et c'est à lui que je lance ce message.

Stéphane, vous êtes né le 21 septembre 1966 à Paris. Dans quelques jours, Stéphane, vous aurez vingt-cinq ans. Je suis votre grand-mère. Je voudrais vous revoir après dix-neuf années de séparation forcée.

Je n'ai pas besoin d'argent, mais je veux seulement vous connaître. Ce message est mon dernier espoir pour te revoir avant de mourir. Cela fait dix-neuf ans que j'en rêve.

Je t'en prie, Stéphane, réponds à l'appel de ta grand-mère.

Diffusion le 9 septembre 1991. Trois appels.
Recherche non aboutie.

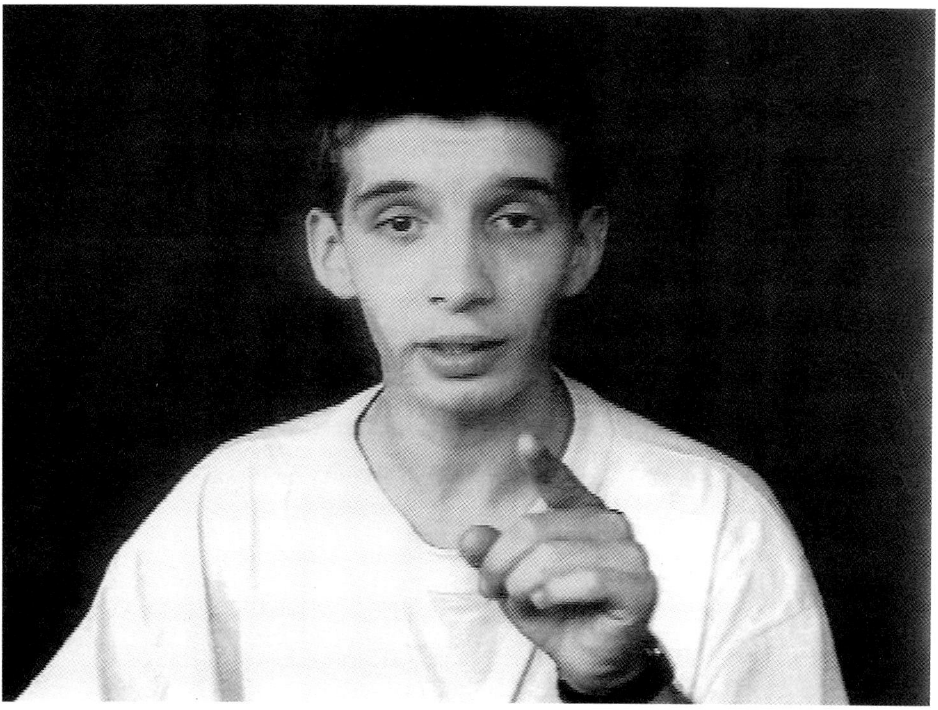

De Eric D. à son demi-frère Patrice

Je m'apelle Eric D., j'ai vingt et un ans, je lance ce message à Patrice mon demi-frère, qui est né le 27 juin 1970 à Paris.

C'est un peu compliqué, alors, écoute bien : nous avons le même âge tous les deux et ton père est devenu aussi mon père puisqu'il m'a adopté. Tu as peut-être une mauvaise opinion de lui car tu sais sans doute qu'il a toujours refusé de payer la pension alimentaire. Mais je crois qu'il avait de bonnes raisons.

Il m'a souvent parlé de toi. Tu étais tout petit, tu n'avais que deux ans quand a eu lieu la séparation et cela fait dix-huit ans que tu lui manques. Je suis donc ton demi-frère, Patrice; c'est important qu'on se connaisse et c'est très important pour ton père, pour notre père qui souffre énormément de ton absence.

Enfin, tu as sept demi-frères et sœurs qui meurent d'envie de te connaître.

Diffusion le 9 septembre 1991. Quatre appels.

CONTACT REFUSÉ

De Dominique G... au professeur
qui lui a prêté 400 francs.

Mon histoire s'est passée à Vitry-le-François, dans la Marne, en mars 1976. J'avais vingt-trois ans. J'étais assis sur un banc de la place d'Armes, juste en face du bar-hôtel " le Maxim ". Une jeune femme d'environ vingt/vingt-cinq ans est venue s'asseoir à côté de moi.

On engage la conversation et elle me dit qu'elle est professeur au CES des Indes à Vitry-le-François. Quand je lui donne mon nom, G... comme le prénom, elle m'explique qu'elle a dans sa classe un G..., je ne sais plus si c'était mon petit frère ou l'une de mes petites sœurs. On sympathise. Je lui dis que je suis au chômage, sans un sou et que j'attends un emploi aux PTT. Immédiatement et spontanément, elle propose de me prêter 400 francs, aujourd'hui cela représente environ 1 000 francs.

Mais voilà, j'ai été muté à Reims, à 90 kilomètres de Vitry-le-François et quand je suis revenu pour lui rendre les 400 francs, elle avait quitté la ville.

Voilà, c'est vous que je recherche. Je ne me souviens ni de votre nom ni de votre prénom, je sais seulement que vous étiez professeur au CES des Indes à Vitry-le-François, et cela fait quinze ans que j'espère vous revoir pour tenir ma promesse.

Diffusé le 9 octobre 1991. Un appel.
Recherche non aboutie.

De Désiré D… au marin allemand

C'était en avril 1945, j'étais prisonnier de guerre dans le camp de la Kriegsmarine à Dantzig. Un marin allemand s'est approché des barbelés et nous a demandé en bon français, car il était alsacien enrôlé de force dans la marine allemande, de l'aider à déserter.

C'est à toi que je lance cet appel.

A l'unanimité, nous avons décidé de t'aider. Le soir même, tu es revenu en vêtements civils et cette fois nous t'avons fait passer sous les barbelés pour rentrer dans notre baraque.

Là, tu as accepté que l'on détruise ta plaque d'identité militaire allemande, et c'était pour nous la preuve que tu n'étais pas un traître et que ta décision était irréversible.

Pendant trois semaines, nous t'avons nourri en partageant nos rations et nous t'avons caché dans la chaufferie des douches qui était du côté allemand. Tu as pu t'enfuir avant d'être démasqué.

Je suis sûr que tu te souviens de nous. Tu avais dix-huit/vingt ans et tu as donc environ soixante-cinq ans aujourd'hui. Le seul point de repère que j'ai de toi, c'est que tu travaillais, avant ta mobilisation, dans un hôtel du centre de Belfort.

Réponds-moi. C'est un souvenir très fort pour nous tous et c'est avec joie que nous voulons te retrouver.

Diffusion le 6 novembre 1991. Un appel.
Recherche non aboutie.

De Rose à sa mère

J'avais un mois le 20 avril 1956 lorsque ma mère m'a abandonnée dans la chambre n° 64 de l'Hôtel de la Vendée, à Nantes.

Maman - ce n'est pas facile pour moi de t'appeler maman - mais c'est à toi que je m'adresse. Cela fait déjà dix ans que je te recherche. J'ai comme seule indication que tu t'es présentée à l'Hôtel de la Vendée sous le nom de Jacqueline H.-M. Tu as dit que tu avais des papiers d'identité et que ta tante habitait rue Crébillon, la rue principale de Nantes.

Je ne sais pas si tout cela est vrai ou non. En revanche, je sais que je veux te rencontrer à tout prix, non pas pour te juger ou te culpabiliser, mais pour te connaître et t'aimer si tu le désires.

Je sais que ce ne sera pas facile pour toi de répondre à mon appel. Mais je suis sûre que ce sera aussi important pour toi que pour moi.

Ce serait vraiment merveilleux si tu appelais.

Diffusion le 6 novembre 1991. Aucun appel.
Recherche non aboutie.

De Béatrice C... à son amie Michèle

Je n'oublierai jamais ce que tu as fait pour moi Michèle.

Souviens-toi : tu étais ma meilleure amie. C'était en 1972, j'avais dix-huit ans. J'étais enceinte de quatre mois et mon père m'a mise à la porte de la maison. Alors que je voulais garder mon bébé.

Je ne savais plus où aller, et grâce à toi, j'ai pu trouver une place dans une maison maternelle, tout près de chez toi, à Châlons-sur-Marne. Tu venais me voir très souvent et tu m'as si gentiment soutenu le moral, alors que toute ma famille m'avait tourné le dos. Grâce à toi, j'ai pu accoucher plus tranquillement, car je savais que tu étais près de moi.

Grâce à toi encore, mon père a enfin compris qu'il avait eu tort de m'abandonner. Il est revenu me chercher et a accepté la présence de ma petite fille, Sandrine, qui a dix-neuf ans aujourd'hui.

Dix-neuf ans plus tard, je veux te revoir et te dire encore merci d'avoir su me tenir la main dans ce moment si difficile qui aurait pu devenir dramatique.

Revoyons-nous, Michèle. Tu te reconnaîtras sans d dans cet appel.

Diffusion le 4 décemb

CONTACT ÉTABLI

De Jeanne à sa petite-fille Laurélia

Laurélia, tu es née le 30 octobre 1973, à Drancy (Seine Saint-Denis) et tu es ma petite-fille.

Ton père - mon fils Guy - est décédé en 1975 d'une grave maladie. Depuis, je ne t'ai plus revue, et ta présence me manque douloureusement.

Je n'ai que la photo où ton père te tient dans ses bras et je pense à vous tous les jours. J'aurais tant voulu te gâter, te parler de ton papa que tu n'as pas eu le temps de connaître et d'aimer. Lionelle, ta maman, n'a pas souhaité garder des relations avec moi, malgré mes multiples démarches.

Maintenant que tu es majeure, tu as le droit de connaître cette partie de ta vie, Laurélia. Quoi que l'on t'aie raconté à mon sujet, réponds à mon appel, celui de Jeanne, ta grand-mère.

Laurélia, tu es née le 30 octobre 1973, à Drancy (Seine Saint-Denis), et tu es ma seule petite-fille.

Diffusé le 6 janvier 1992. Quatre appels.
Recherche non aboutie.

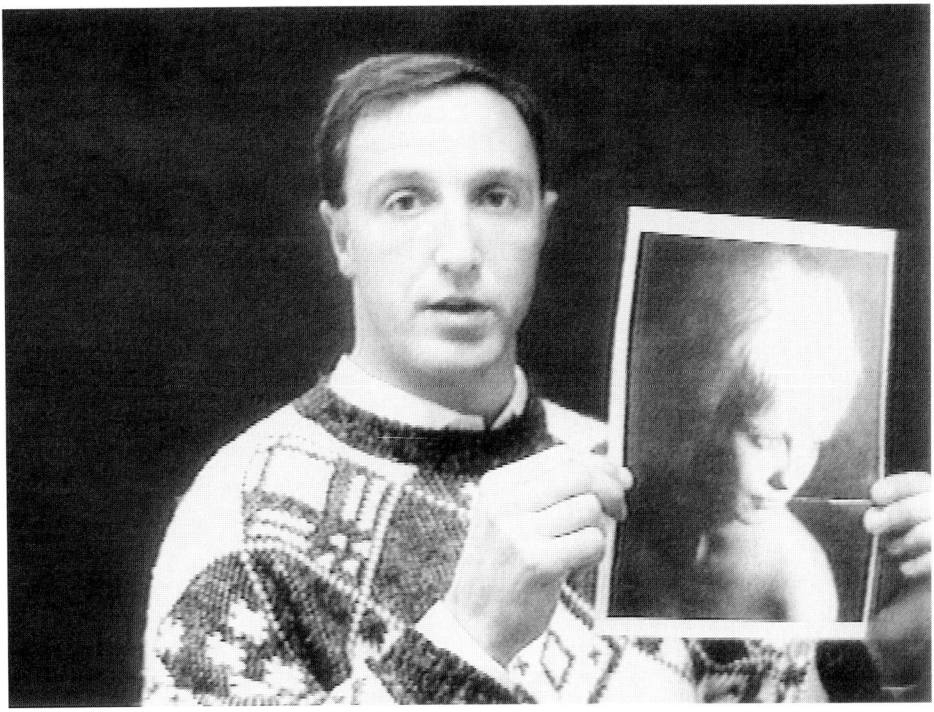

De Daniel D. à Fabienne, sa mère

Je m'appelle Daniel D., j'ai vingt-huit ans et je recherche ma mère.

Mon père m'a pris avec lui alors que j'étais tout bébé et il m'a confié à mes grands-parents. J'ai toujours entendu dire du mal de ma mère, qu'elle m'avait abandonné, et ce n'est qu'à l'âge de quinze ans que j'ai eu connaissance d'une autre version : mon père aurait profité de ce que ma mère était sur son lieu de travail pour m'enlever.

Je n'ai de toi qu'une seule photo que j'ai toujours avec moi. Je l'ai fait agrandir et tu ne peux savoir le nombre de fois où je l'ai regardée en rêvant que je pourrais un jour te connaître. Tu t'appelles Fabienne, tu serais d'origine danoise, car tu es née à Copenhague en 1936 ou 37, tu aurais la cinquantaine. En 1963, tu habitais dans la région parisienne, à Suresnes.

Voilà, je ne sais pas grand chose de toi, mais il y a une chose dont je suis sûr, c'est que tu ne m'as pas abandonné et que tu as dû souffrir le martyre d'avoir été séparée de ton enfant, de moi quand j'étais tout petit.

Ce n'est pas facile de lancer ce message, mais j'ai tellement envie de te connaître.

Vivement que tu appelles, maman.

Diffusion le 4 décembre 1991. Un appel.
Recherche non aboutie.

De Laurence R. à sa mère qui a accouché sous X

Depuis toute petite, je rêve de donner un visage à l'amour que je porte en moi pour une femme qui a maintenant soixante-deux ans, ma mère. Cela fait quarante-quatre ans que je partage avec elle le secret de ma naissance : je suis née le 11 décembre 1947 dans la maternité d'une petite ville, près de Vannes dans le Morbihan.

Vous aviez dix-huit ans quand vous avez accouché et j'ai appris qu'on vous avait obligée à m'abandonner dès ma naissance en accouchant sous X.

C'est un message d'amour que je vous lance, à vous cette mère inconnue mais si souvent imaginée. Je n'ose même plus espérer vous rencontrer mais peut-être au moins pourrais-je avoir un signe de reconnaissance qui respectera votre liberté et votre anonymat. Peut-être une lettre, ou votre voix au téléphone, ou simplement une photo, ou encore une de vos amies qui me parlerait de vous.

J'ai quarante-quatre ans et vous me manquez. Depuis le jour de ma naissance, votre absence est restée une blessure qui ne s'est jamais cicatrisée.

J'attends un signe de vous.

Diffusion le 2 octobre 1991. Cinq appels.
Recherche non aboutie.

De Zdzislaw B. à Henri, son ami

Pendant la guerre, en 1943-44, je travaillais en Pologne, à Piotrkow Trybunalski, dans un labo photo.

Parmi mes clients, j'avais un militaire : Henri S..., un Français qui effectuait, contraint, son service dans l'armée allemande. Bien que *a priori* ennemi, Henri a gagné ma sympathie par sa gentillesse, puis est devenu un ami. Il était malheureux de porter cet uniforme et parlait souvent avec beaucoup d'amour de chez lui, de sa sœur, de ses parents qui tenaient une droguerie à Pigalle.

Henri était reçu dans ma famille comme un frère, et il nous a apporté beaucoup de renseignements qui ont été très précieux pour la résistance polonaise. Au nom de cette amitié, je voudrais bien effacer de sa vie cette période où il a porté un uniforme qu'il détestait.

Henri, il faul que tu saches que depuis mon arrivée en France en 1960, je fais des recherches pour te retrouver. Je suis Zdizslaw B..., je suis patient, mais j'espère que mon appel te parviendra.

Diffusion le 2 mars 1992. Un appel.

CONTACT ÉTABLI

De Michel L. à son père Denis

Papa, c'est à toi que je m'adresse. Tu t'appelles Denis et tu es né le 25 septembre 1939.

Il y a dix-huit ans, en 1973, ta femme, ma mère, a quitté la maison avec son amant et ses deux enfants. Moi, Michel, j'avais dix ans et Jean, ton autre fils, en avait sept.

Cela fait dix-huit ans que la vie nous a séparés et tu m'as manqué durant toute ma jeunesse et mon adolescence, tout comme aujourd'hui.

J'ai fait toutes les démarches administratives pour te retrouver, mais cela n'a rien donné. J'ai consulté le minitel, sans aucun résultat.

Il faut, papa, que tu répondes à cet appel. Je viens d'avoir un bébé et je veux qu'il connaisse son grand-père. J'attends ta réponse, papa.

Diffusion le 9 septembre 1991. Un appel.

CONTACT ÉTABLI

De Catherine à Michel, son père.

Papa,

Tu t'appelles Michel et je suis ta fille, Catherine F…

J'ai maintenant trente et un ans et j'espère que tu me reconnaîtras, même quatorze ans après que tu nous as subitement abandonnés, maman, mon frère et moi.

Si j'ai appelé mon fils, donc ton petit-fils, Michel, c'est parce que je ne t'ai jamais oublié et que je t'aime toujours. Tu sais, j'ai gardé le souvenir d'un merveilleux père de famille, gentil et tendre. Souviens-toi, nous allions à la pêche et au foot ensemble.

Je tiens à ce que tu saches que, malgré ton départ inexpliqué, ma porte te sera toujours ouverte.

Diffusé le 13 avril1992. Aucun appel.
Recherche non aboutie.

Photos extraites de l'émission *Perdue de Vue*, TF1.

De Paul aux quatre maquisards

Je m'appelle Paul C.

Au printemps 1943, en Dordogne, ma famille faisait partie de la Résistance. Notre groupe a fait évader de l'hôpital de Périgueux, dans un camion de charbon, quatre jeunes maquisards prisonniers, qui devaient être fusillés par les Allemands.

Le premier de ces patriotes était caché à Boulogne chez un facteur en retraite, L… ; le deuxième, chez un jardinier du village des Roches, C… ; le troisième par la famille du menuisier de Basillac ; et le quatrième a trouvé refuge chez mes parents, la famille du cantonnier C…, à 500 mètres du camp d'aviation allemand, aussi à Basillac.

Je pense que tu t'appelles D…, tu étais un vrai titi parisien. J'avais dix-neuf ans, toi vingt-trois ans environ, on est tout de suite devenus amis. Souviens-toi, pour passer le temps, tu coupais les feuilles de tabac que je t'apportais dans ta cache. Nous t'avons gardé le temps de te trouver des faux papiers pour aller à Lyon, et, l'année suivante, j'ai moi aussi pris le maquis.

Ce serait pour moi une immense joie de te revoir, toi ou les trois autres maquisards. Le souvenir de cette année 1943 ne m'a jamais quitté.

Diffusion le 13 avril 1992. Aucun appel.
Recherche non aboutie.

avaient honte de leur situation et tentaient de la dissimuler le plus possible à leurs voisins, et même parfois à leur propre famille !

Ils nous parlaient d'eux souvent au détour d'un petit mot envoyé à la suite d'une séquence de l'émission qui les avait émus.

La formule mise au point était simple : nous proposions notre soutien à des personnes qui avaient « tout perdu » à la suite d'événements susceptibles de toucher un jour une majorité d'entre nous, en demandant aux téléspectateurs un coup de main, sous forme d'un emploi, d'un toit pour nos invités.

Pensant que les offres des téléspectateurs excéderaient largement notre « demande », nous avons eu, dès le départ, le souci de redistribuer, hors caméra, de la façon la plus efficace possible cette aide à d'autres personnes démunies.

Mais comment faire? La structure d'une production de télévision se prête mal au suivi des événements nés à l'antenne. Nous n'avions – et nous n'avons toujours pas – les moyens, ni en argent ni en matériel ou en personnel de faire face à ce genre de situation.

C'est une conversation amicale avec la comédienne Marthe Mercadier et le professeur Alain Deloche, ancien président de « Médecins du Monde », qui allait nous donner la solution et marquer le début d'une nouvelle aventure humaine pour notre équipe.

« Médecins du Monde », organisation caritative connue pour son action en faveur des plus démunis un peu partout dans le monde, avait pris l'initiative d'une opération nationale cette fois, baptisée « Mission France ». En quelques mois, elle mit en évidence une réalité que beaucoup d'entre nous ont découvert avec stupeur : il y a dans notre pays plusieurs millions de personnes en voie de paupérisation absolue, incapables de payer la moindre consultation médicale, avec les conséquences qu'on imagine pour les adultes et les enfants. C'est ainsi que les missions locales de « Médecins du Monde » ont trouvé des personnes atteintes de maladies qu'on croyait disparues depuis longtemps, entre autres des cas de scorbut!

Nous avons donc demandé à « Médecins du Monde » d'aider au suivi de notre nouvelle séquence.

Toutefois loin d'avoir à redistribuer à quelques malheureux les offres de nos spectateurs, nous avons dû répondre à un véritable flot de demandes d'aide qui déferla à l'adresse de *Perdu de Vue.* Par centaines nous sont arrivés des appels au secours de personnes ne bénéficiant d'aucune aide, totalement ignorées. Ces hommes et ces femmes se manifestaient et se confiaient à nous attirés par la chaleur humaine que dégage l'émission.

L'ampleur du mouvement nous a conduits avec TF1 et « Médecins du Monde » à étudier la mise sur pied d'une fondation [1] qui permettra, non pas malheureusement de résoudre toutes les détresses, mais au moins d'aiguiller nos correspondants vers les organismes pouvant leur venir en aide de façon efficace, et ce grâce à une cellule autonome composée de spécialistes de l'aide humanitaire. Nous espérons qu'avec cette cellule TF1-Médecins du Monde, la fondation pourra fonctionner en vraie grandeur dès septembre 1992.

Perdu de Vue est ainsi une sorte d'entonnoir cathodique, qui reflète depuis près de deux ans les conséquences de l'état de la société française il y a trente ans,

1. Les dons peuvent être envoyés à « Médecins du Monde » avec la mention « J'ai tout perdu ».

avant les grands bouleversements technologiques, sociologiques et politiques des deux dernières décennies. Envrac : la pilule, l'avortement, le RMI, mais aussi la libération des mœurs, l'augmentation des divorces, l'exode rural, la solitude des grandes villes, le doute spirituel, l'inquiétude devant l'avenir et surtout le chômage et la paupérisation inquiétante de pans entiers de notre société, femmes et enfants d'abord, malheureusement !

Un miroir de la société?

La séquence des retrouvailles témoigne avant tout de plusieurs décennies de carence quasi totale en matière de prévention sociale et de politique de la famille, dans les milieux les plus pauvres en tout cas, avec son cortège d'enfants abandonnés, de familles éclatées, de mères battues, d'accouchements anonymes sous « x », de bonnes engrossées par des patriarches provinciaux et jetées enceintes sur le trottoir... Prostitution, prisons, abandons, indifférence... des milliers de lettres poignantes nous racontent chaque jour la détresse des laissés-pour-compte d'une société qui a pendant trop longtemps marché, sans états d'âme, vers le mirage du paradis matérialiste du consumérisme.

La face cachée de la société française a montré le bout de l'oreille dans notre émission dès ses débuts. Et c'est peut-être aussi pour ce regard jeté sur un autoportrait peu flatteur et peu complaisant qu'un sentiment de malaise durable s'est installé autour de nous. « Comment ! Vous faites de la télévision avec ça? »

Oui, on fait de la télévision avec « ces gens-là », et, figurez-vous même qu'on leur parle comme à des êtres humains à part entière, aussi dignes d'intérêt que l'armée des occupants de nos petits écrans, ceux qui, de haute lutte, ont conquis, dans l'indifférence générale et depuis si longtemps, les territoires audiovisuels. Ceux qui s'étaient arrogé le droit de parler toujours en notre nom pour nous dire ce qu'il « fallait » penser, ce qui « devrait » se passer. Les spécialistes, sociologues, psychologues, politologues, historiens, physiciens, généraux, énarques... et journalistes, ont donc pris les commandes et, dans 90 % des cas, c'est formidable ! Mais ils ont aussi pris une très mauvaise habitude, celle de considérer le « citoyen-lambda », c'est-à-dire vous et nous, les non-spécialistes (!), les messieurs et mesdames tout-le-monde, comme ces malades des hôpitaux qui voient s'installer autour de leur lit une pléthore de médecins qui discutent de leur maladie et de leur éventuel traitement sans accorder la moindre attention à leur « personne », sans dire ni « bonjour » ni « au revoir », sans tenir compte de l'angoisse de celui qui ne sait pas ce qu'il a, sans accorder le moindre intérêt à ce qui n'est pas, à leurs yeux, « essentiel » ou « capital ».

Nous avons voulu faire de *Perdu de Vue* un espace « différent » dans le paysage audiovisuel français. Nous ne voulions condamner personne, simplement montrer, preuves à l'appui, qu'il était possible de parler du phénomène de société que constituent les fugues d'adolescents, par exemple, sans aller forcément chercher un juge, un policier, un éducateur, un ancien ou un futur fugueur, et des parents muets dépassés par la science de leurs interlocuteurs ou la violence d'un jeune en rupture de famille dont le témoignage a été soigneusement monté pour les mettre en difficulté.

C'est cet étrange cocktail fait de direct et de montage, de spécialistes et d'intervenants par téléphone que nous avons voulu casser – en ce qui nous concerne – pour voir s'il n'y avait pas une autre petite musique à faire entendre au public, celle d'un discours plus violent mais plus vrai, d'une émotion parfois difficile à maîtriser mais tellement plus authentique que les monologues croisés des émissions débats qui font l'économie du dialogue. Nous voulions rendre le téléspectateur actif devant son poste, comme nous voulions que nos invités soient changés par leur participation à l'émission, qu'il se soit passé quelque chose de dynamique, de différent entre le moment de leur intervention et la fin du programme. Dans la majeure partie des cas, c'est d'ailleurs bien ce qui se produit!

Cette interactivité du public avec *Perdu de Vue* en fait un programme *différent* dans la mesure où elle conduit les professionnels que nous sommes à mener une émission entière en ayant comme partenaires des personnes inconscientes, par la force des choses, des contraintes d'un direct de télévision.

Pas question de répéter avec eux, sous peine de perdre cette spontanéité qu'il faut sauvegarder à tout prix. Il a donc fallu inventer une manière originale de préparer cette émission avec nos interlocuteurs, sans jamais leur faire sentir la pesanteur naturelle de la machine-télévision.

C'est ainsi que Françoise Boulain, la réalisatrice attitrée de *Perdu de Vue*, est amenée à mettre longuement en place, avec Jacques, des mouvements de caméras et des déplacements relativement complexes sur un plateau où tous les invités ont été remplacés par des collaborateurs de l'émission. En souhaitant vivement que les choses se déroulent de la même manière quelques heures plus tard pendant le direct.

Tandis que ces répétitions techniques ont lieu, les invités de l'émission sont isolés, dès le début de l'après-midi, dans des loges personnelles en compagnie de l'enquêteur avec qui ils sont en contact depuis qu'ils ont commencé à nous écrire.

La première rencontre générale a donc lieu dans l'après-midi qui précède l'émission. A ce moment, Jacques qui connaît les dossiers par cœur, a visionné les heures d'entretiens menés par Jean-Marie Perthuis, enregistrés sur vidéocassettes.

Lors de la préparation de l'émission, avec Bernard Bouthier, nous avons soigneusement disséqué tous les éléments importants de leur récit, déterminé ce qui devait être connu par les téléspectateurs. Ce qui n'apporte rien à l'histoire et ne regarde personne est éliminé.

Nous savons que la meilleure des improvisations est encore celle qui se prépare soigneusement, dans les moindres détails !

Perdu de Vue comporte suffisamment d'impondérables pour que nous mettions au moins toutes les chances de notre côté.

C'est cette préparation rigoureuse des séquences et l'entière confiance qui règne entre l'équipe de production, les présentateurs et la technique, dirigée avec humour et compétence par la réalisatrice Françoise Boulain, qui permet à l'énorme paquebot, auquel on peut comparer cette émission, d'appareiller chaque mois en direct pour nous mener à bon port.

On nous demande souvent comment nous réussissons à ne pas nous laisser submerger par l'émotion, au cours de certaines séquences. La réponse est simple : pendant l'émission, nous sommes parfaitement dédoublés. Conscients de ce qui se passe en temps réel (la conversation du moment), nous devons en même temps réfléchir à la vitesse de la lumière sur ce qui vient d'être dit pour savoir si nous avons obtenu de notre interlocuteur les informations nécessaires à ce que les spectateurs comprennent son histoire.

Il est donc parfaitement impossible de céder à l'émotion, sous peine de privilégier l'une des deux personnes qui font, en nous, l'émission. Briser cet indispensable dédoublement reviendrait à amoindrir la « force de frappe » de l'émission.

Nos émotions naissent plutôt hors caméra, à la lecture du courrier que nous recevons, ou lors d'entretiens téléphoniques personnels avec tel ou tel de nos interlocuteurs. Nous réalisons en effet bon nombre de retrouvailles hors antenne, parfois dans des conditions réellement dramatiques car le hasard « qui fait si bien les choses » s'acharne quelquefois à transformer la vie des gens en véritable roman noir.

Ainsi de cette enquête récente qui nous a fait retrouver, à la demande de sa fille, un père disparu depuis près de vingt ans. Sans aucune explication, sans même un mot griffonné à la hâte, cet homme était sorti de la vie de sa fille âgée de dix-sept ans, en quittant sa compagne de l'époque.

Notre « demandeuse » s'était donc retrouvée, doublement abandonnée, adolescente sans formation professionnelle, dans un appartement déserté par son père et sa belle-mère de l'époque. Elle avait dû, sous peine de se retrouver à la rue, chercher un travail pour payer le loyer et continuer à subvenir à ses propres besoins toute seule, sans aide extérieure.

Vingt ans plus tard, cette femme prend contact avec nous. Elle écrit : « Je ne peux pas croire que mon père m'ait laissée comme cela, je veux qu'il me donne au moins les raisons de cette attitude, je ne lui en veux pas mais j'ai besoin de savoir... »

Nous retrouvons cet homme dans une maison de repos où il se remet d'une très grave maladie évolutive. Au téléphone, avec ménagement, nous lui apprenons que sa fille veut le voir. Il éclate en sanglots et nous explique que sa compagne l'avait laissé partir en jurant qu'elle s'occuperait de la jeune fille, à qui, par ailleurs, il avait écrit une longue lettre pour expliquer les raisons très personnelles de cette disparition volontaire. Ce message avait été détruit par cette femme qui, vraisemblablement jalouse, avait de plus abandonné sa fille.

Mis au courant de la gravité de l'état de santé de cet homme, bouleversé par des retrouvailles qu'il souhaitait de toutes les maigres forces qui lui restaient, nous avons dû prévenir notre correspondante qu'elle allait retrouver un père presque mourant.

Ce sont des choses qui ne s'oublient pas mais que nous devons laisser de côté au moment du direct, sous peine de ne plus pouvoir remplir notre rôle à 100 % !

Le hasard fait parfois mieux les choses.

Quand s'éteignent les projecteurs

Une personne nous avait écrit pour nous demander de retrouver un membre de sa famille, juif d'origine polonaise dont elle avait été brutalement séparée au cours de la Seconde Guerre mondiale.

Cette femme avait malheureusement perdu tous les siens dans les camps de concentration. Elle se raccrochait néanmoins à l'espoir de retrouver un oncle, survivant potentiel de l'holocauste selon des renseignements fragmentaires, obtenus après la guerre auprès d'amis de sa famille qui avaient pu quitter à temps le pays avec elle, ce qui leur avait sauvé la vie.

Elle joignait à sa lettre des éléments autorisant à penser que la personne recherchée avait pu fuir le ghetto de Varsovie avant l'assaut des nazis et qu'il avait vraisemblablement été utilisé pendant plusieurs mois comme agent de liaison avec Londres, en raison de sa parfaite connaissance de l'anglais.

Mais la piste s'interrompait à quelques mois de la fin de la guerre. Pour compliquer les choses, cette femme était persuadée que son oncle avait utilisé une identité d'emprunt qu'il aurait probablement conservée après la guerre.

Il n'y avait pratiquement aucun espoir de voir surgir, quarante-cinq ans plus tard, une information nouvelle, mais nous tenions beaucoup à mener cette enquête à son terme. D'abord à cause de la personnalité de cette femme tellement déterminée à retrouver trace d'un membre de sa famille, et, d'autre part, parce que, à travers son histoire, c'était aussi l'histoire collective de toute une époque qui pouvait être évoquée. Le témoignage que nous aurions pu avoir sur le plateau nous semblait constituer un document passionnant; nous avions envie de l'offrir à un public peu familier des livres d'histoire, ce qui nous aurait également permis d'élargir le champ d'une émission aussi populaire au sens noble du terme.

Nous avions multiplié les contacts avec les associations d'anciens résistants et les survivants de l'holocauste. Aucun fait nouveau ne survint pendant de longs mois, jusqu'à ce que nous recevions une nouvelle lettre de notre correspondante.

Elle nous remerciait d'abord pour l'enquête que nous avions patiemment menée en la tenant régulièrement informée de nos démarches infructueuses. Puis elle nous racontait en détail l'incroyable hasard qui avait changé sa vie quelques jours seulement auparavant. Sur nos conseils, notre correspondante était partie en Israël passer quelques jours. Nous lui avions donné les coordonnées d'une association d'anciennes victimes des nazis, qui pourrait peut-être l'aider. Elle s'était donc rendue à cette adresse, à Jérusalem.

Malheureusement, elle n'avait pu y trouver d'éléments nouveaux et elle s'apprêtait à terminer son séjour par quelques jours de vacances au bord de la mer, lorsque, poussée par une subite inspiration, elle entra dans un bureau de poste, demanda à consulter un bottin des abonnés de la ville... et regarda « à tout hasard » si des personnes portant son patronyme y figuraient. Quelques secondes plus tard, ayant effectivement relevé un certain nombre de coordonnées, elle appelait ces abonnés. « Tous de simples homonymes », pensait-elle, en composant quand même le premier numéro... C'était lui! Lui qui avait émigré en Israël après la guerre à laquelle il avait bien survécu. Lui, qui avait tout simplement repris son nom et qui pensait être le seul et unique survivant de la famille! Elle avait voulu nous prévenir tout de suite. La lettre avait été postée à Jérusalem.

Ces retrouvailles se sont donc faites sans nous mais nous avons vécu cette réussite comme un succès personnel, même sans avoir pu en récolter les fruits à l'antenne pour faire partager la joie immense de cette femme à des millions de téléspectateurs.

Bien souvent, lorsque les projecteurs s'éteignent à l'issue d'une émission, et que vient l'immense soupir de soulagement qui suit toujours un direct, nous avons en tête une tout autre émission que personne n'aura jamais vue « pour de bon », notre *Perdu de Vue* intime, composé de tous ces visages et de toutes ces histoires transformant de simples citoyens en héros d'un roman qu'aucun écrivain professionnel n'oserait imaginer! Le roman de leur vie!

V.

MESSAGES PERSONNELS

Cette séquence, inaugurée dans Perdu de Vue *dès septembre 1991, a une histoire.*

Parmi toutes les recherches engagées par notre équipe, certaines étaient restées vaines malgré tous nos efforts, et, à plusieurs reprises, il nous fut particulièrement douloureux de devoir contacter certains de nos « demandeurs » pour leur annoncer que, malheureusement, nous n'avions pu aboutir.

Des scènes pénibles eurent lieu car certains de nos correspondants avaient mis en nous leurs derniers espoirs et leur déception fut à la mesure de cet investissement affectif. Plusieurs fondirent en larmes comme des enfants en nous entendant énoncer le refus d'aller plus loin dans nos investigations.

Pour notre part, nous avions du mal à accepter ces constats d'échec et tous, inconsciemment, étions à la recherche d'un autre concept qui permettrait, malgré tout, de ne pas baisser les bras. Certaines de ces histoires étaient aussi très belles et il nous était difficile de ne pas tout tenter pour les mener à leur terme.

C'est ainsi qu'à la rentrée 1991, nous décidâmes de

donner à certains téléspectateurs l'occasion de la dernière chance : lancer leur appel directement à l'antenne, en espérant que le message aboutirait à son destinataire, un peu à la manière de ces bouteilles lancées à la mer par le marin naufragé sur une île déserte, et qu'un promeneur découvre un matin au bord d'une plage à des milliers de kilomètres de là...

On dit souvent que le hasard fait bien les choses !

Plus de la moitié de ces appels diffusés sur TF1 ont permis à leurs auteurs de retrouver la personne recherchée.

Nous espérons que ce livre constituera un prolongement à l'émission et que les « messages personnels » qu'il contient seront lus par leurs destinataires et qu'ils y répondront le plus vite possible !

Outre ceux que nous avons sélectionnés dans le cahier spécial, voici, in-extenso, *l'une de ces histoires dont nous souhaitons percer un jour le mystère, peut-être grâce à vous, lecteurs.*

Entre nous, nous l'avons baptisée « La belle Polonaise »...

Leipzig : la belle Polonaise
(décembre 1941)

> « *Lorsque tu seras vieux et que je serai vieille,*
> *Lorsque mes cheveux blonds seront des cheveux blancs,*
> *Au mois de mai, dans le jardin qui s'ensoleille,*
> *Nous irons réchauffer nos vieux membres tremblants.* »
>
> Rosemonde GÉRARD

Tout a commencé en Allemagne, pendant la dernière guerre, dans un camp de travail pour prisonniers. Il y a là un certain Henri Raffi. Il a vingt-quatre ans. Soldat au 484 Pionnier Colonial, il a été fait prisonnier par les Allemands près d'Auxerre. Le 15 juin 1940, il est transféré dans les Ardennes puis échoue dans le camp de « Bad Sulza » (près de Leipzig) [1].

Au cours de l'année 1941, Henri Raffi est envoyé,

1. Il y reste quelques mois, le temps de croiser (de loin) un certain François Mitterrand qui s'évadera, lui, du Stalag 9 C en mars 1941.

avec une quarantaine d'autres prisonniers de guerre, dans la localité de Gräfenroda Thurengen où se trouve une verrerie. Les prisonniers travaillent et dorment sur place, dans l'usine même. Un groupe d'une vingtaine de déportées polonaises, également employées dans cette usine, sont logées dans le village voisin.

Décembre 1941 : Henri est victime d'un grave accident. Alors qu'il manipule des colis qui quittent l'entrepôt, à destination de la gare voisine, par une sorte de « train aérien », en fait des wagonnets guidés par rails, son bras est happé par les courroies de la mécanique qui actionne le système.

Heureusement une des jeunes Polonaises présentes se précipite. Elle a la présence d'esprit d'actionner un coupe-circuit qui stoppe immédiatement les machines.

Henri est gravement blessé mais, grâce au geste de la jeune femme, il évitera l'amputation.

Le médecin du village prodigue les premiers secours, mais c'est la jeune femme qui va le soigner pendant sa convalescence, car elle possède une formation d'infirmière.

Elle s'appelle Jadwiga (Edwige) W., elle a dix-neuf ans, elle est belle comme le jour...

Les deux jeunes gens tombent follement amoureux l'un de l'autre.

Ils vont s'aimer pendant quatre ans, au jour le jour, souvent à la sauvette, en profitant de leurs moindres moments de liberté.

Malgré la guerre et leur situation de prisonniers, ils réussissent à trouver des moments d'intimité pour vivre leur passion commune. Très croyante, la jeune fille va à la messe tous les dimanches mais, ensuite, ils vont se promener quelques heures dans la forêt voisine. Il leur arrive même parfois, lorsqu'ils sont certains d'être seuls, de se baigner dans la rivière. Ils savent que chaque jour qui passe les rapproche de la fin de la guerre et ils forment des projets d'avenir pour plus tard...

En mai 1945, le camp où sont retenus Henri et Jadwiga est libéré par les Américains. Avec d'autres prisonniers français et de nombreux Polonais qui ont choisi de venir vivre en France, ils sont rapatriés vers Maubeuge. Henri est le chef de groupe de ce convoi (groupe 63 du Bloc 131) qui arrive à Maubeuge, le 15 juin 1945.

C'est là que leurs destins vont se séparer car Henri a omis de dire à la belle Polonaise qu'il est marié et que sa femme et ses deux enfants l'attendent depuis six ans, dans le Tarn-et-Garonne. On imagine la scène pénible au cours de laquelle il avoue sa véritable situation à la jeune femme...

Jadwiga comprend le mensonge d'Henri. Très catholique, et donc respectueuse des liens sacrés du mariage, c'est elle-même qui l'incite à partir pour rejoindre sa famille.

Elle décide cependant de continuer à lui écrire et ils se jurent de ne jamais se perdre de vue. Peut-être même Henri promet-il à Jadwiga de divorcer et de venir ensuite la rejoindre dans le nord de la France, car elle a décidé de demander sa naturalisation et ne veut pas retourner dans son pays... Elle attendra...

Quelques jours plus tard, Henri retrouve sa femme et ses enfants. Il n'a pas le courage de leur dire la vérité, et c'est par des racontars d'anciens prisonniers que son épouse apprendra ce qui c'est passé entre Henri et Jadwiga pendant leur captivité. Jusqu'en 1960, Henri reçoit régulièrement des lettres de la belle Polonaise! Il serait plus exact de dire qu'Henri sait qu'il est le destinataire de ces lettres, car elles sont systématiquement déchirées et jetées à la poubelle par son épouse. Mais Henri récupère les morceaux de ces missives et passe des heures à les reconstituer patiemment... en pure perte, car sa femme, méfiante, prend la précaution de rendre illisible l'adresse de sa rivale!

Henri réussira cependant à apprendre qu'elle est désormais naturalisée française. Il pense qu'elle s'est établie dans le département du Nord ou quelque part dans l'Est, une région qu'elle aime particulièrement et dont elle lui parle dans ses lettres...

1990 : Le temps a passé, Henri est veuf depuis plusieurs années... Il a soixante-quatorze ans. Chaque jour, il pense à Jadwiga. Elle est née à Cracovie en octobre 1923. Si elle est toujours vivante, elle aurait donc à peine soixante-dix ans aujourd'hui...

Henri Raffi nous appelle régulièrement au téléphone depuis qu'il s'est mis en relation avec *Perdu de Vue*, au cas où...

Il espère maintenant qu'elle lira ces lignes et qu'elle voudra bien reprendre contact avec lui par notre intermédiaire. Et si elle décidait de ne pas se manifester, il voudrait simplement qu'elle sache qu'avant de disparaître à son tour, il aura tout tenté pour la retrouver.

VI

POINTS DE VUE

Après vous avoir raconté d'une même voix le roman-vrai de Perdu de Vue, *il nous a semblé naturel de confier ce que l'émission a apporté à chacun de nous, personnellement. Comme on le verra, les sensibilités naturellement diffèrent mais le partage sur l'essentiel demeure.*

L'alchimie des relations

> « *A chaque kilomètre chaque année*
> *Des vieillards aux fronts bornés*
> *Indiquent aux enfants la route*
> *D'un geste de ciment armé*
>
> Jacques Prévert

Lorsque Pascale Breugnot m'a appelé à la fin du mois d'août 1990 pour me proposer de présenter, deux semaines plus tard, *Perdu de Vue*, sur TF1, je lui ai demandé quelques heures de réflexion avant d'accepter définitivement cette proposition.

A l'époque, j'étais en relations épisodiques avec A2. Depuis près de huit mois, il était question de mon retour à la télévision et Alain Wieder, responsable de l'unité documentaires et magazines, m'avait proposé de la part du directeur général de l'époque, Jean-Michel Gaillard, la présentation d'une émission qui, au fil des mois, se transformait selon une mystérieuse logique, passant d'un concept à l'autre, d'une périodicité à l'autre, d'un sujet à l'autre, sans que rien d'objectif puisse me laisser prévoir qu'un jour les responsables du service public sauraient enfin trancher. Lassé d'attendre une décision sans cesse promise et, sans cesse reculée et, je dois l'avouer aujourd'hui, quelque peu agacé par l'indifférence et la morgue trop évidente de ces responsables, qui ne tenaient aucun compte de mes idées personnelles en matière de télévision, j'avais fort envie de leur infliger une leçon de savoir-vivre. La proposition claire et ferme de TF1 m'en donnait l'occasion.

Quarante-huit heures plus tard, je rappelais Pascale Breugnot pour lui dire que j'acceptais de vivre l'expérience de *Perdu de Vue*, avec toutes ses conséquences, c'est-à-dire la possibilité que cet essai se transforme en échec. N'ayant pas un besoin essentiel du regard des autres pour me prouver mon existence, je m'estimais assez mûr pour survivre à un fiasco.

Dans pareille éventualité la sanction du « privé » est connue : si le public ne vient pas, on vous montre assez vite le chemin de la sortie. A tout prendre, je préférais cette attitude qui avait le mérite d'être claire, d'indiquer les règles du jeu, à celle plus « affective », mais souvent hypocrite et lâche, du service public où personne n'est plus responsable de rien lorsqu'il s'agit de s'engager et de prendre une décision. *A fortiori*, lorsque cette décision est négative, il n'y a alors plus d'interlocuteur pour avoir le courage de vous dire en face : « Désolé, votre projet ne se fera pas ! »

J'avais déjà fait l'expérience de la violence des relations entre Patron et employé dans le service public. Quelques années plus tôt à A2, après une éphémère lune de miel avec Jean-Marie Cavada (il faut des exceptions pour confirmer les règles), son successeur à la direction des programmes, Louis Bériot, m'avait viré sans autre forme de procès, et sans même accepter de me recevoir une seule fois en six mois pour prendre connaissance d'éventuels projets.

Nos « relations » s'étaient interrompues, à la suite d'un « courageux » (mais pas téméraire) coup de téléphone, où Bériot m'assurait « qu'il avait fait tout ce qu'il avait pu pour sauver ma tête, mais que malheureusement etc. »

Je trouve cette attitude méprisable, non seulement parce que j'en ai été occasionnellement la victime par deux fois en l'espace de cinq ans, à A2 et à France Inter (avec Pierre Bouteiller), mais parce que cette hypocrisie marque un manque de « savoir-diriger » qui est à mon avis un lourd handicap pour le service public.

Certains responsables incapables, qui devraient être sanctionnés pour « faute professionnelle » à cause de décisions désastreuses en matière d'audience ou de qualité des programmes, retombent toujours sur leurs pieds, et sont souvent « promus » dans des placards dorés alors qu'ils ont dilapidé l'argent public impunément pendant des années. Ces rentes de situation sont dues à des amitiés – ou à des intérêts – indéfectibles qui dépassent les clivages traditionnels droite-gauche et constituent, à mon sens, une des plus détestable originalité de notre « Médiacratie », pour reprendre le terme inventé par François-Henri de Virieu.

Bref, l'aventure *Perdu de Vue* m'a tenté car elle m'apportait, après dix-huit ans d'expérience professionnelle, une double opportunité : d'abord, avoir la chance de participer à une émission-laboratoire, expérimenter un nouveau concept, jamais tenté en France, ensuite saisir l'unique occasion de m'ouvrir enfin les portes du « grand public ».

Lors de mes débuts à France Inter, en 1973, j'animais, en alternance avec Jean-Louis Foulquier et Michel Touret, une émission nocturne, *Canal 3/6* (3 h-6 h du matin), dont l'essentiel des auditeurs était constitué, en dehors des fêtards et des insomniaques, par ceux qui travaillent la nuit : taxis – personnels hospitaliers – postiers des centres de tri – policiers et boulangers, une corporation très attentive à ces émissions de compagnie !

Nous étions là pour rendre à tous ces « nuiteux », les heures plus légères et pour leur apporter, entre deux notes de musique, un peu de chaleur humaine et quelques gadgets à gagner; nos jeux radiophoniques, étaient avant tout des prétextes pour faire sonner le téléphone et échanger quelques mots avec les uns ou les autres, car les colles étaient du style : « Quelle était la couleur du cheval blanc d'Henri IV »!!

Ces interlocuteurs de nuit appelaient invariablement Michel Touret « Mimi ». A Jean-Louis Foulquier, on adressait facilement un tonitruant : « Salut, mon pote ! » et pour moi, cela donnait en général : « Bonsoir, monsieur ! ».

Question de timbre de voix, de manière de m'exprimer? Je n'en sais rien. Autant dire que personne ne me voyait un jour animer une émission dite populaire et c'était même devenu un sujet de plaisanterie avec mes complices d'alors, compagnons d'antenne que j'aime encore tendrement aujourd'hui, comme Jean-Louis Foulquier ou Daniel Hamelin. Dans un métier où la concurrence est parfois rude, je leur disais souvent : « Vous voyez ça vous fait un problème de moins, ce n'est pas moi qui vais vous faire de l'ombre de ce côté ! ».

Pierre Wiehn, alors directeur de France Inter et à qui je dois ma première vraie chance professionnelle, m'avait fait la même réflexion, en m'incitant à réfléchir à la place que je voulais occuper sur l'échiquier radiophonique.

Nous avions, d'emblée, écarté toute idée d'émission « populaire ».

Peu de temps après le début de *Perdu de Vue*, je faisais tranquillement la queue chez mon boulanger de Gournay-en-Bray pour acheter les croissants dominicaux, lorsque quelqu'un m'assena, par-derrière, une forte tape sur l'épaule. Je me retournai et vis alors un sympathique maçon de la région, qui venait, de temps en temps, effectuer de menus travaux à la maison. Cet homme, excellent ouvrier au demeurant, ne s'en laissait pas conter par les « vedettes » de la télé.

Il m'avait d'ailleurs signalé, d'un ton assez blasé, un voisinage que j'ignorais avec Michel Drucker et Jacques Rouland, chez qui il avait travaillé par le passé.

Malgré nos relations amicales, il y avait dans son attitude une sorte de réserve que j'avais attribuée à une volonté de ne pas « se mélanger ». Comme pour bien marquer que nous n'étions pas du « même monde », et donc qu'il était artificiel de fraterniser outre mesure.

Voilà qu'en ce dimanche matin d'automne, le même homme me décollait à moitié la tête en me demandant de mes nouvelles d'une voix forte qui fit se retourner toute la boutique !

En moi-même je compris, le premier étonnement passé, que son changement d'attitude était à mettre sur le compte de *Perdu de Vue* !

Pas besoin d'analyse au deuxième ou au troisième degré. Il avait apprécié le côté sincère de l'émission, jugé que nous rendions service à beaucoup de gens simples, des gens qui, bien souvent, par humilité ou par habitude, pensent que leur vie ne vaut pas grand-chose, et certainement pas d'avoir « les honneurs » de la télé.

Sans autre forme de procès, j'étais entré dans sa

« bulle intime », ce *no man's land* qui nous sépare et nous protège des autres, et dont nous ne confions les clés qu'à un cercle restreint de proches en qui nous avons une confiance absolue.

Nos relations avaient donc évolué grâce à une mystérieuse alchimie qui nous liait désormais à travers *Perdu de Vue* !

L'émission a le mérite de redonner des galons à la vie quotidienne des simples quidams, tout en leur rendant l'usage d'un instrument de communication qui leur avait été confisqué.

Le plus beau cadeau qu'ait pu me faire TF1 est certainement là : m'avoir donné l'occasion de vivre simultanément l'aventure d'une émission expérimentale et la sacralisation quasi immédiate du très grand public ! Alors qu'on a l'habitude d'associer laboratoire et écoute confidentielle, nous avons très vite flirté avec les cinq millions de téléspectateurs réguliers puis, après notre passage à 20 heures 30, avec les dix millions de fidèles.

Il nous reste maintenant à conserver l'estime de ce public en continuant à le respecter au fil de nos rendez-vous mensuels sur l'antenne de TF1.

J. P.

De l'Érythrée à Perdu de Vue *: l'itinéraire d'un témoin*

> *« Les hommes sont plus intéressants que les idées. »*
>
> Orson Welles

En 1983 je travaillais au magazine *Vendredi* sur FR3, une émission hebdomadaire diffusée en début de soirée. J'avais réalisé un reportage spécial intitulé « Kidnapping légal, les enfants déchirés ». J'avais choisi d'accompagner des détectives privés chargés par des mères françaises d'aller récupérer leurs enfants retenus en Algérie et en Tunisie. Le thème était donc la séparation de la famille et les problèmes liés aux enfants des couples mixtes, séparés ou divorcés.

Au total, il y avait trois dossiers. Le caméraman Bernard Rerrat et moi même marchions dans l'ombre des deux détectives, les suivant pas à pas, témoignant en permanence avec micro et caméra.

Le premier cas fut un fiasco; puis nous fûmes arrêtés par la police tunisienne qui avait remarqué tout le manège et libérés seulement après trois heures d'interrogatoire. Enfin, nous avons pu filmer le kidnapping « légal » d'une jeune adolescente à Constantine et son retour en France via la frontière algéro-marocaine, franchie la nuit en pleine nature, le tout dans une atmosphère de polar et non dénuée de danger.

L'épopée s'acheva à Paris ou plus exactement à Clamart dans le proche banlieue. C'est là, rue Perthuis (simple coïncidence), où les détectives avaient leur cabinet, que la mère de l'adolescente, venue de Verdun, put, pour la première fois depuis treize ans, serrer sa fille dans ses bras. Il me revient que le film s'achevait sur cette image. Autrement dit sur l'émotion des retrouvailles... Le reportage a obtenu le « Prix spécial du jury des Austerlitz de la Presse », une récompense qui m'a fait chaud au cœur et qui aujourd'hui prend toute sa valeur.

Jamais jusqu'à ce jour où pour les besoins de ce livre, je me penche sur mon parcours, je n'avais fait le rapprochement entre ce film un peu prémonitoire et mes présentes activités. Mais, semble-t-il, je ne suis pas arrivé à *Perdu de vue* par hasard.

Ce cheminement, je le réalise pleinement aujourd'hui, a commencé dans les années 1970 lorsque je suis parti, nagra en bandoulière, réaliser des reportages dans les pays du tiers-monde pour le compte de « Frères des Hommes ». C'est ainsi que j'ai parcouru l'Inde, la Haute Volta et le Brésil; par le biais de ces reportages je suis parvenu à mettre un pied dans ce qui était alors la première chaine de l'ORTF.

C'était en 1972, j'avais vingt-cinq ans. Pigiste aux Informations générales, dans le service Arts, Lettres, Spectacles, mes premières interventions au journal télévisé de 20 heures furent de présenter la mode d'été féminine et le salon du prêt à porter masculin. Sujets plutôt atypiques relativement à ceux auxquels je me suis attaché par la suite, tous axés sur les problèmes de société qui m'ont toujours passionné. Mes premières années de journaliste sous la direction de Jacques Alexandre m'ont permis d'accomplir un grand pas dans le métier. Sans vouloir jouer les anciens, je me rappelle la solennité des conférences de rédaction d'alors, où il fallait lever le doigt pour prendre la parole. On entrait dans la grande salle comme dans une cathédrale. Les temps ont bien changé ! La télévision aujourd'hui est plus décontractée.

Passé le temps de l'apprentissage, je me suis vu confier des enquêtes dans le grand magazine d'information qui suivit *Cinq colonnes à la une* et *Sept jours du monde*. C'était *Plein cadre*, produit par Jacques Alexandre et Jacques Olivier Chattard ; mon premier grand sujet eut pour thème le quinzième anniversaire du film de Jacques Tati « Les vacances de M. Hulot ». Puis j'ai enfin trouvé ma voie en commençant à traiter quelques sujets sociaux. Un bon départ mais un faux départ ! En 1974, il y eut une énorme charrette. J'ai fait partie du voyage. Nous étions quatre-vingt seize à être gentiment remerciés de nos bons et loyaux services sur la première chaine, après que la direction de l'information eut constaté que les pigistes permanents réalisaient plus de reportages que les statutaires. J'ai alors monté une petite société de production *JMP Production*. Commença alors une chasse au scoop, une quête folle de reportages originaux qui représentaient autant de missions impossibles. Je me suis rendu sur beaucoup de points chauds du globe.

Au Vietnam, où profitant de l'expérience de mon service militaire dans les paras du 1er R.C.P., j'ai voulu suivre une patrouille de G.I. en mission aéroportée. On m'a finalement refusé l'autorisation. *Too Dangerous, Sir!* et je suis revenu tout penaud.

En Erythrée, où je suis parti durant deux mois sur la piste des guerilleros jusqu'au front d'Asmara. Toujours le même système. Deux personnes : un cameraman et moi. Nous avons fait 1 500 km à pieds. J'ai perdu neuf kilos et absorbé pour toute nourriture du riz, des oignons et du thé. J'étais fourbu mais ce fut un excellent reportage.

En Palestine, puis à Chypre où j'ai été un des premiers à filmer le débarquement turc sur l'île et la Liturgie de Noël de Monseigneur Makarios.

Une période passionnante mais les délais de paiement des *Network* qui achetaient les reportages créaient de sérieux problèmes de trésorie.

Si bien qu'en 1975, quand un copain me prévint que FR3 montait un grand magazine d'information, je sautai sur l'occasion et Maurice Cazeneuve, le directeur général de FR3, m'engagea. Il me confia une première enquête portant sur... les étiquettes alimentaires. Certes, nous étions en plein mouvement consumériste mais la guerre des étiquettes ne m'avait jamais intéressé. Mon patron sut le faire. « Tu dois me traiter le sujet comme les grands reportages. »

Mon examen de passage réussi, j'allais rester dix années à FR3; et là, intégrer complètement mon métier sous la direction de grands professionnels, rédacteurs en chef : Jean-Pierre Alessandri, Jean-Marie Cavada, Michel Thoulouse, Robert Pietri, André Campana. Et surtout Ivan Levai, alors chef de rubrique, dont j'ai été le collaborateur direct durant deux années. Pour le *Magazine Ven-*

dredi, j'ai réalisé une cinquantaine de reportages et rétrospectivement il m'apparaît que les problèmes de la famille, des enfants, du divorce, et d'une façon générale les grands faits de société, (drogues, médecine, violence, etc.) avaient ma faveur.

En 1983, je signais « Virginie est toujours vivante », à partir d'un fait divers qui, à l'époque, a défrayé la chronique : une petite fille de treize ans hospitalisée pour une grave maladie est mourante; comme les médecins n'ont plus d'espoir, ils cèdent aux vœux de la mère et de l'enfant et acceptent qu'elle quitte l'hôpital pour mourir chez elle, entourée de sa famille. Une semaine plus tard, Virginie va beaucoup mieux, elle est sur la voie de la guérison. Virginie, pendant soixante minutes parlera de l'acharnement thérapeutique avec un regard impitoyable. La France entière avait été bouleversé par son témoignage.

A la suite de la diffusion de cette émission Pascale Breugnot m'a appelé. Productrice d'Antenne 2 elle m'a demandé si je voulais travailler avec elle. Ce n'était pas possible dans l'immédiat. Mais un an plus tard, en 1985 je quittai FR3 pour la rejoindre. Immédiatement elle me fit un véritable cadeau : une émission spéciale sur... les Français. Deux heures d'antenne pour mieux savoir qui nous sommes, comment nous vivons, ce que nous aimons, ce que nous refusons. En fait, il s'agissait de mettre en image les socio-styles mis au point par le sociologue Bernard Cathelat.

Là encore, en vertu de mon goût pour les individus plutôt que pour les classifications abstraites, j'avais sélectionné à travers toute la France, cinq familles censées représenter les grandes catégories sociales relevées par Cathelat. A savoir, les décalés, les rigoristes, les matérialistes, les activistes, les égocentrés : 200 familles rencontrées, plus de 1 000 heures d'écoute et 100 d'interviews. Un travail passionnant. Dans cette aventure, Patrick Poivre d'Arvor avait été choisi comme animateur; Étienne Mougeotte, alors patron de Télé 7 jours, ferait la synthèse d'une grande enquête menée auprès de ses lecteurs.

Une incursion dans *Moi je* m'a permis de mieux connaître Bernard Bouthier, avec qui je travaillai ensuite sur le concept de l'émission de Pascale, *Sexy Folies* qui fit rougir la France entière. De plus en plus je me faisais une spécialité des phénomènes de société et en particulier de tout ce qui touche au couple et à la famille.

C'est donc naturellement que l'on m'a confié une soirée spéciale sur le divorce : « L'amour à mal ».

Parmi les séquences que j'avais imaginées, une était totalement originale et devait s'avérer stupéfiante de vérité. Je m'étais donné comme règle d'intervenir le moins possible. Je me contenterais d'observer et de filmer. J'avais monté ce reportage en passant une petite annonce dans la presse parisienne. Elle disait un peu ceci : « Si vous êtes en plein scène de ménage, si vous vous enguirlandez avec votre mari, si votre femme ne vous supporte plus, appelez-moi, je viens tout de suite. »

J'avais fait installer une ligne téléphonique spéciale et je partais immédiatement, nuit et jour. A chaque appel je fonçais sur ma moto pour filmer le conflit sur le vif. En quinze jours je reçus une dizaine d'appels « sérieux ». Ils avaient tous eu lieu en pleine nuit. Après deux, trois ou même quatre heures de tournage ininterrompu, je quittais le domicile des belligérants sous les remerciements.

Cette séquence eut un réel succès dans l'émission et je redevins très vite le collaborateur efficace que j'avais toujours été, parfois trop sérieux comme Pascale Breugnot ne manquait aucune occasion de me le rappeler.

A croire cependant qu'elle apprécie cette qualité car elle me demanda de la suivre sur TF1 au moment de la privatisation et me nomma producteur du magazine *Médiations* avec François de Closets et Richard Michel. Toujours les grands problèmes de société et ma détermination de donner le plus souvent possible la parole au public.

J'ai toujours été attiré par le témoignage spontané. Quand il s'est agi de mettre au point le concept de *Perdu de vue* nous nous sommes retrouvés naturellement sur la même longueur d'onde, Pascale, Bernard Bouthier et moi.

Nous assumons avec Jacques Pradel la responsabilité de ce qui est en fait un magazine de société. Dès la première diffusion nous avons ressenti sa puissance et, de mémoire, je pense que c'est le seul exemple d'une émission dont le concept s'est avéré plus fort que prévu car il nous a débordés le premier soir. Nous n'avons pas pu éviter certains écueils qui nous ont, au moins, permis de découvrir ce qu'il ne fallait pas faire.

Je me souviens notamment de cette séquence, qui fut longuement commentée et controversée et qui nous valut de nombreuses critiques. Je ne la renie pas. Nous avons sans doute commis des erreurs. Et même s'il ne s'agit pas ici de faire un *mea culpa*, je les revendique.

Il s'agit de la séquence avec Nadine, une jeune femme de vingt-sept ans, séropositive, dont la détresse a brutalement transpercé l'écran. Elle lançait un appel à ses frères et sœurs pour renouer un contact perdu depuis plusieurs mois.

Une cascade de malheurs s'était abattue sur Nadine en l'espace d'une année à peine. En août 1989, elle perdait sa petite fille, atteinte du sida, et six mois plus tard, sa mère partait à son tour.

Une série noire difficile à supporter. Mais nous ne

l'avions pas inventée. Contrairement à ce qu'ont prétendu certains détracteurs ce n'est pas, non plus, cette accumulation de malheurs qui a motivé notre choix. Notre but était d'aider cette jeune femme et faire toucher du doigt aux téléspectateurs la détresse quotidienne face au sida.

Une autre façon de faire peut-être bouger les choses. Le cas de Nadine a bouleversé car il exposait, plus clairement qu'un long discours ou que la plus savante des théories, la solitude, l'isolement, la recherche éperdue d'amour que connaissent ceux qui sont confrontés à la maladie. Un drame qui, à un degré ou à un autre, peut concerner chacun de nous. Nous préférons l'oublier tant qu'il n'y a pas d'urgence, Nadine, elle, avait franchi le point de non-retour.

« Avec ce qui m'arrive et tout ce que j'ai vécu, ma petite fille, ma séropositivité, j'ai besoin de la chaleur de la cellule familiale, j'ai besoin de parler avec ma sœur Monique et mon frère Bernard. J'ai besoin de leur soutien. »

Pourtant, à sa façon, Nadine est une battante. Elle fait partie d'une association d'aide aux sidéens, lutte contre ce fléau, avec des amis, concernés de près eux aussi, essaie de toutes ses forces de s'en sortir. Cependant, jour après jour, le vide se creuse, toujours plus insidieux. « Avec la mort de maman, le lien qui nous unissait a disparu et, avec mes frères et sœurs, nous nous sommes perdus de vue. »

Là encore, elle a essayé de réagir, leur a écrit, en leur disant qu'elle les aimait, qu'elle avait besoin d'eux. Ils n'ont pas répondu. « C'est toujours moi qui fais les démarches... Plusieurs fois j'ai essayé de faire un pas vers eux, ils n'ont pas réagi. » « Vous avez son numéro de téléphone, vous pourriez appeler votre sœur directement?

Pourquoi venir devant des millions de personnes pour essayer de renouer le contact? » Au cours de l'émission, Jacques posera naturellement la question, et la réponse de Nadine soulignera l'ampleur du fossé qui la sépare désormais des siens.

« J'ai peur de sa réaction, j'ai peur qu'elle me raccroche au nez. Je voudrais qu'elle m'entende, qu'elle sache que je l'aime, que j'ai besoin d'elle. J'ai du mal à parler avec ma sœur qui est plus âgée que moi, et je veux lui lancer un appel : fais-moi signe pour qu'on se retrouve et qu'on puisse discuter. »

Des mots choisis qui signifient : s'il vous plaît, ne me laissez pas tomber! Personne ne s'y est trompé. A travers le cri de Nadine s'est exprimé tout le drame des exclus, de ceux qu'on abandonne à leur sort, dont la maladie fait peur. Et fait honte aussi comme si elle était la sanction d'une faute inavouable.

Nombre de chercheurs, de médecins, d'hommes et de femmes que leurs activités mettent en contact avec ce fléau moderne qu'est le sida s'évertuent à faire comprendre l'importance d'une main tendue, d'une attention, d'un geste de solidarité. Ce n'est cependant pas toujours simple et personne ne peut condamner la réaction première d'un « bien-portant » soudainement confronté à la maladie d'un ami, d'un proche. Nadine, au sein de son association, rencontre ce phénomène tous les jours. Elle racontera donc : « Ce n'est sans doute pas facile pour ma sœur Monique d'assumer le fait que je sois “ séro ”, mais je voudrais lui expliquer... »

Elle pardonne aussi quelques réflexions qui l'ont profondément blessée. « Quand j'ai appris à mes proches que je militais dans une association contre le sida et que je pourrais intervenir dans des émissions de radio ou de télé, ils m'ont répondu : " C'est très bien, mais tu sais, on n'a pas prévenu nos amis, on n'a pas prévenu nos clients, essaie de ne pas venir à la boutique. " J'en ai eu gros sur le cœur. J'ai pleuré, car les clients c'est important bien sûr, mais la famille, c'est primordial. »

Au cours de l'émission, le téléphone va sonner. Au bout du fil, Bernard, le frère de Nadine – et non pas Monique comme on l'attendait –, ne peut cacher son étonnement et un brin d'irritation. Il ne comprend pas le sens de cette démarche et dira à sa sœur : « Tu sais que la maison t'est toujours ouverte, tu sais qu'on t'aime bien. On s'est vus, il y a encore quelques mois. »

Quelques mois? Peu de temps pour un « bien-portant », une éternité pour un malade qui sait ses jours comptés et que sa vie se rétrécit comme une peau de chagrin. Ce temps qui reste lui paraît à la fois si long et si court!

A ce moment, Nadine a fondu en larmes, et la caméra s'est attardée sur elle, trop sans doute! On nous l'a suffisamment reproché. C'est vrai, nous avons été dépassés par la puissance de l'émotion, submergés par ce chagrin qui nous a surpris et atteints en plein cœur, comme ont été touchés les millions de téléspectateurs qui regardaient ce soir-là.

Cette séquence a essuyé bien des attaques. Elle reste encore aujourd'hui gravée au crayon rouge dans les annales critiques de *Perdu de Vue*.

Je me dois ici d'y répondre clairement : il n'a jamais été question pour nous d'ériger l'émotion en spectacle. Notre but n'est pas de frapper où ça fait mal, pour renforcer l'audience. Bien au contraire.

Ce qui s'est passé dans la séquence de Nadine est donc une erreur de débutant. Nous sommes allés trop loin, c'est vrai. Parce qu'on ne savait pas encore canaliser l'émotion. Aujourd'hui, nous avons appris à le faire et nous demandons toujours si la personne qui appelle veut que sa voix passe à l'antenne. Et il est conseillé à la personne appelée au téléphone d'aller parler en coulisses. Enfin nous connaissons maintenant les questions qui tempèrent, celles qui dédramatisent en instaurant le dialogue.

Depuis cette première émission, bien des progrès ont été faits. Et peu de larmes ont coulé en direct à l'écran. A la moindre émotion trop visible, la caméra a appris elle aussi à se détourner. En fin de compte, au test du chronomètre, ce n'est certainement pas *Perdu de Vue* qui enregistre la plus longue durée de pleurs en gros plan.

On nous a posé la question : dans le cas de Nadine, ne pensez-vous pas que la puissance de l'émotion a minimisé l'effet pédagogique que vous vouliez atteindre ? C'est possible, mais en partie seulement. Car nous sommes absolument certains qu'après cette émission des dizaines de malades du sida ont pu relever un peu la tête, que cette histoire, exemplaire par sa banalité, a conduit des voisins, des parents de malades à réfléchir, à se demander s'ils ne s'étaient pas mal conduits avec eux, et à les amener à réagir, à leur tendre la main.

Ne serait-ce que pour cela, je ne regrette rien.

Les premiers temps de *Perdu de Vue*, j'avais tenté de mener de front l'émission et *Médiations*. Puis j'ai dû choisir, l'ensemble était trop lourd à gérer; *Perdu de Vue* exige une grande disponibilité, une présence constante. Il y a l'équipe, le choix des sujets, les enquêtes qu'il faut coordonner et les gens qu'il faut recevoir... J'arrive au bureau à 9 heures du matin, j'y suis encore parfois à 11 heures du soir.

Au sein du service, rien ne doit être laissé au hasard. De l'essentiel au moindre détail, tout doit être traité, le succès est à ce prix, nous en sommes tous conscients. J'accorde une mention spéciale à la qualité des rapports humains. Entre nous et avec ceux qui nous font confiance. Par lettre, au téléphone ou directement aucun membre de l'équipe ne saurait se permettre le moindre écart.

Je reçois personnellement ceux dont nous retenons le dossier selon les critères de sélection déjà évoqués. Soit, chaque mois, un minimum de vingt personnes. Souvent plus. Les entretiens ont lieu dans mon bureau, en terrain neutre pourrait-on dire.

Mon bureau est en effet une sorte de *no man's land* où tout peut être dit. Chacun peut y avouer ses faiblesses ou ses erreurs car on sait que je ne suis ni juge ni policier. Chacun peut raconter à l'aise ses problèmes familiaux parce que, justement, je ne fais pas partie de la famille.

Dans mon bureau, bien des détresses se sont exprimées, bien des espoirs sont nés. Des centaines et des centaines de personnes sont venues parler de leur angoisse, de leurs fantasmes, du poids insupportable du manque ou du mystère qui assombrit leur existence. Je les écoute, je dialogue, j'essaie de comprendre. Une démarche journalistique apparemment. Mais je vais plus loin qu'un simple observateur dont l'objectif est de témoigner. J'interviens dans la vie des gens, je les aide à voir clair en eux. A démêler les situations qu'ils nous exposent.

Dans cette liberté de parole offerte, il y a comme une thérapie et, parfois, certains s'y trompent et me demandent à la fin de l'entretien : combien vous dois-je?

D'autres, qui comptent sur nous pour rechercher un des leurs, nous assimilent plutôt à un service de détectives privés et s'informent : « Combien ça coûte ? »

Or, *tout* est gratuit jusqu'au voyage, aux défraiements divers des personnes que nous convoquons.

Car, notre but est avant tout de réaliser une émission de télévision, de mettre au point une séquence susceptible d'intéresser les téléspectateurs.

C'est également dans mon bureau que nous filmons les premiers tests. Après l'entretien libre, a lieu l'essai caméra. Même si ce dernier reste discret, il constitue une sorte de test vérité. Bien entendu nous ne l'imposons pas, la personne concernée peut toujours refuser. Jamais ce ne fut le cas. Cette vidéo permet de se rendre compte à la fois de la sincérité du discours et de la manière dont la personne passe à l'écran.

A ce propos, les gens sont souvent surpris. Dans la grande majorité, ils n'aiment pas se voir en photo ou sur les films de vacances ; ils se trouvent laids, étranges, et n'ont pas envie de se montrer à l'antenne. Là encore, je dois user de persuasion. Mon expérience me permet de dire qu'à part quelques rares exceptions une personne authentique et déterminée passe très bien à l'écran.

D'autant que nous sommes là pour les aider. Aussi bien à être à l'aise physiquement que dans leur façon de s'exprimer. Lorsqu'ils arrivent sur le plateau au jour J, les choses ont en général été mises au point, à la suite d'un travail préléminaire qui peut durer plusieurs semaines, voire plusieurs mois.

Il faut en effet du temps pour panser des blessures vieilles de plusieurs décennies parfois ; du temps pour s'habituer à l'idée que les choses vont changer... Il faut beaucoup parler, beaucoup dialoguer pour que l'angoisse cède la place à la détente.

Je m'investis dans cette démarche qui n'est pourtant pas la mienne, soucieux de remettre de l'ordre dans les vies et les vies en ordre. Conformiste? C'est vrai mais l'expérience prouve que la majorité des gens vit mal le fait d'être " hors des normes " et supporte difficilement d'être amputé d'un amour maternel, paternel ou fraternel.

C'est le cas de Stéphane T. qui vient de quitter mon bureau. Il recherche son frère aîné qu'il n'a pas vu depuis plus de trente-cinq ans. Ils étaient ensemble dans un foyer de la DDASS. Un jour, sa mère est venue prendre l'aîné. Par le grillage de la fenêtre il les a vus partir et ne les a jamais retrouvés. Lui, c'est le père qui l'a récupéré beaucoup plus tard. Il a grandi au sein d'une nouvelle famille, mais son aîné lui manque toujours.

Ce frère, nous l'avons localisé. Sa mère, quelques jours plus tard. Ils ont accepté de figurer dans l'émission. Reste le père. Stéphane à près de quarante ans est toujours terrorisé à cette seule évocation. « Ce n'est pas la peine de lui demander, il n'acceptera jamais de passer à la télé, vous savez. Je le connais bien; j'ai toujours vécu avec lui. » Entendre dire ça par un grand gaillard, trapu et musclé, pourrait paraître ridicule ou pitoyable. C'est simplement émouvant.

Personne ne se libère totalement de son enfance.

J'en sais quelque chose. Je passe mon temps à convaincre les gens, à leur donner confiance et le plus souvent j'y parviens. Je deviens leur confesseur, leur confident. Ce doit être une sorte de don. J'ai mené une vie hasardeuse, risquée, en oubliant la peur. J'ai l'impression que j'ai osé tout ce qu'un homme peut oser.

Sauf une chose, parler à cœur ouvert avec mon père. C'est un vieux monsieur maintenant et je ne peux pas dire qu'il m'impressionne réellement. Mais je suis incapable de lui poser deux questions essentielles pour moi. Une dont je connais la réponse, parce que mon oncle Gaby, un prêtre enseignant, me l'a révélée d'une manière mélodramatique : avant de connaître ma mère, mon père a été marié. C'est un divorcé.

Et une autre qui, depuis une trentaine d'années, me tarabuste. De ce premier mariage des enfants sont-ils nés? Ai-je quelque part en France ou ailleurs des frères et des sœurs que je n'ai jamais rencontrés. Bien sûr, à cette énigme je pourrais trouver moi-même la solution. Avec l'expérience acquise à *Perdu de Vue* je connais les moyens d'y parvenir. Les recherches aboutiraient en quelques heures. Mais je recule à l'idée de les lancer.

Et je me demande toujours pourquoi. On dit : cordonnier est souvent mal chaussé. Mais il y a sans doute autre chose : les gens qui s'adressent à nous, nous les aidons, nous les guidons, nous leur fournissons un appui et, dans leur quête, ils ne sont plus isolés ni matériellement, ni moralement.

Tandis que, face à mes problèmes, je suis seul. Je ne sais quel psychanalyste a écrit : « L'enfant est le père de l'homme. » Face à mon père, je me retrouve enfant. Et la crainte qui me saisissait à sa vue quand j'avais huit ou dix ans renaît aussi forte que jadis. Mon père ne me fait plus peur, il continue de m'impressionner.

Je n'ai pourtant pas connu une enfance malheureuse. Je n'ai jamais manqué de rien et la tendresse de ma mère était exceptionnelle. C'était une femme douce, câline, qui ne vivait que pour ses enfants. Mon père l'avait connue alors qu'elle poursuivait ses études de pharmacie. Il les lui a fait abandonner. Certainement, il lui a dit : « Mon rôle d'homme est de faire vivre ma femme et mes enfants. L'argent c'est à moi de le ramener à la maison, ta place est près des enfants. » Sans doute était-ce en ce temps-là, en 1945, une preuve d'Amour que de parler ainsi. Elle a donc fait ce qui lui était demandé.

Avec mon père c'était bien différent. Nous avions peu l'occasion de le voir. Il travaillait la nuit, dirigeait des restaurants, bars, et boîtes de nuit. Et le jour, il dormait. Mais il était présent par la peur qu'il m'inspirait. Il était plus souvent sévère que souriant. Je n'ai jamais parcouru l'appartement sans prendre des précautions, sans être terrifié à l'idée du bruit que je pourrais faire en ouvrant une porte par exemple. Je tremblais à la pensée de le réveiller.

J'ai deux frères, un cadet et un aîné. A sa façon, mon frère aîné était plus dur avec moi que mon père. Il adorait me boxer, me bousculer et je ne disais rien. Nous évoquons souvent, ensemble, lors de réunions de famille, le souvenir de ce jeu favori : tendre une ficelle entre les pieds de nos deux lits et me faire tomber sur les cubes de bois qu'il avait disposés pour que je me fasse mal. Un jeu curieux assurément. Peut-être se vengeait-il sur moi de la crainte que lui inspirait notre père.

Moi, j'aimais le voir jouer. J'étais un garçon timide, introverti. Je ne jouais pas. Je n'ai jamais joué. Je regardais les cadeaux qu'on m'offrait sans les utiliser. Je me souviens d'une panoplie d'Indien. Je ne l'ai jamais portée. J'étalais soigneusement chaque pièce sur mon lit en disposant à leur place la coiffure, le bouclier, les bracelets, la lance, les flèches... Je contemplais le tout. Sans y toucher.

Je n'en veux pas à mon frère. Après tout, n'est-ce pas lui qui en vacances m'a fait connaître mon premier flirt ? Je l'admirais, je le prenais en exemple. Il corrigeait involontairement mes défauts.

D'année en année mon père prit l'habitude de se moquer de ma mère en raison de ses principes catholiques. Il se jugeait au-dessus. En réalité, elle était bien plus ouverte que lui. Quand je lui ai parlé de mes premières amours, elle a écouté et compris. Alors que les seules leçons d'éducation sexuelle que m'a données mon père, c'était : « Attention, tu vas mettre cette fille enceinte. »

Mon père nous élevait comme il avait été élevé. A la dure. Mon grand-père, propriétaire du célèbre restaurant " Le Bœuf à la Mode ", toujours aux fourneaux, était aussi impitoyable pour les autres que pour lui même. Je ne l'ai pas connu, mais je suis persuadé que mon père a voulu rester dans la tradition.

Aujourd'hui, après tous les cas auxquels je me trouve confronté, je suis certain que l'autoritarisme des parents, leur absence d'indulgence, leur refus de la tendresse laissent dans les âmes des enfants des traces indélébiles.

Un beau jour, j'en ai eu marre. Le ras-le-bol. J'avais douze ans, je venais de terminer ma sixième au lycée Michelet à Vanves. Moi, l'enfant sage et sans histoire, bon élève de surcroît, j'ai eu un coup d'audace, un sursaut de révolte en déclarant : « Je veux partir, je veux aller en pension ! »

Stupéfaction générale ! Depuis toujours la pension était présentée à la maison comme le châtiment suprême, un danger qui planait sur nos têtes en cas d'inconduite ou de mauvais résultats scolaires ; pourtant, elle m'apparaissait d'un coup comme le plus sûr moyen de m'évader du foyer. C'était aussi le seul que je connaissais.

Je créais ainsi une mini révolution dans la maison. Mon frère admiratif, ma mère bouleversée, mon père manifestement surpris. Pour être honnête je ne sais pas si en fin de compte je fus soulagé ou déçu lorsqu'il prit la décision de me laisser partir.

Cependant, du haut de mes douze ans, je découvrais ainsi que je pouvais prendre une décision dont les adultes tenaient compte. Les préparatifs – achat du trousseau de pensionnaire que marqua ma mère – eurent lieu dans l'euphorie.

Vint le départ, la veille de la rentrée scolaire. Mon père avait tenu à m'accompagner. Nous avions à l'époque une Simca Aronde vert bouteille. Durant tout le trajet, j'étais assis à l'avant à côté de lui tandis que ma mère pleurait à l'arrière.

Nous nous rendions à Dôle dans le Jura. Car, tant qu'à choisir la pension, j'en avais également choisi le lieu. Je voulais aller chez mon oncle Gaby, le frère de ma mère et mon parrain, qui dirigeait une institution religieuse pour enfants « à problèmes ». J'étais hébergé dans l'institution tandis que je poursuivais mes études à Saint-Jean-Bosco, un collège de la ville.

C'est là que mon parrain m'apprit le « terrible » secret familial. Pour cet homme d'Église, le divorce était banni. Et plus que la nouvelle elle-même c'est la façon dont il me la présenta qui m'impressionna.

Plusieurs fois, en me croisant dans les couloirs, il m'avait dit d'un ton grave : « Il faut que je te parle. » Je me torturais, imaginant le pire. Le jour vint où, enfin, il trouva le moment propice à cette conversation. Je me souviens de la scène. Lui sur sa chaise, moi assis à ses pieds sur le prie-Dieu. L'espace de quelques secondes j'eus l'impression de vivre un enfer. Puis il me dit : « Voilà, ton père est divorcé. Il avait déjà été marié avant d'épouser ta mère. »

J'ai immédiatement éclaté en sanglots, la réaction nerveuse. En même temps un flash me traversa l'esprit : je vis une jeune femme blonde et bouclée avec deux enfants.

C'est fou! Cette image ne m'a jamais quitté. J'aimerais vraiment savoir si elle est blonde aux cheveux bouclés et si elle a eu deux enfants avec mon père?

A Dôle, malgré cette nouvelle qui avait effectivement bouleversé mon existence, la vie se poursuivait plutôt bien. Je m'y sentais à l'aise, je m'y étais fait des copains. J'aimais aussi beaucoup mon parrain.

Quand j'ai eu ma première « perm » pour les vacances de Noël, mon retour à la maison fut une fête. Preuve que j'avais bien fait de partir. Plus tard à l'armée j'aurais l'impression d'avoir déjà vécu cela. Un point important tout de même : je regardais désormais mon père d'un autre œil gardant le secret espoir que c'était lui qui avait poussé mon parrain à me faire cette confidence et qu'il allait me parler de ce premier mariage. Quand j'ai compris que je me trompais, j'ai commencé, avec l'intransigeance de mes treize ans, à le considérer comme coupable.

Après une année de pension, je suis revenu à la maison. Je repris les cours à Paris mais 1964 arrivait avec la mode des cheveux longs et des chemises à fleurs. Les idées courtes furent pour mon père qui me mit à la porte de chez lui à dix-sept ans car je refusais obstinément d'aller chez le coiffeur. Il l'avait déjà fait avec mon frère aîné et il le fera plus tard avec mon jeune frère qui a seize ans de moins que moi.

Il payait cependant le loyer de nos chambres de bonne et nos études. Je me demande si, dans sa conception de l'éducation, mon père ne considère pas comme une necessité de jeter un adolescent dans la rue pour l'obliger à se colleter avec la vie.

Avait-il raison? Cela ne m'a pas du tout perturbé dans mes études.

J'étais en Mathelem quand j'appris qu'il gardait secrètement l'espoir que je devienne le chirurgien de la famille alors que mon frère « ne faisait que kiné » : sincèrement je pense que j'avais la vocation – comme on dit – et de mon côté je nourrissais le même objectif mais je devais lui faire payer son autorité et ce déménagement brutal.

Ce fut un magistral bras d'honneur à l'avenir paternel.

Je décidai de devenir journaliste tout en gardant pour la médecine une extraordinaire passion. Ne cessant depuis d'évoluer dans ce milieu, j'y ai trouvé celui qui est devenu mon meilleur ami, le Dr Alain Paul, par ailleurs consultant de *Perdu de Vue*.

Le plus curieux dans cette histoire c'est que, quand moi-même j'ai divorcé, je n'en ai pas parlé tout de suite à mon père. Il m'en a tenu rigueur pendant longtemps et m'a dit il y a peu de temps encore : « Je t'en voudrai toute ma vie de ne pas m'avoir annoncé ton divorce. »

J'ai répondu : « Nous avons chacun nos secrets. On n'est pas obligé de tout se dire. » Je m'en veux de ne pas avoir attrapé la balle au bond. C'était là une occasion inespérée d'avoir une réponse aux questions que je me pose depuis trente ans. Je n'ai pas su ou pas voulu la saisir. Autre question : mes frères sont-ils au courant eux aussi? Je n'en sais absolument rien. Nous n'en avons jamais parlé.

Aujourd'hui, la quarantaine passée, je n'arrive toujours pas à discuter avec mon père. Je l'affronte. Je lui reproche d'avoir étouffé la personnalité de ma mère, de ne pas nous avoir montré qu'il nous aimait. De n'avoir jamais eu pour nous un mot d'affection, comme si c'était là un signe infamant de faiblesse.

Parfois nous nous heurtons violemment. Il a dit un jour à une de mes amies : « Jean-Marie est comme moi. Il a mon caractère. » Quand je l'ai appris, j'ai foncé chez lui : « Je t'interdis de dire que je te ressemble ! » Mais là encore, il fut impossible de poursuivre le dialogue.

Angoissante cette incapacité de communiquer avec mon père. J'ai pourtant avec mon métier fait d'énormes progrès. Autrefois c'était par le silence que je manifestais mon désaccord, aujourd'hui, je discute plus facilement.

Sur ce plan *Perdu de Vue* m'a beaucoup apporté. Je vois des gens dans des états de détresse extrême, complètement bloqués dans leurs problèmes, incapables de démêler les fils qui les emprisonnent. Et tout simplement, tout doucement, je les aide à venir à bout de la démarche qu'ils veulent entreprendre.

Souvent, en effet, ils sont tentés d'abandonner en cours de route. Ils ont trouvé la force d'écrire, de venir et, soudain, le courage les abandonne. Cent fois, je me suis entendu dire : « Tenez bon, c'est important pour vous, cela va peut-être changer complètement votre existence. Vous vivez mal cette situation, vous devez aller jusqu'au bout... »

Je m'acharne, mets presque un point d'honneur personnel à faire aboutir un dossier. Pour eux j'ai une volonté d'acier. Je suis extraordinairement persuasif quand il s'agit des autres. Pour ce qui me concerne, je ne parviens pas à me *convaincre*.

Comme je ne sais rien de mes frères et sœurs supposés, il m'arrive de m'en inventer. A Antenne 2, il y a une journaliste qui s'appelle Corinne Perthuis. Si quelqu'un me demandait : « C'est ta femme ou ta sœur ? » Je répondais : « C'est ma sœur » et je commençais presque à y croire. Jusqu'au jour où je lui ai téléphoné afin de la rencontrer. Je lui ai dit pour qui je la présentais. Nous avons éclaté de rire. Nous avons discuté. Mais Corinne n'est pas ma sœur.

Je l'avoue, j'ai au fond de moi la nostalgie de « Retrouvailles » qui me concerneraient. La puissance d'émotion est telle à ce moment-là que je me prends parfois à rêver que je pourrais en être un jour l'invité et non plus seulement un observateur.

Pour boucler la boucle, quand Jacques Pradel m'a livré son secret, un lien supplémentaire s'est noué entre nous. Il m'a parlé de l'abandon de son père, je me suis confié à lui, je ne l'avais jamais fait auparavant.

Cela nous a amenés à réfléchir sur ce qu'il vivait, sur ce que j'ai vécu, et nous en sommes devenus plus modestes, vis-à-vis des gens que nous recevons et de leurs problèmes. Nous ne nous plaçons pas au-dessus de la mêlée, les histoires que nous traitons, que nous vivons professionnellement ensemble sont aussi nos propres histoires. La vérité de nos rapports amicaux et notre vision des choses, faite de respect et de compréhension, donnent à l'émission la sincérité et l'honnêteté qui constituent le fondement sans doute de son succès.

Tel est au fond l'unique secret de *Perdu de Vue* : susciter, retrouver les liens qui nous unissent. Et, au moment de conclure cette sorte de confession, m'apparaît irrésistiblement que c'est pour mes parents que je l'ai écrite. Et à eux que je n'ai jamais cessé d'aimer, je la dédie.

J.-M. P.

Postface

de Pascale Breugnot
et Bernard Bouthier

Longtemps prendre la parole à la télévision est resté le domaine réservé d'un petit nombre d'initiés, hommes de pouvoir, de culture, spécialistes scientifiques, artistes. Les téléspectateurs se contentaient alors de regarder et d'écouter comme l'élève écoute la leçon du maître. La télévision distribuait une information et un savoir que le citoyen consommait à domicile.

Or la naissance d'émission comme *Perdu de Vue* et l'adhésion brutale du public sont venus bouleverser un paysage que l'on croyait figé. Les téléspectateurs ont désormais accès à l'antenne, la parole longtemps confisquée leur est rendue et ils s'en servent.

Le téléviseur n'est plus un objet de vénération passive au même titre que l'encyclopédie en dix volumes qui somnole sur les rayons de la bibliothèque. Le téléspectateur peut s'en servir comme d'un objet utilitaire au même titre que le téléphone, le Minitel, la voiture, etc.

Pendant que les éditorialistes et les moralistes cathodiques se lamentent sur la passivité croissante du citoyen devant son écran, celui-ci s'invente des émissions (*Perdu de Vue* mais aussi *L'Amour en danger, Mea Culpa*) qui lui permettent d'agir et de modifier le cours de son existence.

Des millions de téléspectateurs peuvent devenir les acteurs d'un immense spectacle qui est celui de la vie en France dans les années 90, telle qu'elle sera transmise dans les archives aux générations futures.

Cette réaction contre la résignation se fait parfois par-dessus les intermédiaires, les institutions spécialisées : pourquoi traîner dans les méandres de l'administration quand on peut mettre au service d'une quête personnelle la force d'enquête et le poids de persuasion de la télévision ?

On peut s'offusquer de ce contournement institutionnel ou bien y voir au contraire un pouvoir de liberté et d'imagination de la part des téléspectateurs qui ont eux-mêmes imposé à l'antenne, par leur demande de participation ou leur attente devant l'écran, ces émissions qui ne sont en rien des concepts achetés aux Américains mais des idées originales, fruits de vingt années de notre travail sur la transcription de la réalité française à la télévision.

Les premiers documentaires que nous avons fait dans les années 70, *Sylviane ta mère t'appelle*, (sur l'adoption, prix de la Fondation de France), ou *Demain les Hommes* (sur les rapports hommes-femmes) non seulement prenaient les participants de ces films comme les premiers témoins d'une expérience personnelle importante, mais les associaient à une réflexion sur leur propre évolution.

Plus de spécialistes, l'émission est un discours porté par les « acteurs » même du thème abordé. Cette démarche, qui vise à associer le spectateur, à l'inviter à réfléchir sur sa propre vie par l'intermédiaire d'autres personnes proches de lui, s'est poursuivie dans les années 80 avec le magazine *Moi Je* ou des émissions comme *Gym*

Tonic et bien sûr *Psy Show* qui a été la première émission et la seule avec aujourd'hui *L'Amour en danger*, à faire participer le public à un raisonnement analytique.

Dans toutes ces émissions, un même but : le téléspectateur devient actif. Le téléspectateur est aussi une personne. Quand nous avons mis au point *Perdu de Vue*, notre but était de réparer les fractures de la vie en utilisant l'énorme pouvoir de diffusion de la télévision pour retrouver des gens.

Une des forces majeures de l'émission est la participation active des « gens ordinaires » qui apportent la matière, le suspens, qui nous font participer à l'aventure de leur vie, qui nous font réagir, qui nous bouleversent ou nous révoltent. Le thème central de *Perdu de Vue*, c'est l'absence, le vide qu'elle laisse dans une existence et la souffrance qui peut en résulter. « Un seul être vous manque et tout est dépeuplé. » Comment y remédier? La télévision se met alors au service des téléspectateurs pour les aider à trouver une solution. Par l'opiniâtreté de son équipe de journalistes et sa puissance de diffusion elle peut réussir là où les instances traditionnelles ont échoué. Parce qu'il y a à travers le petit écran une formidable pression qui pousse à faire bouger les choses, à mobiliser les énergies. Cela est vrai pour les grandes causes comme pour les cas personnels.

Celui qui vient raconter son histoire à l'antenne de *Perdu de Vue* est un anonyme. Il est dans une situation douloureuse. Il recherche un de ses proches, il y a derrière cette quête des années de manque, de recherche, d'espoir, et dans ses réactions chacun peut se reconnaître car son histoire pourrait être celle de tous ceux qui le regardent. C'est le romanesque de la réalité qui apparaît dans toute sa cruauté.

Perdu de Vue, ce sont aussi des histoires, aussi riches et ambiguës que celles que l'on trouve dans les fictions. Mais ces histoires, les films ou les téléfilms ne nous les racontent pas.

Les personnages que nous voyons sur le plateau, aucun film ne leur est consacré. Ce sont les exclus du cinéma. C'est en cela qu'ils nous touchent et que leur récit nous concerne. Ce n'est pas la vie aseptisée qui nous est montrée dans les téléfilms avec personnages archétypés. Ici c'est la vie incongrue, burlesque, tragique avec ses mots à elle. L'absence d'images, ces visages en gros plan, ces physiques inattendus, ouvrent notre imagination et nous font rêver. La vie devient de la fiction; en quelques phrases, on passe de l'infiniment heureux à l'infiniment malheureux.

Tous ces gens qu'on ne remarquerait pas dans la rue, sont comme de simples figurants. Mais au moment où nous les prenons dans leur vie et par la façon dont nous racontons leur histoire, ils nous surprennent, nous émeuvent. Ils deviennent des héros romanesques. On retrouve parfois dans *Perdu de Vue* l'univers des films français des années 30 avec ses histoires populaires réalisées par Duvivier, Carné, Becker, Renoir et ses seconds rôles étonnants (Berry, Carette, Raymond Bussière).

L'identification existe évidemment, comme elle existe avec les héros de fiction. Mais elle n'appartient plus au seul domaine de l'imaginaire. On peut s'identifier à telle ou telle vedette de série télévisée en sachant très bien qu'on ne sera jamais ce personnage. En revanche, s'identifier avec les gens qui se confient sur le plateau de *Perdu de Vue*, c'est prendre en charge une réalité à laquelle chacun, un jour ou l'autre, peut se trouver confronté.

Bien sûr, *Perdu de Vue* joue sur les sentiments, sur

l'affectivité. Ce que nous ont reproché certains intellectuels, irrités peut-être à l'idée de se voir confisquer la parole au profit de citoyens qui autrefois n'avaient pas droit d'expression à la télévision. On nous accuse d'abuser de la corde sensible, de faire un spectacle de la détresse morale.

Il faut noter que les personnes qui participent à *Perdu de Vue* ne trouvent pas toujours les mots pour bien expliquer leurs pensées et leurs douleurs et que bien souvent leur seul moyen de communiquer ce sont les sentiments et l'émotion. On peut penser que cela dénote un manque d'éducation, mais nous ne privilégions jamais l'émotion. Nous essayons au contraire de la maîtriser le plus possible au profit de l'exemplarité des cas que nous cherchons à résoudre. Il faut que chaque téléspectateur se sente concerné, qu'il en arrive, en regardant l'histoire advenue à un autre, à penser à lui-même. N'a-t-il pas, lui aussi, été un jour trop dur, trop intolérant, trop inflexible? N'a-t-il pas gardé en lui une chose dont il n'aimerait pas se souvenir? L'émission doit donner à réfléchir, nous inciter aussi à modifier le regard qu'on porte sur les autres.

Dans de longues réunions nous construisons chaque histoire comme une fable. C'est un vrai scénario qui nous engage dans la manière dont nous menons le récit et qui par là-même doit faire réagir le spectateur.

Ce n'est certes pas un hasard s'il y a aujourd'hui une forte demande pour ce type d'émission que certains détracteurs appellent *reality show*. Les principaux repères structurels s'effritent, les gens ont cessé de faire confiance aux institutions, les doctrines, les grandes idées fédératrices n'ont plus cours, le discours politique a perdu son impact, les églises sont désertées.

Depuis des années dans nos émissions, nous avons

suivi cette évolution, qui en retour a modifié la forme même de nos programmes. Les grands éléments de la vie comme le couple, l'éducation, les origines autrefois encadrés par des règles morales sont aujourd'hui laissés à la seule responsabilité des individus souvent perdus devant une telle responsabilité.

Il nous semble qu'une des tâches de la télévision est d'aider à rendre à l'individu l'initiative de ce qui était avant pris en charge par les institutions (religion, famille, État). Dans ce processus, en donnant la parole aux citoyens et en proposant des formules de programme qui visent à modifier le cours de leur vie, la télévision devient un relai positif. Elle cesse d'être une entité abstraite lointaine et inaccessible, elle se démystifie, perd ses paillettes et son côté solennel. On y venait guindé, endimanché. On s'y rend désormais en jean et basket, on prend la parole avec simplicité et aisance, elle devient un outil pour résoudre ses problèmes personnels.

Quoi de plus beau qu'une personne qui surmonte ses difficultés et choisit librement sa vie? Ce n'est pas une tâche déshonorante pour la télévision.

Nous apparaît là un autre aspect de *Perdu de Vue* : il ne s'agit pas de transmettre un constat mais de filmer un processus. Dans *Perdu de Vue*, comme dans *Mea Culpa* et *L'Amour en danger*, nous partons d'une situation donnée souvent douloureuse pour aboutir à un point, que nous espérons meilleur, mais que nous ne connaissons pas encore. Ce trajet fait l'émission. C'est un travail, avec ses hésitations, ses joies, ses ratés, sa peine.

A la télévision aujourd'hui on montre moins le travail que son résultat : *Top 50,* meilleures ventes, phrases politiques du week-end; le *Journal de 20 h* lui-même n'est qu'un hit-parade des nouvelles les plus spectaculaires.

Seules les retransmissions sportives révélant l'homme ou la femme au travail : il essaie, rate, transpire, angoisse. *Perdu de Vue* dans le « ici et maintenant » du plateau et du direct montre cette recherche de l'autre et du retour sur soi qu'elle implique.

Il n'est pas inintéressant dans une société où tout paraît pouvoir s'acquérir facilement de montrer que pour *être* il faut *faire* et que le bonheur ne s'achète pas par correspondance.

En résumé, une démocratie ne peut fonctionner qu'avec des citoyens adultes. L'individu peu satisfait des personnes ou des institutions qui le représentent occupe aujourd'hui l'écran comme autrefois on occupait la Sorbonne et se retrouve sur la place du village planétaire cher à Mc Luhan.

Aujourd'hui, il paraît plus simple pour parler à son voisin de s'adresser à lui par la télévision plutôt que de frapper à sa porte. Et on s'adresse dans des termes plus vrais, on est mieux entendu par son conjoint ou par sa fille sur un plateau de télévision que dans l'intimité d'une famille. Pour tout cela *Perdu de Vue* est devenue un phénomène de société que l'on peut rapprocher de mouvements analogues dans d'autres domaines : la remise en question des grands partis politiques, l'effritement du pouvoir journalistique comme la recherche d'une nouvelle spiritualité à la carte ou le développement de la sono-mondiale.

Il y a comme toujours un va-et-vient entre société et télévision, l'une reflétant et bousculant l'autre et réciproquement. *Perdu de Vue* n'est pas née d'une étude de marketing, mais, comme pour toutes les émissions que nous avons produites, de l'air du temps, de la vie qui nous entoure, de ce que nous avons pressenti d'inconscient comme une demande ou une attente.

Perdu de Vue, L'Amour en danger, Mea Culpa sont des émissions qui ne posent que des problèmes d'identité et de morale. Il s'agit pour nous de donner aux femmes et aux hommes qui regardent la télévision les moyens d'assumer une responsabilité individuelle ou collective, d'apprendre à écouter son prochain, d'en tirer un enseignement pour balayer devant sa porte et prendre son destin en main.

P. B. et B. B.

TABLE

Cet ouvrage a été réalisé par la
SOCIÉTÉ NOUVELLE FIRMIN-DIDOT
Mesnil-sur-l'Estrée
pour le compte des Éditions Lattès
en mai 1992

Imprimé en France
Dépôt légal : mai 1992
N° d'édition : 92070 – N° d'impression : 20928